KB093314

회상기回想記
—나의 1950년

회상기回想記
―나의 1950년

H
현대문학

| 차례 |

책머리에

해방 후 어느 시인이 쓴 글 중에 오래 기억에 남아 있는 대목이 있다. 그는 비평가이기도 하고 당대의 선도적 지식인이기도 하였다. 청운의 꿈과 야망으로 차 있어야 할 청년 시절을 캄캄한 일제 시대에 보냈으니 원통하고 분하기 짝이 없다는 것이다. 그러면서 자유와 광명 속에서 젊음을 누리며 미래를 설계하는 당대의 청춘들이 부럽기 한이 없다고도 하였다. 대수롭지 않은 생각을 담은 글을 잊지 않고 있는 것은 그 후 얼마 안 되어 6·25가 터졌고 무시로 그 글이 머릿속에 떠오르곤 했기 때문이다. 바로 코앞의 일도 내다보지 못하고 참 가당치 않은 소리를 적어놓았구나! 캄캄했다는 그의 젊은 시절이 그래도 내일을 기약할 수 없는 이 싸움판의 세월보다는 낫지 않은가?

태평양전쟁이 나던 해에 시작된 초등학교생활은 그야말로 암울하기만 하였다. 퇴비 증산이니 송근 채취니 하면서 들볶였고 툭하면 근로봉사에 동원되었다. 방공호 파기나 방공훈련에 많은 시간을 빼앗겼다. 일본 군가를 배우고 노래한 시간이 그나마 윗길에 속했다. 개미처럼 일하는 것보다는 베짱이처럼 노래하는 것이 그래도 나았으니까. 강요된 노래라도 강요된 노동보다는 좋지 않은가? 그러던 어느 날 도둑처럼 왔다는 해방을 맞았다.

우리글을 배우고 우리 역사를 배웠다. 어제까지 듣던 얘기와 정반대의 얘기를 들으니 벙벙한 느낌이었다. 해방의 감격이라는 들뜬 분위기가 계속되는 중에 중학교에 들어갔다. 격화되는 좌우 대립에 직접 노출되지는 않았지만 교사들이 수시로 바뀌고 소연騷然하고 안정감이 없는 세월이었다. 시위가 많았고 큼지막한 사건들이 연달아 보도되었다. 선거가 있었고 정부가 수립되었다. 사회가 점차 안정되어가는가 싶더니 이번엔 전쟁의 비극적 폭음이 울렸다. 10대 전후를 온통 전시의 불안과 결핍 속에서 보낸 셈이다.

휴전이 되었다고는 하나 언제 터질지 모르는 불발탄 밑에서 살고 있다는 불안감에서 헤어나지 못했다. 4·19가 터지고 5·16이 터졌다. 오랜 시골살이 끝에 서울로 올라온 것이 1975년 봄, 교련 반대 시위가 한창이었고 월남 패망의 소식이 들려왔다. 평화협정이 있은 직후였다. 그 후에도 자고 나니 세상이 바뀌어 있는 적이 한두 번이 아니었다. 우리의 역사를 읽으면서 저주받은 반도에 둥지를 튼 겨레의 불운을 개탄하였다. 지배층의 무능과 방자함에 혀를 찼다. "세상은 항상 개판이었고 역사는 언제나 비가悲歌이므로. 무참한 무참한 서사敘事이므로"라 적어보기도 하였다.

사람들은 남의 열병보다 자기의 고뿔을 더 중히 여긴다. 남의 떡이 더 커 보이는 만큼 내 불운이 더 무성해 보인다. 그러한 착시현상은 세대 사이에서도 발견된다. 자기 세대가 가장 불행하고 다난하다는 소회는 널리 발견된다. 그것은 극복해야 할 확대된 자기연민이라 생각한다. 바람 잘 날 없는 반도에서 삶을 영위한 세대치고 고단하고 숨차지 않은 행운의 세대가 어디 있을 것인가? 고해苦海가 지상의 보편적 인간 조건이 아닌가?

근자에 우리 역사를 다시 생각하게 되었다. 부정 일변도의 역사관에 대해 회의적이 되었다. 어려운 가운데 우리는 절망의 온상이었던 옛날의 붉은 산을 우거진 녹색 공간으로 만들고 상상도 못했던 고도의 생활 수준과 교육 수준을 누리고 있다. 그 과정에 야기된 발전의 그늘과 막중한 희생을 간과할 수는 없다. 그러나 "문명의 기록치고 야만의 기록 아닌 것이 없다"는 말이 괜히 나온 것은 아닐 터이다. 삶과 역사의 비극적 인식을 통해서 후속 세대에게 희망을 안겨주어야 한다고 생각한다. 긍정 없는 부정 일변도의 사고에서 창조적인 삶과 사회는 구상될 수 없을 것이다.

우리가 학교에서 배우고 책에서 읽는 역사는 추상적이고 개괄적인 해석과 요약의 줄거리다. 이 추상적이고 개괄적인 줄거리는 자질구레하고 소소한 구체적 세목에 의해서 보완되지 않는 한 어디까지나 뼈대요 형해形骸에 지나지 않는다. 추상과 개괄이란 뼈대에 구체적 세목을 부여하는 것이 역사적 상상력이라 생각한다. 역사 교육은 역사적 현실에서 동떨어져서 독보獨步하는 "뼈대 역사"의 암기가 아니라 역사적 상상력의 교육이 되어야 마땅하다는 것이 나의 생각이다. "모든 이론은 회색이고 푸르른 것은 오직 삶의 황금 나무일 뿐"이라는『파우스트』의 대목은 역사 이해에서도 참조에 값한다. 구체적 세목에 의해서 보완되고 충전되어야 역사 현실의 황금 나무가 본연의 푸르름을 회복할 것이다.

살아보지 않은 과거를 상상하기란 쉽지 않다. 그래서 "과거는 외국이다"란 말도 생겨난 것이다. 가까운 과거라고 예외일 수는 없다. 과거에 대한 충분한 이해 없이 과거를 논단하는 것은 맹랑한 일이다. 그런 맹랑한 일이 우리 사회에선 널리 퍼져 있다.

『나의 해방 전후』『그 겨울 그리고 가을』에 이어 이번에 세 번째 나의 "망각에 대한 기억의 투쟁"을 선보이게 되었다. 발간 순서는 세 번째지만 연대순으로는 두 번째가 되는 셈이다. 1950년 여름 두 달과 가을에 보고 듣고 겪은 것을 가감 없이 적어본 것이다. 하도 오래전 일이어서 당시의 상황이 모두 평준화되어 기억에 떠오를 뿐이다. 격한 감정으로 다가왔던 분노나 공포 혹은 불안도 이제 모두 탈색해버린 느낌이다. 세월이 약손이란 말은 그래서도 옳은가 보다.

몇 달 동안 시골 소읍에서 집과 피란지 사이를 왕래하며 보냈다. 가끔 동급생들을 만나게 되는 것을 제외한다면 대인 접촉도 극히 희박하고 제한적이었다. 그러나 바로 그러기 때문에 도리어 편견 없이 세상일을 경험하고 기억할 수 있지 않았나 생각한다. 전선과 떨어진 후방에서 겪은 사회 분위기가 제대로 전달되었는지는 의문이다. 전쟁의 상흔이란 규격화된 상투어로 일괄 처리되는 개개 인간의 불행과 고뇌가 얼마나 모질고 다양한 것인가를 재확인하게 한다면 다행이라 생각한다. 시시콜콜해 보이는 삽화를 알뜰하게 모아본 것은 그 때문이다. 영미 쪽에서 나온 처절한 한국전 관련 문헌이나 소설을 보면서 왜 당사자인 우리 쪽에서 좀 더 생생한 기록을 보여주지 못했는가, 하고 안타깝게 생각한 적이 있다. 가령 또 일본 작가의 『풍도風濤』 같은 작품을 읽으면서 몽고의 압제 아래 갖은 굴욕과 참상을 다 겪은 고려 얘기는 우리 작가들이 작품화했어야 하는 것이 아닌가, 하고 민망하게 생각한 적도 있다. 망각에 대한 내 기억의 투쟁의 근저에는 그런 소회가 깔려 있는 것도 사실이다. 그것은 어디까지나 잠재적 동기의 하나라는 것이지 타자의 압도적인 성취와 소소한 내 기록을 견주려는 심사는 추호도 없다.

　당연히 내가 겪은 일이 전형적이고 평균적이란 생각은 하지 않는다. 수많은 개인 경험의 하나일 뿐이다. 다만 보고 듣고 겪은 것을 사실에 맞게 적음으로써 그 시대를 상상하는 데 조그만 기여가 되기를 바랄 뿐이다. 경험자의 생생한 증언이 많으면 많을수록 역사적 진실의 참모습이 온전히 드러나리라 믿는다. 등장인물은 모두 실재했던 인물들이고 심리적 등거리를 유지하려 했다. 기억이란 궁극적으로 "반복적 해석 행위"란 베르그송 진술의 진실성을 믿는다. 그러므로 후속적 해석이 틈입하지 않도록 각별히 유념하면서 썼다. 될수록 사실에 맞게 당시의 사회상을 복기해보는 것이 나의 목표였다. 시작에서 끝까지 이번에도 『현대문학』의 신세를 졌다. 배려와 호의에 사의를 표한다.

2016년 봄

柳宗鎬

바닷속으로 들어가나요?

마스막재에서

"정지!"

분명 사람 소리가 난 것 같아 두리번거렸으나 눈에 뜨이는 것은 없었다. 우리는 남산과 계족산이 갈라지는 마스막재 고갯마루 초입에 와 있었다. 앞으로는 충주 시내가 훤히 내려다보이고 뒤로는 신작로 길이 구불구불 보이다 말다 하였고 온통 산이었다. 신작로를 뚫는 바람에 생긴 고갯마루라 맞트임 바람이 시원하였다.

"게 서시오."

이번엔 아까보다 훨씬 크고 또렷한 목소리였다. 우리는 소리나는 쪽으로 고개를 돌렸다. 고갯마루 오른쪽 등성이에 러닝셔츠 바람의 군인이 M1소총을 앞에 놓고 엎드려쏴 자세로 우리를 보고 있었다. 철모를 쓰고 있었고 혼자였고 서른 안팎으로 보였다. 등성이가 위쪽이었기 때문에 눈에 뜨이지가 않았던 것이다. 우리와 눈이 마주치자 그가 물었다.

"어디 가십니까?"

"아무래도 집이 궁금해서 읍내로 들어가는 중입니다. 잠시 피한다고 욕각골이란 근처 마을에 와 있거든요."

"그러면 외지에서 오는 게 아니군요."

그렇게 말하는 군인은 덤덤하나 순해 보이는 상호였다. 병졸은 아니고 하사관이었다. 마음이 놓였던지 부친이 물었다.

"궁금해서 일단 집에 들러볼 작정으로 이렇게 짐을 지고 나섰지만 갈피를 못 잡겠네요. 어떻게 해야 할는지. 아주 멀리 피란을 간다고 일찌감치 떠난 사람들도 있는데. 정말 어떻게 돌아가고 있습니까?"

"무슨 일을 하세요?"

"……"

"직업이 무어냐고요."

"교원입니다. 그러니까 교육 공무원이지요."

"공무원이면 피란을 가도록 하세요. 시간이 좀 걸린다 생각하고 준비도 하고요."

이번엔 모친이 나섰다.

"얼마나 가 있어야 할까요?"

"그걸 누가 알겠어요. 우리도 모르지요."

표정은 여전히 덤덤하였으나 목소리에는 어려운 처지의 사람들이 나누게 마련인 정감 같은 것이 섞여 있었다. 우리 가족은 모두 서로의 얼굴을 쳐다보았다. 부모들도 난감한 표정이었다.

"군인 아저씨, 그럼 수고하세요."

한참 뒤에 나온 모친의 인사말을 끝으로 우리는 고갯마루를 지나 고갯길을 내려가기 시작했다. 가다가 돌아보니 고갯마루 시내 쪽 등성이에 아까는 보지 못했던 군인의 모습이 두엇 보였다. 마스막재에서 읍내 반대편으로 10리가 못 되는 강가 곱도실에 활석 광산이 있고 오른쪽 산 중허리 지네실에는 형석 광산도 있어 광산 도로로 낸 신작로였다. 읍내 쪽으로 5리쯤 고갯길을 내려가면 안림리가 나선다. 여기서부터 평지가 나서고 거기서 과수원 사이의 신작로를 얼마쯤 가다가 밭둑길로 들어서서 5리 정도 가면 경작조합 창고가 나선다. 흔히들 담배 창고라 불렀다. 거기서 넘어지면 코 닿을 데에 우리 집이 있다. 대림산에서 흘러 내려오는 물이 모여 이루어진 개울가의 골목길 안침에 있었다.

그날따라 비행기 폭음이 요란하였고 높이 뜬 미군 비행기가 몇 번 읍내 상공을 지나갔다. 일제 말기 태평양전쟁 때 방공훈련을 뻔질나게 받았으므로 우리는 미군 비행기의 표지를 쉽게 식별할 수 있었다. 햇볕이 쨍쨍 내리쬐어 아주 더웠다. 모두 얼굴에 땀이 나 있었다. 오가는 사람들의 모습이 별로 눈에 뜨이지 않았다. 일단 읍내를 떠나들 있는 모양이었다. 밭둑길이기도 한 샛길을 거쳐 경작조합 창고를 지나 우리 집에 들어서기까지 우리가 마주친 사람은 한 서넛 될까? 과수원 주변에 살고 있는 사람들 같아 보였다. 우리 집 골목 안도 인기척 없이 조용하였다. 그동안 비워두었던 집에 변화의 낌새는 없었다. 부엌문도 방문도 모두 닫혀 있었고 걸레질을 하지 않아 뿌옇게 먼지가 앉은 마루에도 무슨 발자국 같은 것은 보이지 않았다.

"얘, 너도 같이 가보자."

수제비를 끓이려 하니 점심이나 하고 가라는 모친 말을 마다하고 부친은 세수를 하더니 서둘렀다. 나는 부친을 따라나섰다. 아까는 서둘러 집에 들어가는 바람에 별로 눈을 주지 않아 못 보았는데 개울가에는 여뀌풀을 위시해서 잡초가 무성하게 자라 있었다. 그리고 한 중년 사내가 대낮에 개울 한복판에 발가벗고 앉아서 목욕을 하고 있었다. 물은 배꼽께까지 차 있었는데 몸을 매만지다가 나중에는 그냥 멀거니 앉아 있기만 하였다. 한참 가다가 뒤돌아보아도 그는 여전히 꼼짝 않고 앉아 있었다. 뒤쪽에는 황소 한 마리가 맨바닥에 배를 대고 눈을 멀거니 뜬 채 역시 꼼짝 않고 있었다. 모두 피란 가고 인기척 없는 동네 개울 한복판에 벌거숭이 임금님처럼 딱 버티고 앉아 있는 그 사내가 조금 무

18

서운 생각이 들었다. 책에서 본 외방 미개지의 식인종 추장이 불쑥 떠올랐다. 학교로 가는 신작로에도 쇠비름 등 잡초가 마구 자라고 있었다. 불과 일주일 전만 하더라도 볼 수 없었던 풀들이었다. 사람의 발길이 이렇게 무섭구나, 그런 생각이 들었다. 학교까지는 1킬로미터 정도인데 도중에 만난 사람은 아무도 없었다.

충주중학교 교정에는 온통 쓰레기가 가득 차 있고 탄피라든가 뚜껑 없는 반찬통 같은 것이 마구 흩어져 있었다. 야전침대 같은 것도 보였다. 교정 전체가 그런 폐기물과 잡동사니로 그득했다. 그것을 뒤지는 사람도 보였다. 멀찌감치 보아도 한 사람이 젊은 영어 교사이고 또 한 사람은 안면이 익은 상급생임을 알 수 있었다. 내가 그쪽으로 다가갔다. 어떻게 된 셈이냐는 물음에 상급생은 잠시 학교에 주둔하고 있던 군부대가 그날 꼭두새벽에 남으로 후퇴했다는 것이었다. 폐기물만 남기고 떠난 것이다. 우리 부자는 서둘러 현관 쪽으로 향했다. 학교 현관에는 당시 우리가 개똥모자라 불렀던 헌팅캡을 쓴 교장이 혼자 의자에 앉아 있었다. 단구에 마르지도 부하지도 않은 단단한 체구의 중년 교장은 노타이셔츠에 세로로 줄 단추가 달린 바지 차림이었다. 지금은 거의 쓰이지 않는 말이지만 흔히 '당꼬즈봉[1]'이라 부르던 것이다. 부친이 다가가 인사를 하자 학교를 지키기 위해 앉아 있는 것이라고 그는 여유 있게 말했다. 마스막재 너머의 산동네로 가 있다가 궁금한 생각이 들어 학교에 들렀다는 것,

그런데 마스막재를 지키는 군인이 피란을 가라고 하더라는 부친의 말에 그는 쨍쨍한 목소리로 반문했다.

"피란을 간다면 어디로 갑니까?"

"우선 남쪽으로 가봐야 할 것 아닙니까?"

"남쪽 어디까지 갑니까?"

"그래도 가는 데까지는……."

"부산까지 간다, 그러고 나선 어쩔 겁니까?"

"……."

"그다음엔 바닷속으로 들어가나요?"

부친은 더 말을 잇지 못했다. 그다음에 어떤 인사를 나누었는지는 전혀 기억에 없다. 우리는 다시 오던 길로 해서 집으로 돌아갔다.

학교를 지킨다며 헌팅캡을 쓰고 현관에 의자를 내놓고 혼자 앉아 있던 이는 한희요韓熙堯 교장이다. 그는 부임해 온 지 1주일도 안 되는 처지였다. 그해엔 6월에 새 학년이 시작되었다. 해방 직후 미군정이 들어서면서 9월에 새 학년이 시작하도록 학사력學事歷을 고쳤는데 우리 실정에 맞지 않는다고 다시 4월로

---

1) '당꼬즈봉'은 일본말이다. 짧은 바지란 뜻의 短袴와 즈봉의 합성어이다. 6·25 전만 하더라도 입고 다니는 사람이 많았다. 홀쭉한 바지인데 여러 개의 단추가 세로로 달려 있어 행전行纏 대용을 했다. 일제 말기에 우편집배원이나 관공서의 하급 직원들이 흔히 입고 다녔다.

되돌려놓기 위한 과도 조치로 그렇게 한 것이다. 그 이듬해쯤 4월로 완전히 원상 복구할 예정이었다. 6월 새 학기가 시작되면서 그때까지 교장으로 있던 노인 티가 완연한 단구의 성기호成基鎬 교장이 전근해 갔다. 한동안 후임 교장이 부임하지 않았고 전쟁이 터지고 나서 며칠 뒤 그러니까 6월 29일이나 30일쯤 한 교장이 부임해 온 것이다. 전교생이 모인 강당 조회에서 부임 인사를 하는 계제에 한희요 교장은 국군이 후퇴한 후 서울을 마구 폭격한다니 피해는 죄 없는 민간인이 보는 것 아니냐고 얼마쯤 힐난조로 말을 했다. 조금 알쏭달쏭하고 이상하다는 느낌이 들었던 터였다. 학교를 지킨다며 현관에 버티고 앉아 서슴없이 실토하는 그의 속생각을 들으니 알쏭달쏭하기만 했던 그의 말도 한결 분명해지는 것 같았다. 마스막재를 지키던 군인의 말에 흔들렸던 부친은 다시 한 교장의 단호하고 야무진 발언에 동요하는 것 같았다. 일단 집으로 돌아가 수제비로 점심을 때운 후 우리는 다시 마스막재를 넘어서 우리 가족이 머물던 욕각골로 향했다. 여전히 길에는 왕래하는 사람이 별반 없었다.

왜 하필 여기서!

전쟁이 터졌다는 것을 안 것은 6월 26일 신문을 통해서였다.

당시 시골에서 라디오를 가지고 있는 집은 매우 드물었다. 충주읍 변두리 용산리 소재 우리 이웃에서도 물론 라디오가 있는 집은 없었다. 병원이나 큰 상점 혹은 금융조합이나 수리水利조합 이사네 집 정도는 되어야 라디오가 있었던 시절이다. 해방 전에도 일본인들이 모여 살던 본정통本町通[2]을 걸어가다 보면 밤에 라디오 소리가 흘러나오는 것을 들을 수 있었다. 새벽을 기해 북괴군이 일제히 공격을 개시했다는 국방부 정훈국장 이선근李瑄根 대령의 발표문이 큼지막한 제목과 함께 실린 신문을 보고서야 심상치 않은 사태가 벌어졌다는 것을 알았다. 전날이 일요일이어서 대개 집에서 시간을 보냈고 입소문이 번질 기회도 자연히 적었다. 평소처럼 학교에 가서 아무 일도 없다는 듯이 수업을 받았다. 물론 교사들도 열의 없는 수업을 했고 학생들도 쉬는 시간이 되면 웅성웅성하는 분위기였으나 뚜렷한 상황 파악은 누구도 하지 못했다.

하루인가 이틀이 지나자 경찰서 차량이 확성기 가두방송으로 우리 국군이 해주를 탈환했다는 소식을 알렸다. 그러나 해주 탈환만 얘기하고 부대附帶 상황의 언급은 전혀 없어서 달리 전황

2) 본정통은 '본정 거리'란 뜻의 일본말이다. 영어로 하면 main street란 뜻이 된다. 해방 전 충주의 본정에는 일인들이 많이 살았고 번화가인 셈이었다. 해방 후 모든 구역 이름이 정町에서 동洞으로 바뀌었으나 1950년대 초까지도 변함없이 구식 이름이 통용되었다.

을 가늠할 길은 없었다. 나중에 들으니 가두방송 담당자는 이전 남로당 충주 총책이었던 고승훈高昇勳이라는 이였다. 그는 본래 변사辯士로 해방 직후에도 충주극장에서 영화 상영 때 구식 신파조의 대사를 읊곤 하는 처지여서 지역에서는 지명인사에 속했다. 언변이 좋고 발이 넓어서 비록 소읍이나마 정당 책임자가 되었을 터인데 정부 수립 이후 보도연맹에 가입했고 그로 인해 세상을 뜨게 된다. 그러니까 민심 수습용 해주 탈환 소식의 가두방송이 그가 조국과 고향을 위해 기여한 마지막 봉사가 된 셈이다.

1948년 정부 수립 후 중학교에 학도호국단이 생기고 또 정식 교과로 군사훈련을 과하게 되었다. 초대 문교부 장관인 철학 전공 안호상安浩相 독일 박사가 학도호국단 창설을 주도했던 것으로 알고 있다. 체육 교사들이 단기훈련을 받고 장교로 임관되어 이들이 배속장교로서 학생 군사훈련을 담당하게 된다. 그러고 나서 한참 있다가 비상연락망이란 것을 만들어 학교에서 지시사항이 있으면 이 비상연락망을 통해 개개 학생에게 전달이 되도록 하였다. 일종의 공개적 점조직으로서 A학생이 전달사항을 받아 B학생에게, 또 B학생이 C학생에게 구두로 전달하는 거주 구역별 조직이었다. 중간에 연락 불가능한 결락缺落자가 생기면 그다음 학생에게 전하도록 되어 있었다. 전쟁이 나던 해엔 한두 번 야간에 비상연락망을 작동시켜 학생을 소집하기도 하였다.

그 비상연락망을 통해 7월 2일 일요일 열 시까지 등교하라는 통지를 받았다. 시간에 되어 가니 한 반에서 20프로 정도가 소집에 응했을까 말았을까 정도였다. 일요일이니 전달 체계가 제대로 작동 못한 면도 있고 시골집으로 내려간 하숙생도 많았기 때문이다. 우리가 맡은 일은 간단하였다. 교실에 있는 책상과 걸상을 모두 복도로 옮겨놓는 것이 전부였다. 강원도 홍천 지방에서 피란민들이 대거 내려왔는데 그들의 수용 공간으로 학교 교실을 제공한다는 것이었다. 일은 30분도 안 돼 끝이 났다. 곧 이튿날부터는 임시 휴교로 들어간다는 얘기를 들었다. 그제나 이제나 수업을 안 한다는 것은 학생들의 요행이요 기쁨이어서 그 와중에도 그걸 다행이라는 투로 말하는 동급생들이 있었다. 그러나 앞날에 대한 불안으로 기분이 갈앉아 있었고 선뜻 돌아갈 마음들이 아니었다. 동급생 중 일부가 바로 학교 앞에 있는 민가에 하숙하고 있던 김익환金益桓의 하숙방으로 몰려갔다. 단양丹陽의 본가로 돌아가기 위해 그는 짐을 싸고 있었다.

모두들 한마디씩 지껄이는 사이 잠자코 짐을 챙기고 있던 김익환이 보따리를 마룻바닥에 내동댕이치면서 고함을 질렀다.

"왜 독일도 있는데 하필 여기서 3차 대전을 일으키는가 말이다!"

그는 마치 거기 모여 있는 동급생들이 전쟁범죄자이거나 한 것처럼 눈을 부라렸다. 그때 우리 또래들은 독일이나 한국에서

24

무력 충돌이 벌어지면 곧 미소美蘇의 대결로 연결된다고 생각했던 것 같다. 아니 우리 또래뿐만 아니라 그것이 하나의 통념이었는지도 모른다. 거의 1년 이상 학교 문이 닫히게 되리라는 것을 당시의 우리들은 알 턱이 없었다. 김익환은 단양에서 초등학교를 나와 충주중학교를 다녔고 공부를 잘하는 우등생이었다. 그날 그의 하숙방에서 고함친 일로 해서 그는 영원히 내 기억에서 지워지지 않는 동기생이 되었다.

본시 그의 고향은 평안남도였다. 초등학교 저학년 때 집안이 소위 십승지지十勝之地를 찾는답시고 충북 단양으로 이사를 왔다. 단양은 십승지지에 들지 않는다. 경북의 풍기 금계촌이 십승지지의 하나로 꼽혀 많은 사람들이 평안도에서 그리로 이사해 왔다. 어느 해 늦봄 소백산에 올라갔다가 나물을 뜯으러 온 노년기의 여성들이 진한 평안도 사투리로 떠드는 바람에 놀랍게 생각한 적이 있다. 해방 전에 십승지지를 찾아 풍기로 내려온 사람들임을 나중에 알게 되었다. 조부가 우겨서 집안이 단양으로 이사 왔으나 산사람이라 불리던 빨치산이 출몰하여 도저히 살기 좋은 곳이라 할 수 없다고 김익환이 말하는 것을 들은 일이 있다. 또 미소공동위원회가 덕수궁에서 열렸을 때 소련 측 대표를 태우고 서울로 온 기차의 기관사가 자기 종형이라는 소리를 하기도 했다. 그는 오른손 엄지에 군손가락이 달린 육손이었으나 장성한 후 성공적인 제거 수술로 정상이 되었다. 단양에서 교사를 하다가 40대에 서울로 올라와 초등학교 교장을 했는데 불행히도 일흔을 바라보는 나이에 세상을 떴다. 그날 중학생인 그가 하숙에서 고함친 소리에 깊이 공감했기 때문에 내 기억에 뚜렷이 각인된 것이리라.

돼지고기 잔치!

전쟁 발발 1주일 만에 강원도 피난민 수용을 위해 휴교가 되지만 그 전후해서 무엇인가 상황이 급박하게 돌아가는 것 같았다. 그때까지만 하더라도 뒤숭숭한 소문이 나돌긴 했으나 이렇다 할 긴박감 같은 것은 느껴지지 않았다. 그러나 이제 성급한 사람들 사이에선 일찌감치 가족 전체가 봇짐을 지거나 보따리를 싸 들고 피란길에 나서는 경우도 있었다. 당시 충주읍에서 변두리에 속하는 우리 동네에선 집에서 돼지를 먹이는 가구가 제법 있었다. 마당 한구석에 조그만 돼지우리를 지어놓고 음식 찌꺼기로 밥을 주어 기르는 것은 흔한 일이었다. 집 안이 불결한 느낌이 들고 냄새도 났지만 그나마 아주 궁색한 집에선 엄두를 못 내는 일이었다. 피란을 가게 되면 집을 비우게 마련이고 그러니 돼지를 처치해야 할 판국이었다. 집집에서 돼지 먹따는 소리가 요란하게 들렸다. 뒤주에서 인심 난다더니 갑자기 돼지

우리 인심이 후해져서 고기를 돌리거나 집으로 청해서 순댓국을 대접하는 경우가 잦았다. 여름철이어서 보관할 수도 없고 고기는 남아돌았다. 그러니 식구들이 먹어두는 게 상책이라는 생각으로 과식을 해서 가족 전체가 설사를 하고 뻔질나게 뒷간에 드나든다는 소문이 난 집도 있었다. 그러기에 여름철 돼지고기는 먹고 나서 뒤탈이 없어야 본전이라는 말이 있지 않느냐고 말하는 이도 있었다.

그렇게 동네가 돼지고기 잔치로 잠시 동안 흥청망청할 즈음 같은 용산리에 사는 정진세鄭鎭世 씨가 우리 집엘 들렀다. 나이가 부친보다 대여섯 아래였고 당시 군청에 다니는 지방공무원이었다. 직장 동료를 만나는 게 고작이고 교직에 종사하는 사람 이외엔 별로 친교가 없는 처지이지만 부친은 정진세 씨와는 비교적 자주 접하는 사이였다. 집이 가까운 탓이기도 하지만 세상 물정에 밝은 편인 정 씨가 이따금 들러 세상 돌아가는 얘기를 들려주는 게 계기가 된 것 같다. 하기는 부친이 정 씨와 친해진 것도 학교와 연관된 것이긴 하다.

군청으로 전근해 가기 전 정 씨는 충주여학교 서무과에 근무하고 있었다. 어느 일요일 일직日直 근무를 하고 있는데 상급반에 속하는 여학생이 헐레벌떡이며 교무실로 뛰어들어 왔다. 모르는 중학생이 자기 뒤를 따라오는 것 같아 일부러 가는 길을 이리저리 바꾸었는데 계속 따라올 뿐 아니라 나중에는 같이 애기 좀 하자며 추근추근 말까지 걸더라는 것이다. 겁이 난 여학생은 상기한 얼굴로 학교 교무실로 헐레벌떡 피해 들어온 것이다. 그리고 학교 안으로 따라왔을 것이라고 덧붙였다. 정 씨가 교무실 밖으로 나가보니 저만치 복도 끝에 나이가 차 보이는 건장한 중학생이 서 있었다. 정 씨가 다가가 왜 여기 서 있느냐고 물었다. 중학생은 "사람을 기다리고 있습니다"라고 태연하게 대답했다. 너무나 태연하고 당당한 말투여서 정 씨는 약간 혼란스러웠다. "어떤 사람을 기다리는데 중학생이 무단히 여학교에 들어오느냐"는 말에 중학생은 "잘 아는 사람입니다" 하고 여전히 당당하게 말하였다.

"지금 여학생 뒤를 밟아 온 거지?"

"……."

"그렇지? 왜 여학생 뒤를 밟아?"

"얘기할 게 있어서 따라왔을 뿐입니다."

"무어라구? 얘기할 게 무어야?"

"그건 그 학생에게 얘기할 문제입니다."

맹랑하고 발칙한 말투에 정 씨는 말문이 막힐 정도로 화가 났다. 정 씨는 학생 이름과 학년을 물었다. 5학년이라며 학생은 성명을 대었다. 정 씨는 당장 자리를 뜨라고 이르고 말을 듣지 않으면 용인傭人을 시켜 내쫓겠다고 얼렀다. 중학생은 "사람이 사람과 얘기를 하겠다는데 무어가 잘못입니까?" 하고 여전히 말

대답을 하면서도 용인을 부르겠다는 말에 기가 죽었는지 물러 갔다. 담배를 피우다 들키면 정학이요 연애를 하다가 들키면 퇴학을 맞던 시절이었다. 그러니 정 씨로서는 이런 맹랑한 중학생이 기가 차기만 하였다. 그러는 한편으로 중학교 측에 알려야 할 것이 아닌가 생각되어 이웃에 사는 중학교 교사인 부친을 찾아온 것이다. 그 '맹랑한 불량 학생' 건이 어떻게 처리되었는지는 알지 못한다. 보나마나 남의 일에 참견하기를 달가워하지 않는 부친이 요즘 학생들은 별놈이 다 있다, 일일이 신경 쓰면 한이 없다면서 담임에게 알리기는 하겠다는 선에서 마무리를 지었을 것이다. 어쨌거나 그로부터 두 사람은 잘 아는 사이가 되었다.

우리 집에 들른 정진세 씨는 군청 직원답게 새 정보를 많이 털어놓았다. 강원도에서 내려오는 피란민 말을 들으면 우리 쪽이 계속 밀리기만 한다는 것, 당분간 전황이 크게 달라지지 않을 것 같다는 것을 얘기했다. 피란 갈 생각을 해야 할 것 같다는 얘기도 했다. 그러나 가장 걱정스럽게 얘기하는 것은 이북 군대가 공무원을 처단한다는 소문이었다. 군인과 경찰은 물론이고 일반 공무원도 처단한다면서 정진세 씨는 한숨을 내쉬었다.

"그래 우리가 무슨 큰 죄를 지었다고 당해야 합니까? 이렇게 끝나는 것은 너무 억울하지 않습니까?"

"소문이란 거야 대개 허풍이 심하지 않습니까? 설마 그렇게

야 되겠어요?"

"아니 땐 굴뚝에 연기가 나겠습니까? 높은 사람만 처치하고 아랫사람은 내버려둔다는 말도 있기는 하지만. 하여튼 피는 많이 볼 것 같습니다."

"인명은 재천이라는데 어쩌겠어요. 미리 너무 걱정하지 말고 살아갈 궁리를 해야겠지요."

"해방되고 모두들 희망에 찼었는데 겨우 이 지경 되는 줄 누가 알았겠어요."

"그렇다마다요. 한 번 반짝하다 만 셈이지요."

"피란을 간다고 떠난 이들도 있다는데요?"

"피란을 가게 된다면 어디 마음에 정한 데라도 있습니까?"

"웬걸요. 어디 기댈 만한 데라고는 없습니다."

정진세 씨의 고향은 충주보다 북쪽인 제천이었다. 막연한 불안감의 주고받기를 끝낸 후에 정 씨는 자기네도 당장 돼지를 잡아야겠다면서 일어섰다. 정진세 씨 댁은 개울가에서 용산리 신작로로 가는 큰 골목에 있었는데 터가 아주 넓었다. 채마를 가득 심어놓았고 돼지도 두 마리나 먹이는 처지였다.

같은 날 이른 오후 외출에서 돌아온 모친이 우리 형제를 불러 모았다. 바로 밑의 아우는 키가 훤칠해서 나보다 컸고 기운도 나이에 비해 센 편이었다. 우리는 모친이 시키는 대로 윗방의 농과 책장의 속을 비우고 반 자 정도 앞으로 옮겨놓아서 그 뒤쪽으로 공간이 생기게 하였다. 모친은 직접 그 신설 공간에 들어가보고 나서 그만하면 쓸 만다고 말하였다. 그러고 나서 우리는 농과 책장을 다시 채워두었다. 혹 급히 은신을 하게 될 경우 몸을 숨겨둘 속셈으로 그런 것이지만 다행히도 그걸 써먹을 기회는 오지 않았다. 은신할 필요가 생겼을 경우 그것이 과연 제구실을 할는지는 처음부터 의심스러웠다. 그 정도의 얕은 꾀를 알아차리지 못할 수색자가 어디 있을 것인가? 그러나 그것은 그해 여름과 겨울에 우리가 꾀를 내어 이행한 무수한 헛수고, 우스꽝스럽긴 하나 살기 위해서 슬프도록 진지하게 도모했던 무량한 도로徒勞의 하나임에는 변함이 없었다.

산동네 감나무집

늦은 오후가 되자 사정은 급속도로 바뀌어졌다. 학교에서 돌아온 부친이 무슨 소리를 들었는지 우리도 당장 피란을 가자고 서둘렀다. 전선이 가까워지는 것은 틀림없고 전투가 벌어질 경우 아무래도 읍내가 더 위험할 것이니 일단 변두리로 옮겨야 한다는 것이었다. 읍내가 점점 비어가는 터여서 우리 또한 대세를 따라야 한다는 심정도 작용하였다. 목표지는 마스막재 너머 남산 안쪽에 있는 욕각골이었다. 지금은 충주시 목벌동에 속해 있지만 당시엔 충주군 살미면 목벌리 욕각골이었다. 만약의 경우에 대비해서 일단 마음속으로 부모들이 점을 찍어두었던 것 같았다. 이곳엔 외가 쪽으로 먼 인척뻘이 되는 이가 농사를 지으며 살고 있었다. 이따금 나뭇짐을 지고 마스막재를 넘어 읍내로 들어와 팔아넘기고 생필품을 사 가곤 하였다. 그럴 때 우리 집엘 들르는 경우도 있었다. 모친은 가끔 다음 장날에는 우리 집으로 나뭇짐을 가져오라 해서 갈아주기도 하였다. 그래서 우리는 욕각골 아저씨라 불렀는데 사돈의 팔촌이라도 연고 없는 것보다는 낫다는 생각에 그리로 정한 것이다. 한 가지 난점은 충주에서 동쪽 지점이어서 혹 남행이라도 할 경우 그리 편리한 편이 못 된다는 점이었다. 그러나 달리 의지할 만한 곳도 없고 해서 여섯 식구가 모두 그리로 피란이랍시고 갔다. 옷가지와 광목 홑이불 따위와 냄비와 숟가락 등속을 나누어서 지고 간 날은 학교가 휴교로 들어간 날 저녁나절이었다.

마스막재를 넘으면 세 갈래로 길이 나 있다. 먼저 시내에서 시작된 신작로가 고개를 올라와서는 반대쪽으로 내려가는 내리막길이 있다. 그 길을 따라가면 원터라는 조그마한 동네가 나서고 그곳을 지나 계속 5리 넘게 내려가면 곱도실이 나선다. 신작로 오른쪽으로 곱돌, 즉 활석 광산이 있고 당시엔 하얀 활석이 쌓여 있는 게 보였다.[3] 신작로는 한참을 가다가 강가에 닿고 거기가 목벌이다. 충주댐이 생겨 반 넘게 수몰되기 이전 이 목벌은 수석 수집가들이 즐겨 찾곤 하던 수석의 명소였다. 한편 마스막재에서 왼쪽인 계족산 등허리로 난 산길이 있는데 그리로 15리 정도를 가면 종민동이 나선다. 종민동은 강변과 강심江心에 큰 너럭바위가 많아서 그 자체가 볼거리였으나 현재는 수몰 지역이 되었다. 또 도장나무라고도 하는 회양목 자생지여서 화단 장식용으로 심기 위해 초중등학교 학생들이 동원되어 채취해 가곤 하였다. 마스막재에서 오른쪽으로 난 신작로를 5리가 안 되게 가면 욕각골이 나서고 욕각골에서 다시 5리쯤을 가면 지네실이다. 신작로는 산비탈에 막혀 그 지점에서 끝난다. 거기 형석 광산이 있어서 신작로가 뚫린 것인데 해방 후 폐광이 되어 그리로 차량이 다니는 일은 없어졌다. 당시만 하더라도 폐광 광구鑛口가 그대로 남아 있어서 여름철에 들어가면 시원했던 기억이 있다.

욕각골은 완벽하게 고전적인 산동네였다. 화전민 삶터보다는 그래도 나은 산동네라고 상상하면 될 것이다. 남산 뒤쪽의 골짜기를 중심으로 산비탈 위아래로 한 40여 가구가 모여 사는 빈촌이요 한촌이었다. 밭농사가 전부이고 아래로 한참을 내려가

---

3) 이 활석 광산은 규모가 큰 광산으로 해방 이후 일신산업이 맡아 채광했다. 활석은 산업용 용도가 많은 것으로 되어 있다. 우리의 대외 수출품이 영세하기 짝이 없던 1950년대 자유당 시절 활석은 한천寒天과 함께 주요 대일對日 수출품이었다. 당시엔 주로 화장품에 쓰인 것으로 알고 있다.

면 손바닥만 한 논다랑이가 몇 자락 나섰다. 거기서 벼가 나온다 하더라도 그 소출은 한 가마도 안 될 것이란 생각이 들 정도로 근소한 면적이었다. 욕각골 아저씨네 집은 산비탈에서 제일 높은 쪽이어서 그 위쪽으로는 인가가 없었고 다만 같은 높이로 나란히 몇 채가 서 있었다. 산비탈에 서 있는 집치고는 마당은 제법 넓었고 마당 끝에 서면 동네가 내려다보였다. 뒤꼍과 좌우 양쪽으로 울타리가 쳐져 있었으나 정작 앞쪽은 휑하게 뚫려 있어 사립짝 같은 것마저 없었다. 마당 한구석에 감나무가 있고 울타리 넘어 비탈에 다시 큰 감나무가 있어 동네에서는 감나무집이라 불렀다. 조그만 일자집으로 안방과 아랫방이 있을 뿐 건넌방이나 마루도 없었다. 높은 봉당[4]이 있고 가족들은 이 봉당에서 식사를 하였다. 뒤꼍에 장독간이 있고 사립짝 없는 입구 쪽으로 내려가면 조그만 옹달샘이 있어 인근 인가들이 공동으로 사용하였다. 봉당 한옆으로 명석이나 가마니를 비치하는 헛간 같은 것이 있었고 봉당과는 흙벽으로 칸막이가 되어 있었다.

다저녁때 우리가 감나무집에 당도하자 벌써 큰외숙이 외조모를 모시고 와 있었다. 외조모는 당시 여든 가까운 고령으로 다리를 못 쓰고 또 실명 직전의 상태여서 늘 눈이 침침해 보이지

---

[4] 봉당은 본시 안방과 건넌방 사이의, 마루를 놓을 자리에 마루를 놓지 않고 흙바닥 그대로 있는 곳을 가리킨다. 그러나 우리 고향 쪽에서는 마당보다 높게 된 방 앞쪽의 땅바닥을 두루 봉당이라 했다.

가 않는다고 하소연을 했다. 지금 생각하면 백내장 말기가 아니었나 싶다. 외조모가 아랫방을 쓰는 바람에 감나무집 식구들은 안방에서 다섯 식구가 기거해야 했다. 고령의 모친, 열여덟 살 난 아들과 열 살 된 딸이 있었는데 남자들은 모두 봉당에서 잠을 자는 것 같았다. 우리는 감나무집 옆집의 신세를 지기로 했다. 그 집도 일자집이었으나 방이 세 개였고 방 하나를 광 비슷하게 쓰고 있었는데 그게 우리 차지가 되었다. 이튿날 오전에 이번에는 작은이모네 일곱 식구가 몰려왔다. 만혼이었던 작은이모부는 당시 충주농업학교 교사로 있었는데 딸만 넷을 보았다. 다섯 번째 임신 때 이모는 낳을까 말까 하다가 그래도 혹시나 하고 낳았는데 다행히 아들이었다. 막내는 돌이 안 된 갓난이였고 셋째 넷째는 아직 꼬마여서 다섯 아이들을 건사해야 하는 작은이모네는 보기에도 심란하기 짝이 없었다. 제일 나중 온 작은이모네는 우리가 있는 집에서 다시 한 집 건너에 있게 되었다. 그러니까 감나무집 이웃에서는 세 가구가 피란민을 받아들인 셈이다. 첫날 저녁에는 감자를 삶아 감나무집 마당에 멍석을 펴놓고 까먹었다. 아리기만 한 자주감자를 소금에 찍어 먹고 저녁을 때우니 이게 피란살이라는 것이구나, 하는 실감이 들었다. 우리가 기거하게 된 집 아주머니에게 모친이 조그만 정표를 주었고 그 집에선 알이 작은 자주감자를 건네주었던 것이다.

하룻밤을 자고 나니 아쉬운 게 한두 가지가 아니었다. 소일거리로 읽을 책에서 베개에 이르기까지 자질구레하면서도 간절하고 궁금한 것이 허다하였다. 소풍 삼아 집엘 다녀오겠다고 나서자 바로 아래 동생과 아홉 살 터울인 막냇동생도 따라나섰다. 사실 그 산골에서 생소함과 궁색함에 3형제가 모두 조금은 질렸던 것이다. 마스막재에 거의 다다른 지점에서였다. 신작로 바로 옆에 그야말로 조그만 오두막이 보이고 누르스름하게 변색된 흰 바지저고리 차림의 웬 남자가 혼자 서 있었다. 올 때는 보지 못했던 오두막인데 이렇게 여유 있게 가다 보니 눈에 뜨인 것이다. 그는 계속 우리를 지긋이 바라보았다. 나중에 들으니 그는 한센병 환자로 본래 꽤 잘사는 집 아들이었으나 불치의 병에 걸려 산비탈 신작로 가에서 혼자 산다는 것이었다. 인근에서는 모르는 사람이 없다고도 했다. 그 여름 내내 그 앞을 지날 때면 은근히 긴장이 되곤 했다. 우리 어릴 적엔 이른바 '문둥이'에 대한 엽기적 괴담이 널리 퍼져 있었기 때문이다. 집에 돌아온 우리는 먼저 변소부터 다녀왔다. 욕각골 피란 집 뒷간에 비하면 우리 집 변소는 그야말로 양반이었다. 방에 들어가 물건을 챙기고 다시 욕각골로 향했다.

안림리에 이르면 어구에 커다란 느티나무가 있고 거기서부터 구불구불 고갯길이 시작된다. 보행자는 흔히 그 느티나무 근처에서 질러가는 샛길로 섭어들게 마련이다. 아직 고갯길이 시작되기 이전의 신작로 맞은편에서 지게를 진 한 아저씨가 걸어오

고 있었다. 가까이서 보니 꽤 나이가 들어 보였다. 나란히 걸어
가는 우리 3형제를 보자 아저씨는 지게 진 몸을 무릎 굽혀 한껏
낮추고 한 개씩만 집어 가라고 일렀다. 발채에는 잘 익은 복숭
아가 가득 담겨 있었다. 우리는 하라는 대로 하였다. 60년도 더
지난 까마득한 옛일이지만 지금도 그 정경이 눈에 생생하다. 저
6·25의 쑥대밭 어구에서 겪은 뜻밖의 선의요 보답이 있을 리
없는 무상無償의 호의이기 때문일 것이다. 부끄럽고 후회막심한
것은 그때 고맙다는 소리를 못했다는 것이다. 맏이인 내가 인사
를 했어야 하는데 그러지를 못했다. 그런 훈련을 받은 일도 없
고 숫기도 순발력도 없었기 때문이다. 생면부지의 사람으로부
터 받은 호의의 경험이 없었던 탓에 뜻밖의 호의에 더욱 속수무
책이었던 것인지도 모른다. 지게를 지고 뚜벅뚜벅 걸어가는 뒷
모습을 한참이나 서서 바라보았을 뿐이다. 인사 못 한 것을 후
회스럽게 생각한 것은 그 일을 떠올리는 걸 되풀이하는 사이에
첨가된 후속 감정이다. 바야흐로 시작되는 고난의 시기 초입에
서 겪은 거짓말 같은 호의는 소소한 것이었으나 오랫동안 뇌리
를 떠나지 않았다. 요행을 바라는 심성을 갖게 된 것도 사실일
것이다. 그러나 생각해보면 살아오면서 조그마하나 고맙기 짝
이 없는 호의 혹은 친절을 접한 것은 한두 번이 아니다. 이 세상
은 각박하고 척박한 곳이라고 생각하지만 그럼에도 불구하고
비관론자로 일관하지 못하는 것은 바로 이러한 선의나 호의 경

험 때문이다.

아무래도 궁금하고 불안하니 학교에 들러 무슨 소식이라도 알아보아야겠다며 부친이 가족을 이끌고 마스막재를 넘은 것은 바로 그 이튿날이다. 그리고 지금도 강렬한 인상으로 남아 있는 소신 교장의 언동을 목도하게 된다. 비상시일수록 인간은 우연의 횡포에 맥없이 노출되게 마련이지만 헌팅캡 교장을 만난 것이 집안 명운의 갈림길이 된 것은 얼마 뒤에야 알게 된다.

새벽길

우리가 충주중학엘 다녀온 이튿날 오후가 되자 사정은 한결 긴박하게 돌아갔다. 꼬마들을 안고 업고 하느라고 짐을 제대로 챙겨 오지 못한 이모부가 아쉬운 것을 가지러 간다고 다시 읍내로 들어갔다. 읍내에서 돌아온 이모부는 농업학교의 많은 동료들이 남행길에 올랐다면서 부친을 향해 우리도 조처를 취해야하는 것 아니냐고 불안한 눈길을 보냈다. 그러면서 직장 동료에게 들은 바로는 미국이 공군력을 동원해서 우리 국군을 지원하고 있으나 쉬 전세가 역전될 것 같지 않으니 상당 기간 피해 있어야 할 것 같다고 말을 이었다. 그러면서 가족이 다 함께 갈 수는 없고 우선 남자들만 떠나는 게 어떠냐고 힘없이 말했다. 40대

중반인 부친보다 체격도 건장하고 아직 30대 후반인 이모부는 가족을 몹시 걱정했으나 이렇게 세 가구가 와 있으니 안도가 된다면서 둘이서 함께 출발하자고 제안하였다. 모친과 이모는 바깥에서 결심하면 따르는 수밖에 없지 않느냐고 말은 했으나 다섯 아이들을 건사해야 하는 이모는 그게 무엇보다도 걸리는 모양이었다. 우리 집 막내가 일곱 살이란 것이 든든하게 여겨졌던지 "성(형)은 막내도 다 컸잖아" 하고 불안하기 짝이 없는 얼굴로 한마디 하였다.

저녁때가 되자 역시 읍내를 다녀온 외숙이 합류함으로써 동서간의 대화는 다시 엎치락뒤치락하게 되었다. 50대 초반인 큰외숙은 당신 신분이 공무원이 아니어서 그런지 공무원 처단설 같은 것은 일소一笑에 부치고 그런 뜬소문은 믿을 것이 못 된다고 치부하였다. 동네에서 크게 실인심을 했거나 무언가 켕기는 구석이 있는 사람들이 서둘러 피란을 가는 거 아니겠냐, 싸움판이 벌어졌을 때엔 어떻게 가족들이 무사히 고비를 넘기느냐 하는 것이 문제일 따름이다, 그러자면 좋으나 궂으나 가족들이 함께 있어야 한다고 힘주어 말했다. 외숙은 특히 꼬마들이 다섯이나 되는 이모부를 향해 그래도 가장이 곁에 있어주어야 어려운 때를 헤쳐갈 수 있는 게 아니냐고도 했다. 부친은 우리도 공무원을 해친다는 것은 믿지 않는다, 그 때문에 이러는 게 아니다, 많은 사람들이 일단 피하고 본다니 대세를 따르는 게 좋지 않나 생각하는 것일 뿐이라고 덧붙였다. 다람쥐 쳇바퀴 돌리듯이 비슷한 얘기가 되풀이 오갈 뿐이었다. 모두들 자기 생각이랍시고 말하면서도 그 말에는 기운도 소신도 고집도 없고 그저 막연한 불안감과 우유부단함만이 엿보일 뿐이었다. 전날 밤 잠자리도 설고 불편한 터에 모기마저 극성이어서 잠을 설친 나는 일찌감치 잠이 들었다.

　이튿날 아침에 깨어보니 부친의 모습은 보이지 않았다. 이모부와 함께 꼭두새벽에 남행길에 올랐다고 모친이 말했다. 배낭을 지고 가면서 혹 나중에 묻는 이가 있거든 제천 형님 댁에 갔다고 하라고 일렀다는 것이었다. 그 말을 누가 곧이들을 것인가, 하는 생각이 퍼뜩 들었다.

풀지 못한 수수께끼

강 건너 연기

부친이 출타해서 다섯 식구가 된 우리들은 꽁보리밥으로 아침을 때웠다. 평소엔 겉절이나 오이냉국이라도 상에 올랐지만 신문지를 깐 방바닥에 차려놓고 먹는 아침은 소루하기 짝이 없어서 반찬이라고는 풋고추와 고추장뿐이었다. 4남매가 모두 뜨악해하자 모친이 정색하고 훈계를 늘어놓았다. 월급쟁이 집안에서 이제 언제 월급을 타게 될지도 모르고 또 모아놓은 돈푼도 없으니 앞으로 살아갈 일이 막막하다, 너희 아버지도 이모부랑 길을 떠나긴 했지만 넉넉한 노잣돈을 갖추지 못했으니 걱정이다, 그러니 앞으로 단단한 각오를 하고 목숨 부지하는 것만도 천행으로 생각해야 한다, 난리가 일찍이 끝나면 다행이지만 안 그러면 큰일이다, 모든 것이 운이거니 생각하고 어려움을 이겨내야 한다는 취지였다. 아직 피란 초여서 그런지 모두들 별로 입맛이 당기지 않는다는 표정이었다.

"지금 잘 먹어들 두어라. 조금 있으면 이마저도 못 먹게 될지 누가 아니? 먹어두는 것이 속 차리는 거다."

평소의 모친답지 않게 까칠한 어조였다. 부친이 기약 없이 출타한 집안에서 가장 노릇을 하는 첫 절차로 기압을 넣는 게 아닌가, 하는 생각이 들었다. 아주 어렸을 적 밥맛이 없으면 나는 일찌감치 숟갈을 놓곤 했다. 모친은 잘 먹어야 빨리 큰다면서 달래다가 말을 듣지 않으면 왜간장에 깨소금을 넣어 밥을 비벼주며 구슬리기도 했다.

"사내자식이 그렇게 입이 짧으면 어떻게 하니? 잘 먹어야 키도 크고 기운도 세지는 거야."

그러면 부친은 으레 눈을 흘기면서 한마디 하였다.

"내버려두어. 배고프면 먹게 돼 있어요. 자꾸 그러니까 버릇이 나빠지는 거지."

집에는 일본말로 된 동양고전 책이 더러 있었다. 훨씬 뒷날 한비자韓非子 관련 책을 뒤적거리다가 연필로 줄 쳐진 부분을 접한 일이 있다. "정 많은 어미에게 불출이 아들이 달린다(자모유패자慈母有敗子)." 하, 외골수로 편리한 것만 외워둔 것이로구나, 하는 생각이 들면서 쓴웃음을 금치 못했던 기억이 있다. 그러나 그적 욕각골 피란살이에서 어릴 적 일은 까마득한 옛일이 되고 말았다. 입맛 당기는 왜간장이나 깨소금이 있을 리 없고 있다 한들 그게 내 차지가 될 리도 없다고 생각하니 사태가 맹 랑하고 처지가 점점 어려워진다는 느낌이었다. 피란살이는 잠 자리보다도 우선 먹는 것에서 실감되었다.

아침을 끝내고 옹달샘으로 내려가 소금 양치질을 했다. 그러 고 나서 보니 저 아래 지네실 가는 신작로에 사람이 몇 서 있었 다. 손가락질을 하면서 얘기를 주고받았다. 보아하니 동네 사람 은 아닌 것 같았다. 비탈을 조금 내려가보니 남산 맞은편 산에 서 하얀 연기가 오르고 있었다. 비탈 위쪽의 감나무집 쪽에선 보이지 않던 연기였다. 연기는 제법 굵직하였다. 신작로에 당도 해보니 양복쟁이 몇 사람이 있고 동네 사람인 듯 허름한 바지저 고리 차림의 중년의 모습이 보였다.

"설마 저쪽 군대가 벌써 들어선 것은 아니겠지요?"

"여기서 지척인데 저기 들어왔다면 여기가 이리 조용하겠어 요?"

"그건 알 수 없지요."

"큰불은 아닌 것 같은데……."

"어떻게 알아요. 큰불인데 우리가 끝자락에 봐서 그런지도 모 르잖아요?"

"불 지르고 동네를 비운 것 아닐까요?"

"저 동네에 뭐가 있다고 불을 지르겠어요?"

"봄철이나 겨울철이라면 몰라도 동네 사람이 불을 넣을 때가 아닌데. 거참, 이상하네."

"혹 무슨 신호를 보내는 것 아닐까? 옛날에 봉화불로 신호를 했듯이 말이오."

이렇게 주고받는 얘기를 들어보니 덩달아 불안해지기 시작하였다. 필시 전쟁과 관계되는 사달인 것 같았다. 그때 지네실 쪽에서 자전거를 탄 사람이 다가왔다. 후리후리한 키에 개똥모자를 쓰고 있었고 서른은 돼 보였다. 자전거는 번쩍번쩍하는 것이 새 자전거였다. 그도 연기 나는 쪽을 가리키며 저기가 어디냐고 모여 있는 사람들에게 물었다.

"조똥이지. 동량면東良面 조똥旱洞 말이오." 동네 사람이 대답했다.

영월과 단양을 거쳐서 온 강물과 속리산에서 발원하여 괴산을 거쳐 흘러온 강물이 탄금대 아래쪽 합수머리에서 만난다. 속리산 발원 강물은 달천강이라 하는데 현지에선 흔히 숫강이라고도 했다. 이에 반해서 영월 쪽에서 내려온 강은 암강이라고 했다. 숫강이 이기는 해는 풍년이 들고 날씨가 순조롭지만 암강이 이기는 해엔 일기불순에 흉년이 든다는 말이 전해 내려오고 있다. 또 지금도 그 말이 맞는다고 현지 주민들은 믿고 있다. 속리산 발원의 강물이 수량이 많으면 합수머리에서 만날 적에 아무래도 영월 단양 발원의 암강 쪽으로 얼마쯤 밀고 올라가 암강이 밀리는 형국이 된다. 그것을 숫강이 이긴 것이라 했고 그 역도 진이다. 암강을 사이에 두고 충주읍 종민동과 동량면이 마주하고 있는데 암강 북쪽이 동량면이다.

"뭐 짚이는 거 없나요?"

이렇게 물어본 개똥모자는 이렇다 할 반응이 없자 고개를 꾸뻑하더니 페달을 밟고 전속력으로 멀어져 갔다. 딱히 할 일도 없고 해서 개똥모자가 사라져 간 쪽으로 걸음을 옮겼다. 한센병 환자의 거처를 지날 때는 은근히 긴장이 되기도 하지만 마스막재가 지척이어서 겁이 날 정도는 아니었다. 마스막재에는 사람들이 몇몇 보따리를 옆에 끼고 길가에 앉아 쉬고 있었다. 충주 읍내가 단번에 시야에 들어왔지만 달라진 것은 전혀 없었다. 멀리서 보니 비어 있을 읍내는 한없이 평온해 보일 뿐이었다. 저기쯤이 용산리 또 저기쯤이 성내동, 하고 읍내 원경遠景에 마음속 표지標識를 하고 서 있는데 뒤쪽에서 어깨를 치는 손이 있었다. 소스라쳐 놀라 돌아보니 동급생인 신기현申奇鉉이 웃으며 서 있는 게 아닌가! 그는 읍내 반대쪽인 곱도실 쪽에서 올라온 것이었다. 비록 일주일 정도밖에 안 되었지만 오랜만이라는 느낌이 들었다. 왕래가 별로 없는 고갯마루에서 만나게 되어 더욱 그런 느낌이 들었는지도 모른다. 어떻게 된 거냐니까 저 아래 원터에 아는 사람이 있는데 돈을 받으러 왔다가 허탕을 치고 돌아오는 참이라며 너야말로 어떻게 된 거냐고 물었다. 욕각골 아는 이 집으로 피란을 와 있다가 갑갑해서 나와본 참이라고 사실대로 말했다.

신기현과는 별로 친한 사이가 아니었다. 그의 집은 충주의 상가인 셈인 충인동에 있고 꽤 큰 신발가게를 하고 있었다. 신발 이외에도 생필품 잡화도 취급하고 있어 비교적 여유 있게 사는 집 장남이었다. 그는 학업보다는 운동에 열의를 보여 맹렬하게 권투 연습을 한다는 소문이 있었다. 당시의 그는 불량기까지는 가지 않고 얼마쯤 건들거리며 싱거운 소리를 잘하는 동급생으로 통했다. 초등학교도 교현학교를 나와 남산학교를 나온 나와는 별로 통하는 점이 없었다. 가게 단골손님인 데다가 읍내로 나올 때면 으레 들르고 돈도 취해 가고 한 사이인데 받을 돈 심부름을 가보니 집에 아무도 없더라며 투덜거렸다. 읍내 나올 때 이웃 부탁까지 받아 오곤 하는 처지여서 외상 액수도 제법 있는 편인데 난리가 났다고 아주 떼어먹을 작정을 한 것인지 영 핑 구워 먹은 소식이라고도 했다. 그러면서 그는 덧붙이는 것이었다.

"아침은 서울에서, 점심은 평양에서, 저녁은 신의주에서 먹는다고 밤낮 뺑뺑거리고 큰소리치더니 이게 무어야? 꼴좋다! 아까 보니 동량면 쪽에서 계속 연기가 나던데 거기쯤 벌써 이북 군대가 들어온 거 아닐까? 불 지르고 후퇴하는 것, 흔히 있는 일 아녀? 우리 집처럼 장사하는 처지에선 왕창 돈 떼이게 생겼어!

얼마나 핑계가 좋아! 아, 재수에 옴 붙었지 무어야!"

생각했던 것보다 말하는 품이 조리가 있어 얼마쯤 의외란 생각이 들었다. 사람은 화가 나면 도리어 똑똑해지는 것일까? 아니면 이해관계를 따지다 보면 똑똑이가 되게 마련인 것인가? 큰 키에다가 체격도 건장해서 괜스레 밀리고 눌리는 기분이었다. "점심은 평양에서 저녁은 신의주에서" 운운하는 소리는 신문에서 많이 본 문자였다. 상투어구이기도 했다. 평소 신문을 보는 것 같지도 않은 신기현이가 정연하게 되뇌는 것을 보니 그가 다시 쳐다보이기도 하고 맹랑한 배신감 같은 것이 울컥 목으로 치밀어 오르기도 했다.

그러고 보면 피란 나오기 직전에 집에서 보았던 『문예文藝』6월호에도 「명령은 언제나」란 단편소설이 실려 있었다. 임상순任相淳이란 현역 장교가 쓴 것으로 이른바 추천작품이었다.[1] 혈기와

---

1) 『문예』는 1949년 8월호로 창간하여 1954년 3월호까지 통권 21호로 종간하였다. 실질적인 자금 주선자는 모윤숙이고 김동리, 조연현이 편집에 관여한 것으로 알려졌다. 1950년 6월호까지는 월간이었으나 그 후는 전시라서 불규칙하게 나왔다. 해방 전의 『문장文章』 선례를 따라 추천제를 운영했으나 시와 달리 소설은 2회 추천으로 완료한 것이 특징이었다. 여러모로 『현대문학現代文學』의 실질적인 전신이라고 할 수 있다. 1950년 6월호에는 강신재의 「안개」가 실려 있는데 작품 집필 과정에 남편의 주제넘은 세부 간섭으로 겪게 되는 곤혹스러움을 다루고 있어 작자 자신의 실제 경험이 아닐까 하는 궁금증을 자아낸다. 강신재는 「얼굴」 「정순이」 두 작품으로 김동리의 추천을 받고 등장한, 『문예』가 발굴한 첫 신인 작가이다. 「명령은 언제나」로 1950년 6월호에 제1회 추천을 받았던 임상순은 당시 현역 장교였는데 6·25 이후 『현대문학』의 추천으로 추천이 완료되었고 제대 후 현대문학사에서 편집사원으로 근무했으나 그 후 병으로 요절하였다.

애국심에 넘치는 우리 국군 장병들이 북진통일을 위한 진격명령 내려오기를 학수고대하고 있다는 내용인데 성질상 좋은 작품이 될 수 없는 소재요 관점이었다. 군의 홍보물 같은 느낌을 주었기 때문이다. 제재의 특이성과 현역 장교의 작품이란 점을 후하게 봐주어 추천한 것으로 생각됐다. 그런데 그런 작품이 발표된 직후 전쟁이 터졌고 "점심은 평양에서 저녁은 신의주에서" 먹겠다던 아저씨들이 끼니나 제대로 챙겨 먹었는지 의심스러운 사태가 벌어진 것이다! 그리고 학교에서 수업을 받고 있어야 할 시간에 어린 중학생들이 불특정 복수의 가소로운 호언장담을 성토하며 고개 위에서 그들 나름의 울분을 토로하는 상황이 벌어진 것이다. 군이나 당국자의 입장에선 두고두고 민망하고 면구스러운 일이요 국민의 입장에서는 생각만 해도 복장이 터지고 만정이 떨어질 일이 아닌가.

사실 그해 들어 좀 어수선한 일이 벌어졌다. 사회도 많이 안정되고 산사람이라 불리던 빨치산 활동도 거의 종식되다시피 한 것은 사실이었다. 좌익 세력은 보도연맹 결성 전후해서 사실상 괴멸상태에 빠져 있었으나 38선 지역의 작은 충돌은 계속 보도되고 있었다. 북에서 조만식曺晩植과 김삼룡金三龍·이주하李舟河의 교환 제의가 있어 그것이 크게 보도되고 귀추가 주목되었다. 많은 사람들이 교환 실현에 기대를 걸기도 하였다. 그러는 한편으로 북의 제의 자체가 일종의 연막작전이 아닌가 하는 경계의 소리도 있었다. 당시엔 쓰지 않던 '양동작전'의 가능성을 지적하는 소리였다. 6월에 들어와서 치안국에서는 북의 제의 뒤에는 분명 숨겨진 술책이 있으니 각별한 경계가 필요하다는 경고성 발표를 하기도 했다. 그러나 늘 하는 소리려니 해서 일반 국민이나 언론에서는 별로 귀 기울이지 않았다. 일이 터지고 나서는 설마 하고 믿지 않던 자기네 타성이나 상습적 만심慢心은 생각도 않고 부질없는 한숨을 쉬며 당국을 원망하고 분노했을 따름이다.

한참 동안 울분과 앞날에 대한 불안감을 토로하며 얘기를 주고받은 후 우리는 헤어졌다. 건장한 체격의 신기현은 씩씩한 걸음으로 읍내를 향해 고갯길을 내려갔고 나는 다시 욕각골로 발을 옮겼다. 가다 보니 강 건너 동량면 쪽의 연기는 이제 보이지 않았다. 아침나절 한동안 우리를 불안하게 하고 궁금증을 일으킨 연기의 정체는 그 후에도 영 알 길이 없었다. 새로운 궁금증과 불안의 씨앗이 연이어 우리를 사로잡는 바람에 더 알아볼 생각도, 여유도 없었던 것 같다.

빗속의 포성

그 이튿날은 아침부터 비가 내렸다. 세차거나 빗줄기가 굵지는 않았지만 그렇다고 이슬비도 아닌 얌전한 비였다. 감나무집 헛간에 앉아서 안개 낀 먼산바라기나 하는 수밖에 없었다. 안개가 움직여서 산 한 자락이 보였다 가려졌다 하는 것이 그나마 볼거리였다. 한참 그러고 있는데 감나무집 아들 이종태李鍾泰가 옆에 와 앉았다. 비가 오니 그도 할 일이 없어 무료하던 참이었으리라.

종태는 허우대가 큰 편이고 다부지게 생겼었다. 10리 길이 되는 충주 읍내의 교현초등학교를 졸업했고 상급학교 진학을 할 형편은 아니었다. 나보다 두 살 위였지만 초등학교 졸업연도는 같았다. 초등학교에 입학한 것이 의무교육 실시 이전이었으니 이런 산골 빈농이 초등학교를 보낸 것은 그나마 큰마음 먹고 한 일이었을 것이다. 그가 지게질하는 것을 보고 마스막재를 넘나들며 6년간 통학한 것이 체력의 바탕이 된 게 아닌가 생각한 적이 있다. 그가 진 지게 짐은 여느 사람 것보다도 한결 푸지고 무거워 보였기 때문이다. 그는 산골 소년답게 시야는 좁으나 순진한 구석이 있고 중학교에 진학 못한 것에 대한 자격지심 같은 것은 전혀 보이지 않아 호감이 갔다. 난리가 나기 전 욕각골 아저씨를 따라 읍내로 나온 그를 몇 번 만난 적이 있어 구면이었다.

부친과 이모부가 남행길에 올랐던 터라 무심코 농사짓는 사람들이 사실은 제일 복된 사람이란 취지의 말을 했다. 세상이 바뀌어도 아무 걱정이 없으니 얼마나 다행한 일이냐고도 했다.

종태는 농사짓는 게 얼마나 힘이 드는지를 몰라서 하는 소리라고 서슴없이 말했다.

"며칠 지게질을 계속하면 저녁때 온몸이 쑤셔. 게다가 사시장철 일거리가 생겨서 몸 편한 날이 없거든."

"그건 모든 사람이 똑같지 않을까? 어떤 직업을 갖든 몸 편한 사람이 있을라고?"

"그래도 사무실에서 펜대 놀리는 사람들은 신세가 편하지 뭐야? 난 졸업하고 나서 어디 사무소에서 급사給使 노릇이나 할 수 있다면 얼마나 좋을까 생각했거든."

"사무실에서 남의 심부름이나 해주는 것이 무어가 좋아?"

"그래도 땡볕에서 하루 종일 낫질이나 호미질하는 것보다야 낫지 뭐야."

"용산리 우리 이웃에 남산학교에서 급사 노릇을 한 애가 있어. 홀어머니 밑에서 자란 아이인데 남산학교 동기야. 공부를 아주 잘해서 졸업 후 학교에서 특별 채용을 했어. 잔심부름이나 하고 시간에 맞추어 종 치는 게 전부야. 그런데 만나서 얘기를 들어보니 그게 아녀. 어쩌다 심부름을 잘못하거나 하면 된통 야단을 맞는데 처음엔 눈물이 나더래. 한번은 종 치는 것을 까먹은 일이 있었대. 교감, 교무주임이 나서서 호통치는 것은 당연하다고 생각했다는 거지. 마침 그게 쉬는 시간 종이어서 수업에서 늦게 나온 선생들이 다 한마디씩 하는 바람에 눈물이 왈칵 쏟아지더라는 거야. 그러면서 그가 하는 말이 물론 모교 선생님들이라 많이 봐주고 도와준 것은 사실이라는 거지. 그러나 모교 은사도 상전은 상전, 에누리가 없다는 거야. 잘 대해주던 이한테 혼나고 나면 더 야속하고 서럽더라는 거야."

"그 애는 지금도 거기 있나?"

"아니야. 워낙 똑똑한 친구라 도와주는 이가 생겨 급사 노릇 그만두고 사범학교에 다녀. 내 생각엔 눈물 몇 번 와락 쏟고 나서는 다른 수를 썼던 것 같아."

"아무리 그래도 농사보다야 낫지."

"농사가 어렵다는 것은 인정해. 그래도 지금 같은 난리통엔 농사를 지으면 굶어 죽을 염려는 없잖아. 난리가 쉬 끝나지 않으면 우리 같은 월급쟁이 집안은 어떻게 될지 몰라."

"그러면 나하고 처지를 바꾼다고 생각해봐. 농사짓는 게 정말 괜찮다고 생각하면 중학생 노릇하는 거하고 내 처지하고 바꾸겠어? 응? 대답해봐."

유치하지만 아니, 유치하기 때문에, 도리어 진지했던 우리들의 대화는 계속되었다. 그런데 어느 순간 갑작스럽게 대포 소리가 났다. 우렁찬 포성이었다. 분명 가까이에서 엄청난 소리가 났는데 어느 방향에서 났는지 도무지 분간이 가지 않았다. 사방이 산으로 둘러싸인 산골이라서 더욱 이상하게 생각되었다. 하늘에서 나는 천둥 소리도 방향이 있지 않은가? 우리는 분명 다시 포성이 들릴 것이라 생각하면서 조마조마 기다렸다. 그러나 대포 소리는 들려오지 않았다. 그것이 더욱 궁금증을 일으키며 우리를 불안하게 했다. 미구에 또 포성이 나리라……. 그러나 다시는 들려오지 않았다. 대체 어디서 누가 쏜 것일까? 또 표적은 어디의 무엇이며 누구인가? 전날의 강 건너 연기처럼 그 후에도 우리들의 의문은 영 풀리지 않았다.

오후가 되자 비가 멈추고 먼 산이 더 가까이 다가온 것 같은 느낌이었다. 안개도 개였다. 그러자 바로 맞은편의 먼 산에 있는 오두막집 한 채가 분명하게 시야에 들어왔다. 산정 능선에서 얼마쯤 아래쪽에 집 한 채가 보이는 것이었다. 저런 높고 외진 곳에 어떤 사람이 살고 있는 것일까? 종태에게 물어보았다. 그는 어머니를 따라 산나물을 뜯으러 맞은편 산에 오른 일이 있다면서 호호백발 내외가 살고 있더라고 했다. 그들은 이를테면 외톨이 화전민으로 그곳에서 살고 있는데 자리 잡은 지 얼마 안 된다는 것이다. 그러니까 해방 후 거기에 정착한 사람들이었다. 이 산꼭대기에서 무섭지 않으냐는 자기 어머니 말에 "무섭긴 뭐가 무서워. 무서운 건 사람이지. 사람이 없는데 무서울 거 있나"라고 이 빠진 할머니가 천연스럽게 대답하더란 것이다. 외진 곳에서 가장 아쉬운 것은 소금이라며 이렇게 만나보는 이들에게 다음에 올 때 소금을 가져오면 약초를 주겠다고 말한다고도 했다. 그러면서 종태 어머니한테도 소금을 가지고 다시 한 번 꼭

산나물 뜯으러 오라고 일렀다 한다. 비가 오면 싸움도 쉬는 것인지 그날은 의문의 포성밖에 별다른 일이 없이 지나갔다. 또하나의 불안하고 지루하나 무사한 하루였다.

수수께끼의 여인

이튿날은 비 온 뒤에 흔히 있는 쾌청의 날씨였다. 식전에 옹달샘에 내려가 세수를 끝내고 나니 어제 보았던 그 개똥모자가 또 자전거를 타고 지네실 쪽에서 마스막재 쪽으로 달려가고 있었다. 매일 읍내를 다녀오는 것이 아닌가 하는 생각이 들었다. 무얼 하는 사람일까? 궁금증이 생겼다. 차림이나 새 자전거로보아 돈푼깨나 있는 사람 같았다. 개똥모자가 지나간 뒤 이번엔신작로 아래쪽에서 웬 젊은 여성이 올라오는 게 보였다. 훤칠한키에 등산모를 쓴 여인은 사방을 두리번거리면서 천천히 옹달샘 쪽으로 올라왔다. 가까이서 보니 단박 눈에 뜨이는 반듯하고깨끗한 얼굴이었다. 여성에게 후하고 친절한 남자라면 대뜸 미인이라고 호들갑을 떨 게 틀림없는 용모였다. 그녀는 나를 보자아주 심상한 어투로 물었다.

"학생은 어디서 왔어?"

"……"

"피란 온 거 아니야? 나는 교현동에서 왔는데."

"저, 용산리에 살아요."

"보아하니 중학생 같은데, 몇 학년?"

"이번에 4학년 됐습니다."

"나한테는 5학년짜리 남동생이 있거든. 충주는 아니지만. 저, 심심도 하고 구경 삼아 저 산꼭대기까지 한번 올라가보려고 해. 마침 잘됐네. 같이 가보지 않을래? 오래 걸리지 않을 거야."

그녀는 웃으면서 내게 물었다. 순간 머리가 멍멍해졌다. 솔직히 그때까지 나는 모르는 젊은 여성과 얘기를 나눈 적이 없었다. 어디서 왔느냐고 그녀가 물었을 때 즉답을 못한 것도 그 때문이었다. 그런데 동행을 해서 산꼭대기까지 간다! 그것은 꿈에도 상상하지 못한 일이었다. 숫기 없는 나는 우물쭈물하다가 겨우 대답을 둘러댔다.

"저, 어머니하고 읍내에 들어가보기로 했거든요."

"아, 그래? 그러면 혼자 가는 수밖에. 하지만 읍내 들어가는 것은 좀 위험하지 않을까? 난 어제 아침에 이리로 왔는데 이북 군대가 벌써 들어왔다는 얘기도 있었거든."

그러더니 그녀는 "조심해요"라는 말을 남기고 천천히 산비탈을 올라갔다. 정신을 차리고 그녀의 훤칠한 뒷모습을 보고 있노라니 잘못한 것이 아닌가, 하는 생각이 들었다. 우연한 만남이나 부딪침이 기막힌 행운이나 위복의 계기가 된다는 얘기가 얼마나 많은가. 혹 행운의 여신이 보낸 은밀한 심부름꾼이 아닐까? 그녀가 다가오자 옹달샘 주변이 갑자기 환해진 것도 그 때문이 아닐까? 엉뚱한 상상이 꼬리에 꼬리를 물고 머리를 스쳤다. 그럴수록 그녀의 말을 거스른 행운의 거절이 아깝고 아쉽게 느껴졌다. 지금이라도 따라가볼까? 그러면 거짓말이 들통나지 않는가? 할 일 없이 보내는 시간이어서 상상의 날개는 더욱 분주하게 날갯짓을 계속하였다.

당시 우리는 아침을 늦게 먹었다. 점심은 감자 같은 것으로 간단히 때우고 저녁을 일찍 먹는 것이 모친 착상의 피란살이 살림 대책이었다. 그 연장선상에서 해가 짧은 겨울 피란 때는 아주 점심을 걸렀다. 아침을 먹고 나서 나는 그녀가 올라간 산비탈을 오르기 시작했다. 혹 그녀를 만나면 하게 될 얘기까지 준비해두었다. 아까 들은 조심하라는 소리를 전했더니 어머니도 읍내 들어갈 생각을 접었다고 할 작정이었다. 그때껏 감나무집 뒤에 있는 큰 감나무에서 산꼭대기 쪽으로는 가본 적이 없었다. 그러나 발을 옮기며 살펴보니 조그만 길이 나 있었다. 풀이 밟힌 자국이 있고 어쨌건 발 디디기가 편한 길 아닌 길이 나 있었다. 그대로 따라갔다. 큰 나무라고는 하나도 없고 작은 키의 떡갈나무 유목이 흔했고 가끔 다 썩은 고주박이 눈에 뜨이었다. 이따금 이름 모르는 꽃도 보였으나 살을 대면 곧 베일 것 같은 사나운 풀잎의 풀들이 제일 흔했다. 풀잎 가장자리에 흰색 줄이 보이는 풀이었다. 남산은 상봉이 650미터가 되는 낮은 산이다. 그나마 마스막재 쪽은 산정 능선에서 가장 낮은 편에 속하고 욕 각골은 산정 능선에 가까운 동네다. 그러니 단박에 끝날 것 같 았지만 막상 올라가보니 쉽지가 않았다. 땀을 뻘뻘 흘리고 숨을 가쁘게 몰아쉬며 마침내 꼭대기에 당도했다.

충주 읍내가 한눈에 내려다보였다. 마스막재에서는 서쪽이 정면으로 보였으나 거기서는 서북쪽이 정면으로 보이는 것이 달랐다. 읍내는 평온해 보였다. 사방을 두리번거려도 식전에 본 여인의 모습은 보이지가 않았다. 올라오면서도 내려오는 그녀 는 보지 못했다. 불과 3, 40분밖에 안 되는 시간 차인데 여인의 행방은 묘연하였다. 그러면 다른 길을 찾아서 내려간 것일까? 그럴 수도 있지만 상봉 높은 쪽으로 올라가 거기서 하산한다는 것은 등산을 목적으로 하지 않는 한 있을 수 없는 일이었다. 생 각할수록 궁금해졌다. 딱히 그 여인을 보기 위해서 올라간 것이 라고 할 수는 없었다. 그랬다면 당장 뒤쫓아 갔어야 했다. 다만 그녀의 본을 따서 한번 올라가보자고 생각한 것일 뿐이었다. 그 런데 막상 그녀의 모습이 보이지 않자 그녀를 보기 위해 올라온 것 같은 생각이 들면서 시큼한 실패의 쓴맛이 입에 가득 고였다.

한참 동안 이런저런 생각에 잠겨 있는데 목행리牧杏里 쪽에 서 번쩍하는 것이 보였다. 아주 작고 가느다란 번갯불 같다고나 할까. 이어서 농업학교 근처에서 흙먼지가 크게 위로 치솟았다.

얼마 안 있어 그 언저리에 다시 흙먼지가 크게 올랐다. 그러나 이번엔 번쩍하는 것은 보지 못했다. 정말 전투가 벌어지는구나! 목행리는 충주에서 북쪽이고 농업학교는 서북쪽 탄금대 쪽에 있었다. 그러니 북쪽에서 이북군이 쏜 대포가 읍내로 떨어진 것이 아닌가. 그런 생각이 들면서 이제 정말 무서운 시간이 왔다는 느낌이었다. 그 무서운 시간을 산정에서 유유히 구경하고 있다고 생각하니 대견하고 우쭐한 생각이 들면서 동시에 무엄한 짓이 아닌가, 이러다가 벌받는 것이 아닌가 하는 두려움과 조바심도 생겨났다. 두 번의 흙먼지 상승이 있고 나서는 다시 조용해졌다. 기관총이나 소총 소리 따위도 들리지 않았다. 한참을 내려다보다가 산을 내려왔다. 강 북쪽까지 이북 군대가 와 있다는 것을 집에 알려야겠다는 생각이 났던 것이다.

동네에 당도한 나는 모친과 이모에게 본 바를 그대로 알렸다. 아무래도 이제부터가 위기라는 생각이 들었다. 모친과 이모는 새벽길을 떠난 동서들이 과연 얼마만큼이나 멀리 갔는지가 궁금한 듯 북쪽 군대가 아직 읍내로 들어오진 않은 것 같으니 걱정할 것은 없다고 했다. 그러면서 먹는 것을 어떻게 해결하는지 궁금해하며 제대로 먹어야 먼 길을 갈 수 있을 텐데 하고 근심을 주고받았다. 내게는 식전에 만났던 등산모 여성의 행방이 풀리지 않는 수수께끼가 되어 가지가지 억측을 하지 않을 수가 없었다. 교현동에서 온 피란민이라 했지만 정탐을 하러 온 위장

60

선발대원이 아닌가 하는 생각이 들면서 따라가지 않은 것이 다행이란 생각이 들었다. 그러나 다음 순간 그럴 리가 없다고 단정했다. 전투 임무에 종사하는 사람이 그렇게 깨끗한 얼굴을 유지할 리 없다는 생각이 퍼뜩 들었던 것이다. 숨어 있는 이북 오열이 무슨 신호를 보내기 위해 올라간 것은 아닐까? 그러나 신호를 하필 산꼭대기에서 보낼 필요가 있을까 하는 생각이 떠오르자 그것도 아닌 것 같았다. 강 건너의 연기나 비 오는 날의 단발 포성은 등산모 여성의 수수께끼에 비하면 별것 아닌 느낌이었다.

점심이랍시고 찐 자주감자를 먹고 나서 나는 욕각골 동네 탐사에 나섰다. 피란 온 후 지네실 쪽으로 신작로를 따라 걸어본 일이 있었다. 또 마스막재 쪽으로는 읍내 집에 갈 필요도 있고 해서 여러 번 가보았다. 그리고 그날 오전엔 산꼭대기에 오르기도 하였다. 처음 가보는 신작로 아래 동네는 조그만 골짜기로서 좁다란 물줄기가 흘러내리고 있었고 그것을 중심으로 양쪽에 인가가 서 있었다. 생각과는 달리 위쪽보다 넉넉한 터가 있는 집은 없었다. 모두 고만고만한 크기의 초가집이었다. 얼마쯤 인가가 계속되다가 그것이 끝나면 그야말로 손바닥만 한 논다랑이가 나왔다. 그러나 그것도 잠시였고 다음은 그냥 물줄기를 끼고 있는 산자락이었다. 나중에 안 일이지만 아래로 계속 내려가다 보면 곱도실 가는 신작로를 만나게 되어 있었다. 아랫동네를 걸어가면서 식전에 보았던 여성을 보게 되지 않을까, 하는 생각을 했다. 사실 궁금증을 해소할 수 있을 것이란 기대 때문에 내려가본 것이라 할 수도 있다. 그러나 분명 피란민이라 생각되는 사람들을 몇 집에서 보았으나 그 여성의 모습은 볼 수 없었다. 한여름이라 하더라도 방 안에 있으면 보이지 않을 것이다. 돌아오는 길에 유심히 살펴도 아무런 단서도 찾아지지 않았다. 다시 궁금증이 동해서 이런저런 추측이 머리를 스쳤다.

산상의 군인들

늦은 오후 종태가 성재에 군인들이 와 있다는 동네 소문을 전해주었다. 충주 남산에는 산성이 있다. 지금은 말끔하게 보수하여 제법 규모도 크고 잘 보수된 고적이라는 인상을 준다. 그러나 그 이전에는 그저 큰 돌을 차곡차곡 쌓아놓은 성벽이 얼마쯤 보이는 정도였다. 초등학교 4학년 때 우리는 증평에서 충주로 이사를 왔다. 해방되기 바로 1년 전이니 우리 나이로 열 살 때 일이다. 이사 오기 전 모친은 고향인 충주에 대해 얘기할 때 달내강이란 큰 강이 있고 큰 연못이 세 개가 있고 또 성이 있다고 들려준 적이 있다. 기차로 충주에 가서 강을 본 적이 있다. 그러나 큰 연못은 본 적이 없어서 궁금증이 생겼다. 그러나 가장 기대가 컸던 것은 성이었다. 산 위에 성이 있다니! 그러나 이사 오고 나서 구경한 성은 실망과 환멸 바로 그 자체였다. 성이라고 해서 내가 상상한 것은 당시의 교과서에서 본 일본의 가령 오사카[大阪]성 같은 우람하고 준수하고 낯선 옛 건물이었다. 그러나 충주에서 본 성은 산마루 바로 아래쪽에 있는 돌로 쌓아 올린 성벽일 뿐이었다. 산성 성벽과 저들의 이른바 덴슈카쿠[天守閣]의 차이는 가난뱅이와 부자의 차이가 아닌가! 그날 내 스페인의 성곽은 요란한 소리를 내며 와그르르 무너지고 말았다.

충주 산성의 성벽은 그러나 읍내 아무 데서나 보이지가 않았다. 산줄기가 굴곡져 있어 보이는 곳이 따로 있었다. 교현동 근처에서 보이고 호암리 쪽에서 보이고 하는 식이다. 욕각골에서도 감나무집 위아래서는 보이지 않는다. 지네실 가는 신작로를 따라가다 보면 비교적 큰 골짜기가 나서는데 골짜기를 끼고 한참 올라가면 위쪽으로 고색창연한 성벽이 얼마쯤 드러나는 것임을 나중에 알았다. 성벽이 있는 곳을 욕각골에서는 성재라고 했다. 그 말이 충주에서 두루 쓰이는 것은 아닌 것 같고 그야말로 욕각골의 사투리 혹은 토박이말이었다. 그 성재에 군인들이 와 있다니 놀라지 않을 수가 없었다. 점심때쯤 군복을 입은 젊은이가 아래쪽으로 내려와 밭에서 일하는 동네 사람에게 아랫동네에 가구는 얼마나 되고 인구는 얼마나 되느냐면서 이것저것 물어보더라는 것이다. 마지막으로 혹 공무원이나 학생이나 그런 사람은 없느냐고 묻더니만 지금 일을 동네 가서 발설하지 말라고 이르고 다시 올라갔다는 것이었다.

욕각골 아저씨네한테는 수양딸이 하나 있었다. 정확히 말하면 욕각골 아저씨의 부인인 종태 모친의 수양딸이었다. 우리는 욕각골 아저씨라고 흔히 말했지만 이상하게 욕각골 아주머니란 말은 쓰지 않았고 그렇게 부를 계제도 없었다. 수양딸이라고 해도 얻어다 기른 딸이 아니라 명 길라고 모녀 사이를 맺은 수양 딸이었다. 아주 가까이 지내는 것 같았다. 그 수양딸의 남편은 농사꾼답지 않게 희멀건 얼굴에 유식한 소리를 제법 하는 처지였고 동네 유지로 행세하며 그리 인정받는 모양이었다. 욕각골 아저씨 내외는 그를 박 서방이라 불렀다. 마침 감나무집에 들렀던 박 서방은 종태의 말을 듣고 그것만 가지고는 우리 국군인지 저쪽 군대인지 알 수가 없다, 아직 저쪽 군인이 들어온 것 같지는 않으나 조심해야 한다, 혹 이쪽으로 내려와 염탐을 하더라도 절대 어느 한쪽을 편드는 듯한 말은 해서는 안 된다, 무조건 수고가 많으시다 인사하고 고분고분하게 대하라고 일렀다. 마스 막재에서 "공무원이면 피란을 가라"던 국군 하사관의 말을 들었던 터라 왜 공무원이나 학생이 있나 없나를 물은 것인지 이유가 궁금했다. 혹 처단하기 위해서일까? 은근히 겁이 나기도 하였다. 그래서 그 이유를 물어보았다.

"글쎄, 그거야 나도 모르지. 속 시원한 대답을 듣지 못해서 좀 유식한 사람을 만나 알고 싶은 것을 물어보고 싶었던 게 아닐까 생각해. 그래서 학생도 있느냐고 물어본 것 같아." 듣고 보니 그럴싸하게 생각돼 적이 마음이 놓였다. 그때 신작로에 동네 사람들이 모여서 얘기를 주고받는 것이 눈에 뜨이었다. 모두 산 쪽을 향해서 올려다보고 있는 것 같았다. 우리는 모두 잰걸음으로 신작로를 향해 내려갔다. 감나무집에서는 보이지 않는데 아래쪽 신작로에서는 잘 보이는 봉우리가 있었다. 오전에 올라갔던 꼭대기에서 한참 왼편으로 나 있는 높은 봉우리였다. 큰 바위가 있어 바위가 봉우리의 절반인 셈이었다. 동네 사람들 말대로 여러 사람이 움직이는 것이 조그맣게 보였다. 복장이 흰 바지저고리가 아닌 것으로 보아 군인임에 틀림이 없었다. 수양딸 남편 박 서방은 저 사람들이 언제부터 보였느냐고 물었다.

"우리도 방금 알았어요. 이 친구가 가르쳐주어서 알았지요." 동네 사람 하나가 옆에 있는 이를 가리키며 말했다.

"성재 쪽에서 군인이 내려왔다 올라갔다는 소문을 듣고 그쪽 골짜기로 가봤지요. 아무것도 보이는 게 없더라고요."

"어디까지 가보았는데?"

"그냥 신작로에서 올려다본 거지요."

"거기서 보이긴 뭐가 보여. 골짜기를 한참 올라가야 하지 않아?"

"거길 무엇하러 올라가. 그냥 냄새나 맡아볼까 하고 가본 거지. 이리 와서 이쪽 봉우리를 보니까 저 사람들이 보이는 거야"

"대체 어느 쪽 군인일까……."

"벌써 들어온 것 아닐까."

그러자 박 서방은 아까와 똑같은 말을 되풀이했다. 한쪽을 편드는 듯한 말은 해서는 안 된다, 무조건 수고가 많으시다고 인사하고 고분고분하게 대하라는 취지였다. 그때 마스막재 쪽에서 키다리 개똥모자가 자전거로 달려왔다. 지나가는 그에게 읍내 형편은 어떠냐고 누가 물어보자 그는 "이제 결판이 났어요" 한마디 하고는 쏜살같이 지네실 쪽으로 사라져 갔다. 수수께끼 같은 한마디였다. 이렇게 모여서 수군수군하는 것도 좋을 거 없으니 다들 집으로 돌아가자는 박 서방의 말에 모두들 뿔뿔이 흩어졌다.

산봉우리에 보이는 군인들을 보고 나니 식전에 본 여성이 다시 궁금해지기 시작했다. 내가 올라가본 꼭대기에서 능선을 따라 한참 왼쪽으로 올라가야 바위 봉우리가 나선다. 그쪽으로 올라간 것일까? 그럴 것 같지도 않았다. 피란 온 젊은 여성이 무엇하러 거기까지 올라갈 것인가? 피란이 아니라 호랑이 굴을 찾아 나서는 일이 아닌가? 뿐만 아니라 그쪽 군인들이 아래로 내려와서 동네에 대해 이것저것 물어보았다지 않은가? 그녀를 봤다면 그녀에게서 모든 궁금증을 풀 수 있었을 것 아닌가? 아무리 생각해도 모를 일이었다.

지금의 시점에서 돌이켜보면 그녀가 무슨 옷을 입고 어떤 신발을 신었는지 따위는 전혀 생각나지 않는다. 훤칠한 키에 땟물을 벗은 깨끗하고 반듯한 얼굴과 등산모의 이미지가 떠오를 뿐이다. 등산모도 생뚱맞기는 하다. 사변 전 충주중학 학생들은 여름 기간에 백색 등산모를 쓰고 다녔다. 상급반 학도호국단 간부들이 여름에 검정 교모를 쓰고 다니는 것이 갑갑할 뿐 아니라 보기에도 노타이셔츠와 어울리지 않는다고 학교에 건의해서 그리된 것이다. 그만큼 시골에서도 등산모는 흔하고 널리 보급됐던 것이 아닌가 생각된다. 그 후 욕각골에서는 물론이고 읍내에서도 혹시나 하는 생각에서 훤칠한 키의 여성이다 싶으면 유심히 살펴본 게 사실이다. 그러나 그녀 비슷한 사람은 영영 보지 못했다. 그러니 내가 그녀를 본 것은 딱 한 번뿐이다. 단 한 번 그것도 잠깐 본 여성을 잊지 않고 있다는 것은 그만큼 그녀가 수수께끼로 남아 있었기 때문일 것이다. 그녀는 내 삶 속 감상적感傷的 영구 미제 사건의 하나다. 몇 해 후 영문과 학생 시절 흔히 교과서로 쓰인 사화집 『불멸 시편The Immortal Poems』에 수록된 작자 미상의 담시에서 다음 대목을 발견하고 일변 놀랍고 일변 반가웠다. 한 번 스쳤을 뿐인 여인이 잊히지 않는다는 것이 공감되었기 때문이다.

　　I did but see her passing by

And yet I love her till I die

지나가는 것을 보았을 뿐이지만

죽을 때까지 나 그녀를 사랑하노라

　사춘기로 접어든 나이였지만 내가 그녀에게 첫눈 매료의 설렘 비슷한 것을 느낀 것은 아니다. 그 상황에서 가소롭다고 할 수밖에 없는 감정의 사치와는 무관하다고 단언할 수 있다. 그녀가 여성이 아니더라도 과연 영구 미제 사건이 되었겠느냐고 묻는다면 물론 아니라고 대답할 수밖에 없다. 안위가 걱정되었던 것도 사실이다. 그렇지만 그건 에로스 충동과 관계없이 비상 상황에서 보여준 묘령의 여성으로서는 아주 파격적인 거동 속에서 그녀와 잠시 소매를 스쳤기 때문일 것이다. 그녀를 생각하면 삶의 수수께끼 됨을 다시 실감하게 된다. 오래도록 기억되는 것은 딱 한 번 그녀를 본 당일 우리 집에 소소하나 그 여진이 굉장한 일이 벌어졌기 때문일지도 모른다. 장남에게 신고할 겨를도 없이 꼭두새벽에 도둑처럼 욕각골을 빠져나갔던 부친이 그날 저녁 계면쩍은 얼굴로 축 늘어져 돌아온 것이다. 패잔병은 인간 위엄의 역상逆像이요 그 살아 있는 동영상이다. 갈 데 없는 패잔병 몰골의 두 동서는 저녁을 드는 둥 마는 둥 이내 정신없이 곯아떨어졌다.

도망 끝의 노숙

뒷북친 헛걸음

이튿날 아침 느지막하게 일어난 부친은 눈도 퀭하고 시종 풀이 죽은 모습이요 겸연쩍은 얼굴이었다. 그러나 아무 일 없었다는 듯이 애써 태연하고 심상하게 보이려는 기색이 역력하였다. 새벽길을 나선 후의 행적이 당연히 궁금했으나 거기에 대해선 별말이 없었다. 가족들을 죽 둘러보더니 난시亂時엔 건강과 체력이 제일 중요한 것이고 그러자면 잘 먹어야 하는데 참 걱정이라고만 하였다. 조반을 끝낸 뒤에는 좀 더 쉬어야겠다며 누워버리고 말았다. 옆집 이모부도 마찬가지인 것 같았다. 조반 후에 일부러 들러보았는데 이모부 역시 자리에 누워 있다는 것이었다. 이모부가 돌아온 것을 다행으로 여기는 게 분명한 이모도 애써 내색을 하지 않으려는 것 같았다.

오후가 되자 두 동서는 약속이나 한 듯이 감나무집으로 건너 갔다. 욕각골 아저씨에게 그냥 하는 일 없이 지내는 것도 무료 하고 힘드니 무슨 일감을 달라고 청했다.

"아니 이 땡볕에 무슨 일을 한다고 그래요?"

"그저 심심풀이로 풀이나 뽑을 테니 밭이나 가르쳐줘요."

"어젯밤에 돌아들 왔잖아요? 그것도 원행遠行 끝에."

"원행은 무슨 원행, 마스막재 10리길이야 뭐 처음인가요? 부 지런히 왕래했는데."

"안 하던 일 갑자기 하면 괜히 더위 먹어요. 익모초 달여 먹기 가 얼마나 힘든지 알아요?"

"괜찮다고요. 빈둥빈둥 앉아 있는 것보다 나을 것 같고……. 둘이서 얘기 나누며 풀이나 뽑을 테니 호미나 건네줘요."

"정 그러겠다면 이따가 해거름에나 슬슬 올라가보자고요."

늦은 오후에 머리에 수건을 쓴 두 동서는 앞서가는 욕각골 아 저씨를 따라서 감나무집 뒤의 산비탈을 올라갔다. 이를 보고 제 일 신이 난 것은 종태였다. 피란 온 양복쟁이 아저씨들이 심심 풀이로 풀을 뽑아준다니 그에겐 큰 횡재가 아닐 수 없었다. 평 소 풀 뽑기 같은 것은 그의 몫이었기 때문이다. 역시 선생님들 이라 다르다면서 찢어진 입을 다물지 못했지만 한마디 덧붙이 는 것도 빼놓지는 않았다.

"일을 안 해봐서 그래. 반나절만 하고 나면 생각이 바뀔걸."

"이모부는 농업학교 교사야. 평소 학생들이 작업하는 것 많이 봐. 우리 아버진 농업학교 출신이고. 똥통 학교 선생하고 똥통 학교 졸업생이 농사일 고된 줄을 모를까봐?"

"학교 실습지에서 작업하는 것하고 농사짓는 것하고 같을까? 생판 다를 거야."

"그게 그거지. 다르긴 뭐가 달라."

"일을 안 해봐서 그래."

종태는 농사에 관한 한 생각이 확고부동하고 완강하였다. 농사일은 힘들고 제일 손해 보는 놀음이라는 생각이 딱 박혀 있었다. 두 동서가 풀이라도 뽑겠다는 것을 종태는 피란 와서 신세지니 동네에 무언가 도움을 주어야겠다는 생각에서 그러는 것이라고 생각하는 모양이었다. 그와 헤어지고 이모한테 가보았다. 이모는 한참 모친과 얘기를 나누던 참이었다.

"아니 갑자기 호미질 몇 번 한다고 백묵 만진 손에 뚝살이 박이나? 괜한 짓거리지."

이렇게 말하는 것은 모친이었다.

"그렇긴 해도, 성, 풀이라도 뽑고 호미질이라도 하면 동네 사람들도 조금은 곱게 봐주지 않을까? 그래 겸사겸사하는 것이겠지."

"농사도 기술이야. 옆에서 손 거든다고 좋아하지도 않아. 괜히 부담만 주는 거지."

"그까짓 한두 시간 하는 일에 뭐 부담까지 가겠어."

"내 말은 여차즉하면 솔직하게 털어놓고 보아야지 괜히 아닌 척 저런 척하다가 봉변당하기가 십상이라는 거야. 대관절 우리 같은 숫보기에게 속아 넘어갈 어리바리가 세상천지 어디에 있겠어?"

"성, 세상일이 그렇게 이치대로만 갈까? 엉그럭 떨어서 통하는 경우도 있잖아? 미친 척하고 엿목판에 엎어진다고 솔직한 게 제일 바보짓 아니야?"

모친과 이모가 주고받는 말로 미루어보아 대충 짐작 가는 바가 있었다. 난리가 터지고 나서 갖가지 흉측한 뜬소문이 나돌았다. 저쪽 군대가 경찰과 군인은 가족까지 처치한다든가 손을 내밀어보라고 한 후 막일하지 않은 손 임자를 처치한다든가 하는 소문이었다. 그러잖아도 새벽길에 나섰다가 돌아왔으니 혹여 동네 사람에게 밉보이면 어떻게 하나 하는 걱정도 있고 또 피란 와서 신세 지니 뭔가 성의라도 보여야 할 것 아닌가 해서 두 동서가 상의 끝에 호미질을 자원한 것이었다. 워낙 인총 적은 산동네라 혹여 가장이 남행했다 돌아왔다더라 하는 입소문이라도 날까 신경을 쓰는 것은 헛걱정만은 아니었다. 그러나 반나절의 호미질이라도 하면 그만큼 오른손이 험해질 터이고 그만큼 미운털도 빠질 것이 아니냐는 어른들의 지푸라기 같은 속셈은 내겐 한없이 처량하고 허망하게만 생각되었다. 부친 하는 일을 탐탁하지 않게 여기는 경우가 많은 모친이 다 괜한 짓이라고 타박하는 반면 작은이모는 그냥 하는 대로 두고 보자는 입장인 것 같았다. 그러나 모친이나 이모나 무슨 확신을 가지고 얘기하는 것은 아니고 막연한 불안을 다스리기 위해 수다를 주고받을 뿐이라는 느낌은 여전하였다. 그런 느낌은 새벽길을 떠나기 전날 두 동서가 주고받는 대화에서 이미 절감한 터였다.

모친과 단둘이 되자 나는 두 동서 새벽길의 뒷얘기가 궁금해서 물어보았다. 모친은 목소리를 낮추더니 말하였다.

"너나 네 누이는 물정을 알지만 네 동생들만 해도 뭐가 뭔지 모르지 않니? 행여 남쪽으로 피란을 갔다가 돌아왔다는 게 알려지면 좋을 일이 없을 것이고. 조그만 일에도 신경을 써야지. 그래서 될수록 너희들 듣는 데서는 쉬쉬하는 거다. 아무래도 이제 저쪽 세상이 된 것 같다. 앞으로 또 어떻게 될지 모르지만 우선 당장은 그런 것 같다."

그러면서 모친이 들려준 얘기도 내 궁금증을 속 시원히 풀어 주지는 못하였다.

두 동서는 꼭두새벽에 욕각골을 떠나서 충주 읍내로 들어갔다. 일단 집에 들러 이것저것 더 챙겨 넣고 남쪽을 향해 걸어갔다. 국도를 따라가다가 행인이 별로 보이지 않는 게 아무래도 꺼림칙해서 일부러 소롯길을 골라 돌아갔다. 단월 유주막에서 수주팔봉 가는 샛길로 접어들어서 남쪽을 향해 갔다. 그러니 행보가 더딜 수밖에 없었다. 수주팔봉을 지나서 하루 저녁 농가의 신세를 졌다. 그런데 먼저 남하를 발설, 제기했던 이모부가 아이들이 눈에 밟힌다며 아무래도 자신이 없다고 약해빠진 소리를 하기 시작하였다. 맏이가 열한 살인 터수에 꼬마가 모두 다섯이나 되니 당연한 일이었다. 그걸 모르고 떠난 것은 아니지만 막상 닥쳐보니 착잡한 심정은 걷잡을 수가 없었던 것 같다. 부친은 이왕 작심하고 나선 걸음인데 그냥 돌아설 수 없지 않으냐고 손아래 동서를 다독였다. 이튿날 아침 두 동서는 다시 국도 신작로로 들어섰다. 비가 내리기 시작했고 소롯길이 한결 행보를 더디게 했기 때문이다. 순한 비는 오후가 되니 그쳤다. 다시 소롯길로 들어서려고 길을 물어보기 위해 동구 앞에서 서성이는데 국도 맞은편에서 배낭을 진 중년 남자가 다가왔다. 같은 용산리에 살고 있는 정동원鄭東園 씨였다. 이범석李範奭의 민족청년단에 관여한 인사로서 충주에서는 점잖은 지방 유지로 통하고 있었다. 부친과 자별한 사이는 아니었으나 깍듯이 인사를 나누며 지나는 처지였다.

정 씨는 반갑게 손을 잡으며 자기는 되돌아가는 길이라고 말했다. 그러면서 되돌아오는 사람을 많이 보았다는 것, 그들 말로는 아무래도 북쪽 군내가 벌써 앞지른 것 같다는 것, 막상 집을 나와 생각해보니 혼자만 이렇게 길을 나선 것이 떳떳한 일인가 의심이 된다는 것, 죽으나 사나 가족과 함께 있어야 한다는 생각이 들었다고 말했다. 그러면서 돌아갈 생각을 굳히니 이렇게 마음 편할 수가 없다면서 같이 돌아가자고 말했다. 당신이 하고 싶은 말을 대신해주는 듯한 정동원 씨 말에 고무되어 이모부는 우리도 마음을 편히 갖자고 부친에게 호소하다시피 했다. 갈피를 잡지 못하고 뜨악해하는 부친에게 정동원 씨는 다시 말했다. "솔직히 말해서 선생님이 무슨 죄를 지었다고 이렇게 고생 고생 먼 걸음을 하십니까? 내려간다고 우리가 안전하다는 보장이 어디 있습니까?" 마스막재를 지키던 군인 말에 흔들리고 다시 학교를 지킨다며 현관에 나앉아 있던 한희요 교장의 말에 흔들렸던 부친은 정동원 씨 말에 다시 흔들렸다. 아무래도 먹는 것이 부실한 데다 이틀 동안 행군을 했던 터라 그의 말에 있는 기운이 스르르 다 빠져나가고 그 자리서 주저앉고 싶은 심정이었다. 자신도 없어졌다. 세 사람은 오던 길을 다시 되돌아갔다. 한밤중에 충주로 돌아온 두 동서는 우리 집에서 하룻밤을 유했다. 욕각골엔 사람 눈에 잘 뜨이지 않는 저녁때 돌아가는 것으로 하고 낮잠을 잤다. 이모부 댁을 함께 둘러보기로 하고 성서동엘 갔는데 거기서 만난 이모부 이웃 사람이 벌써 북쪽 군대가 충주에 들어왔다는 소문이 싹 돌았다는 얘기를 들려주었다. 그러면서 충주가 싸움터가 되는 일은 없을 것 같으니 시골에 가 있는 가족들을 모두 불러들일 작정이라는 말도 하였다.

모친은 두 동서의 헛걸음 행적을 들려주고 나서 덧붙였다.

"돌아오길 잘했지, 두둑한 노자도 없이 무작정 나서서 어떻게 되겠니. 사실 가려면 중학교 교장을 만난 그날 즉각 떠났어야 했어. 그날 새벽에 중학교에 진치고 있던 군인들이 모두 후퇴했다는 것 아니냐. 그때 퍼뜩 따라갔어야지. 실기失期하고 뒷북친 거지, 뭐."

한여름의 노숙

모친의 자초지종 얘기가 끝나고 나서 한참 뒤에 갑자기 기관총 소리가 요란하게 울렸다. 끊일락 이을락 기총소사 소리는 계속되었다. 산골이라 그런지 요란한 소리였다. 바깥으로 나와서 소리 나는 쪽을 바라보았다. 어제 군인들 모습이 보였던 바위 봉우리에서 나는 소리임이 분명했다. 얼마 안 있어 호미 들고 산비탈을 올라갔던 부친과 이모부가 헐레벌떡거리며 내려왔다. 부친은 모두 배낭에 물건을 챙기라 이르고 당신도 주섬주섬 배낭을 챙겼다. 그러는 사이에도 간헐적으로 기관총 소리는 계속되었다. 얼추 해가 졌으나 아직 어둡지는 않았다. 부친은 중얼거리듯 혼잣말을 하였다.

"피란이랍시고 이건 호랑이굴을 찾아온 셈이니……."

모두가 배낭을 짊어지고 집을 나섰다. 일곱 살짜리 막내만이 짐이 없었다. 신작로 아래쪽으로 서둘러 내려갔다. 그러자 이번엔 요란한 폭발음이 났다. 뒤돌아보니 감나무집 위쪽 산비탈에서 흙먼지가 올라갔다. 조금 있다가 다시 한 번 폭발음이 났다. 아까보다는 좀 더 위쪽에서 흙먼지가 일었다. 말로만 듣던 박격포 포탄인 게 분명했다. 뒤돌아보는 내 눈에 이모부네 식구들이 어설프게 내려오는 것이 보였다. 그러나 신경을 쓸 계제가 아니었다. 우리는 부친 선도로 걸음아 나 살려라 하고 뛰어 내려갔다. 조금 후에 외조모를 업은 욕각골 아저씨가 횡하니 우리를 앞질러서 골짜기를 내려갔다. 산골 아저씨라서 산길 오르내리기에 이골이 나 있어 그런지 번개 같은 행보였다. 다시 포탄 떨어지는 소리가 났고 이번엔 뒤돌아보지도 않고 뛰기만 하였다. 이젠 바로 우리 코앞으로 떨어지는 것이 아닌가 하는 공포감이 생겼다. 기관총 소리는 더 이상 나지 않았다. 한참을 내려와 곱도실 활석 광산 가는 신작로에 이르렀다. 박격포탄 소리는 들려오지 않았다.

　잠시 숨 고르기를 하고 나서 부친이 상황 설명을 했다. 분명 바위 봉우리에 있는 것은 국군들이고 이들이 충주 읍내를 향해서 기총소사를 하자 충주 읍내에 있는 북쪽 군대가 박격포로 반격을 해 온 것일 거라는 요지였다. 그러면서 이제 충주는 저쪽 손으로 완전히 넘어간 것이 분명하다고 덧붙였다. 그러면서 이왕 내려왔으니 좀 더 안전하게 곱도실 쪽으로 가자며 앞장을 섰다. 기총소사 소리도 박격포탄 소리도 더 이상 들려오지 않았다. 신작로를 따라 계속 걸어갔다. 한참 걸려서 활석 광산 초입 마을에 이르렀다. 그때는 벌써 어둠이 깔리기 시작했다. 우리는 모두 안도의 한숨을 쉬었다. 따지고 보면 우리의 근접 전투현장 경험은 채 반 시간도 안 되었을 것이다. 순식간에 허를 찌르는 기습적 경험이었으나 그렇다고 그것이 우리의 공포와 불안을 덜어준 것은 아니다. 금방 또 포탄이 떨어질 것 같은 예감이 가시지 않았다.

우리는 동네 초입 마당이 제법 넓은 집으로 들어가 하룻밤을 보내게 해달라고 부탁했다. 방 두 개가 딸린 일자집이었고 마루 없이 봉당만 있는 것이 욕각골 감나무집과 흡사했다. 중년의 주인 내외와 아이들이 있었다. 주인은 보다시피 빈방이 없다며 난감해하였다. 모친이 나서서 마당이라도 좋으니 멍석이나 빌려달라고 부탁했다. 주인이 봉당에서 멍석을 들고 나와 마당에 깔아주며 말했다.

"어떻게 된 셈인지 궁금하네유. 이렇게 달랑 한 식구만 내려왔으니 말이유."

"읍내에서 욕각골로 피란 온 지 한 이레 돼요. 저녁나절 갑자기 산꼭대기에서 총소리가 나더니 대포 포탄이 떨어지는 거예요. 배낭 메고 무턱대고 아래로 달려온 거지요. 다리가 떨려서 혼났어요. 신작로로 나섰을 땐 총소리가 멎었지요. 그러나 마음이 안 놓여 신작로 따라 이리 들어온 거지요."

"글쎄, 아까 총소리 비슷한 게 난 것 같긴 한데…… 그러다 말지 않았어유?"

"그러다 말다니요? 바로 우리 등 뒤에서 대포알이 예닐곱 개나 터졌는데……. 간이 콩알만 해져가지고 정신없이 뛰어왔어요. 아직도 두근두근해요."

불과 10리 상거인데 이렇게 달랐다. 모친은 포탄이 예닐곱 개나 터졌다고 했지만 내가 확인한 것은 세 개 정도였다. 많이 보아야 네 개였을 것이다. 같은 상황 보고가 크게 다른 경우를 그 후 숱하게 보았다. 그럴 때마다 욕각골에서의 현장 경험을 떠올리곤 했다. 국외자에게 그것은 '총소리가 나다 말았다'는 것이 된다. 엄살을 통해서 동정심을 유발하려는 무의식적 계기도 작용했겠지만 포탄이 "예닐곱 개나 터졌다"는 모친의 말은 아무래도 과장이란 생각이 든다. 그러면 '박격포탄 세 발'이란 나의 계산은 정확한 것일까? 폭발과 흙먼지를 시각적으로 확인한 것은 두 발이고 그다음은 도망치기 바빠 뒤돌아보지 못했으니 그 역시 정확한 것이라고 할 수는 없다. 지금도 분명한 것은 바로 등 뒤 산비탈에서 솟구치는 흙먼지가 불러일으킨 공포감이다. 당시 포탄은 욕각골 감나무집 바로 위쪽 산비탈에 떨어졌다. 욕각골 아저씨네 감나무집이 그 동네에서 제일 높은 곳에 있었기 때문에 우리는 절박한 신체적 위협을 느꼈다. 그러나 신작로 아래쪽에서는 그 위협감이 상대적으로 적었고 그러니 곱도실까지 도망간 것은 우리 가족뿐이었다. 나중에 들은 바로는 외조모를 업고 나르다시피 뛰었던 욕각골 아저씨는 포성이 잠잠해지자 다시 집으로 돌아갔고, 꼬마가 다섯이나 되는 이모부 내외는 아이들을 들쳐 업고 손목 잡고 일단 신작로 아래쪽으로 내려왔다가 골짜기 내려가는 것이 어려워 욕각골 동네 제일 아랫집에서 유하다가 아침에 다시 올라갔다고 한다.

그날 마당에 깔아놓은 멍석 위에서 무엇으로 저녁을 때웠는지는 기억에 없다. 내 삶에서의 첫 노숙에서 기억되는 것은 홑이불로 대충 몸을 가리고 누워서 바라본 밤하늘의 별들이 유난히 총총하였다는 것이다. 하늘이 온통 별밭이고 그 별은 모래를 셀 수 없듯이 도저히 헤일 수가 없었다. 지금은 시골에 가서도 좀처럼 볼 수 없는 그런 장관이었다. 피란이 아니었다면 충분히 재미있는 경험일 수도 있었을 것이다. 얼마를 잤는지 모르지만 모친이 흔들어 깨우는 바람에 눈을 떴다. 부친도 동생들을 흔들어 깨우고 있었다. 아무래도 야기夜氣가 심상치 않으니 자리를 옮겨야겠다면서 부친이 멍석을 말았다. 그리고 컴컴한 가운데 그 집 부엌 바닥에 멍석을 폈다. 부엌 바닥은 좁았으나 가까스로 우리 여섯 식구는 밤이슬을 피해 거기서 다시 잠을 청했다. 어디선가 바스락거리는 소리가 계속 났다. 금방 큰 쥐가 달려들 것 같은 꺼림칙한 예감으로 잠자리가 편치 못했다. 아무리 한여름이라 하더라도 한데서 잠을 자는 것이 고약한 것임을 그때 처음으로 경험하게 되었다. 아침에 잠이 깨어서도 몸이 찌뿌듯하고 머리가 개운치 않아 괜히 심기가 편치 못했다.

그들의 행진

산골 사람들은 일찍 일어나고 일찍 잠을 잔다. 일찍감치 일어난 주인 내외는 우리가 부엌을 차지하고 있는 것을 보고 깨우기도 무엇하고 해서 기다렸다. 그러나 우리가 좀처럼 일어날 기미가 없자 부엌으로 들어와서 괜히 솥뚜껑도 열어보고 부뚜막도 치우고 한 모양이다. 잠귀가 밝은 모친이 벌떡 일어나서 식구 모두를 깨웠다. 그리고 고단해서 너무 늦잠을 잤다며 주인 양해도 없이 부엌을 차지해서 미안하다는 인사도 안주인에게 건네었다. 새벽녘이 되자 어쩐지 몸이 찌뿌듯해지는 것 같아 부엌으로 옮겼다고 발명發明[1]을 한 것이다. 마당에 멍석을 깔 때부터 미안한 마음이었지만 막상 부엌에서 잠을 자는 것을 보니 어쩐지 더 미안하고 마음이 안 좋다고 안주인은 안주인대로 인사말

---

1) '발명하다'는 '변명하다'의 옛말이다.

을 건넸다. 다시 마당 멍석 위에서 아침이랍시고 냄비 밥을 먹었다. 오전 이른 시간이지만 마냥 남의 집 마당에서 버티고 있을 수도 없었다. 모두 배낭을 지고 신작로로 나섰다. 조금만 더 들어가면 활석 광산이 나서고 강가가 지척이었지만 광산 구경도 강물 구경도 엄두가 나지 않았다.

부친이 선두에 서서 우리는 다시 욕각골을 향해 갔다. 도중에 조그만 도랑을 만났다. 골짜기에서 내려온 물이 차고 맑았다. 우리는 배낭을 내려놓고 다시 세수도 하고 맹물 양치질도 하였다. 부르는 사람이 있는 것도 아니고 할 일이 기다리고 있는 것도 아니니 서두를 필요는 없었다. 전날 저녁때 일이 다시 생각났다. 정말 뜻밖의 돌발 사태였는데 지나놓고 보니 그렇게 끝난 것이 참 다행이라는 생각이 들었다. 우리는 산책하듯이 천천히 신작로를 따라 걸어갔다. 정신없이 도망쳐 왔기 때문에 몰랐는데 그때 보니 신작로는 생각보다 울퉁불퉁하고 돌덩어리가 여기저기 박혀 있거나 구르고 있었다. 위만 쳐다보고 걸을 만한 탄탄대로가 결코 아니었다. 한참을 가다 보니 왼편으로 인가가 몇 채 띄엄띄엄 서 있었다. 정확한 시각은 모르겠으나 아직 정오가 되기는 먼 시점이었다. 앞장서 가던 부친이 갑자기 걸음을 멈추고 "저거 봐라" 하고 외마디 소리를 하였다. 큰 소리는 아니었다. 신작로 앞 저 끝에서 걸어오는 군복들의 모습이 보였다. "비키자" 하더니 부친이 쏜살같이 근처의 인가로 달려갔다. 우

84

리 모두가 뒤따라갔다. 그쪽 인가는 모두 신작로를 등지고 서 있었다. 또 토담은커녕 울타리도 없고 대문도 없었다. 다만 신작로 반대편으로 쪽마루가 달려 있을 뿐이었다. 우리가 들어간 집은 비어 있었다. 그러나 명실상부한 공가空家는 아니었다. 마당에는 초라한 대로 장독간이 있고 방에는 이불이며 조그만 농 같은 가구가 있어 사람이 살고 있는 집임에는 틀림이 없었다. 비록 도로변이긴 하지만 이 산골에서 뭣하러 또 어디로 피란을 간 것일까 하는 의문이 생겼다.

처음 부친은 우리들 신발을 모두 방 안으로 들여놓았다. 그러더니 바깥 쪽마루 아래로 도로 내다놓았다. 사람이 없는 척하다가 들키면 더 난처하니 처음부터 인기척을 내자는 심산이었다. 신작로 쪽으로 난 방문에는 시골집에서 흔히 그랬듯이 문고리 바로 옆으로 조그만 유리가 붙어 있었다. 방 안에서 밖을 볼 수 있도록 하는 염탐 장치다. 그 유리로 밖을 내다보던 부친이 모친에게 자리를 비켜주며 뒤로 물러나 앉았다. 우리는 모두 숨을 죽이고 있었다. 바깥에서는 저벅저벅하는 발자국 소리가 점점 커져갔다. 차례가 되어 나도 거울 가까이 눈을 대고 밖을 내다보았다. 제복을 입은 군인들이 대오를 지어서 정연하게 행진하고 있었다. 군복 색깔이 국군 것과는 달랐다. 같은 국방색이되 한결 진하고 칙칙한 색깔이었다. 두려워하면서 그로부터 도망치려고 했던 그 '북쪽 군인'을 처음으로 목격한 것이다. 한참 시간이 갔는데도 그들의 행진은 그칠 줄을 몰랐다. 가도 가도 한이 없어 보였다. 묵묵히 행진하는 그 다수가 고압적인 가슴 조임으로 다가왔다. 행진이 끝난 후에야 우리는 바깥으로 나가보았다. 이제 대열의 후미도 보이지 않았다. 우리가 들어 있는 방문을 열어보는 일 없이 그들은 우리를 무시하고 지나갔다. 지나놓고 보면 우리의 불안은 괜한 헛걱정인 경우가 많았다. 상상 속의 공포는 언제나 무섭고 매몰차다.

우리는 전날 도망쳐 내려온 골짜기를 거슬러 올라가 욕각골에 당도했다. 외조모를 업고 비호처럼 달려가던 욕각골 아저씨를 따라갔던 외숙이 마당가에 서 있다가 우리를 반겨주었다.

"그래 어디까지 갔다 오는 거야?"

"곱도실까지 갔었다우."

"원, 기운도 뻗치는가 보네. 어머님은 이 서방이 곧 집으로 다시 모셨고 창희네는 신작로 아래에서 하룻밤 자고 오늘 아침에 올라왔다. 다들 무사하니 다행이다. 나도 처음엔 일 당하는 줄 알았지 뭐냐."

창희는 이모의 맏딸 이름이다. 이북 군대가 새까맣게 목벌 쪽으로 행진해 가더라고 모친이 말하자 외숙은 충주 읍내가 완전히 그들 손에 들어갔다는 소문이 벌써 아침에 쫙 돌았다고 말했다. 이모 집에 들르자 아이들한테 둘러싸인 이모가 기운 없는 목소리로 이만하기 다행이라고 웃으며 한마디 하였다. 다섯 아이 거느리고 제대로 뛰지도 못한 처지여서 그 말이 더 허전하고 처량하게 들렸다. 이모부는 넋 나간 듯이 멍하니 앉아 있다가 "어제는 놀랐지?" 하고 한마디 하였다. 다급한 지경에 우리끼리만 도망치고 본 것이 크게 거리끼지는 않았다. 그것은 당연한 것으로 여겨졌다. 우선 각자 자기 목숨 도모하는 것이 최선이 아닌가? 그러나 뭔가 씁쓸한 뒷맛이 개운치가 않았다.

간단히 점심이랍시고 때우고 나니 그냥 집 안에 눌러 있기가 갑갑하기 짝이 없었다. 세상이 바뀐 것이 분명하다고 생각하니 더욱 그러했다. 슬슬 신작로 쪽으로 내려가보았다. 변한 것은 없었다. 전전날 군인들 움직이는 것이 보였던 바위 봉우리도 여전하였고 박격포탄이 떨어졌던 산비탈에도 이렇다 할 흔적이 남아 있을 리 없었다. 자연은 변하지 않았지만 세상은 분명히 변했고 그 변화가 궁금하기도 하고 기대가 되기도 했다. 생각해보면 그것은 벌써부터 예견됐던 일이 아닌가? 초장부터 후퇴만 한 것이 아닌가? 그럼에도 혹시나 하고 반전을 바라고 그래서 더 불안했던 것이 아닐까? 이런저런 생각에 잠겨 있는데 마스막재 쪽에서 자전거가 달려오는 것이 보였다. 가까이 옴에 따라 개똥모자의 자전거임이 분명해졌다. 바로 앞을 지날 때 보니 붉은 바탕에 검은 글씨가 쓰인 리본이 자전거 꽁무니에 달려 있었다. '환영! 인민군 만세!' 그때까지만 하더라도 이북 군대나 북쪽 군대라고 호칭하는 것이 보통이었다. 그냥 저쪽 군대라고 하기도 했다. 그런데 이제 '인민군'이란 호칭이 공공연히 등장한 것이다. 이게 바로 변화로구나, 그런 생각이 들었다.

지금 돌이켜보면 개똥모자가 매일 아침저녁으로 읍내를 왕복한 것은 결코 쉬운 일이 아니었을 것이다. 그는 처음부터 의심쩍은 구석이 있었다. 또 지나가며 불쑥 알쏭달쏭한 소리를 내뱉기도 하였다. 일찌감치 '인민군 만세'란 리본을 달고 다닌 것이 단순히 기민한 시대 편승 차원의 돌출 행위인지 아니면 어떤 사명이나 임무를 띠고 있는 이의 일관성 있는 기획된 거동인지에 대해선 헤아릴 길이 없다. 그의 차림이나 새 자전거로 보아 그는 시골에서 돈푼깨나 있는 사람으로 보였다. 무언가 켕기는 전력이 있어 자기방어를 위한 보호색 추구의 과정에 과잉 충성의 개인기를 벌인 것인지도 모른다. 속셈이나 속마음이 어쨌든 이제 이런 부류의 사람들이 활개 치며 이리 뛰고 저리 뛰는 세상이 된 것이다. 경험해보지 않은 미지의 세계가 주먹 쥐고 추파를 던지며 무섭게 달려든다는 느낌이었다.

성급한 귀가

이튿날 아침 우리 가족은 모두 배낭을 메고 나섰다. 당초에 집을 비우고 떠난 것은 충주 읍내에서 전투가 벌어지면 아무래도 위험하니 산골로 피해보자는 심산에서였다. 충주 읍내가 텅텅 빈 것은 주민 모두가 그런 생각을 공유했기 때문이다. 그러나 이제 인민군이 읍내를 장악하고 아무런 저항도 없이 마스막재를 넘어 목벌리 쪽으로 행진을 하는 상황이 되었다. 욕각골에 더 남아 있을 이유가 없었다. 아무리 난시의 피란생활이라는 것을 감안하더라도 변소에서 잠자리에 이르기까지 불편하고 힘든 것이 한두 가지가 아니었다. 신세 많이 졌다는 부모들의 인사가 끝나자 우리는 모두 들뜬 기분으로 마스막재를 향해 걸어갔다. 그동안 유일하게 말벗이 되어준 종태가 신작로까지 내려와 배웅을 해주었다. 나는 꼭 용산 우리 집에 들르라고 되풀이 당부하였다. 조그만 보답이라고 해야 할 것 같고 또 그러고 싶은 심정이었다. 흔히 시원섭섭하다는 말을 쓰지만 욕각골을 떠나면서는 속 시원하고 홀가분하기만 했지 섭섭한 마음은 털끝만큼도 없었다.

마스막재가 가까워지고 한센병 환자의 오두막께에 이르렀을 때다. 맞은편 계족산 산비탈 종민동 가는 산길이 지나는 바로 위의 지점에 하얀 것이 눈에 들어왔다. 위아래로 그 흰 물체는 근 열 개는 돼 보였다. 궁금증이 생겼지만 그냥 없던 것이 보인다는 정도로 무심히 넘겼다. 군경이 이른바 보도연맹 맹원들을 처치한 후 방치한 시체란 것을 나중에 알게 되었다. 마스막재에서 신기현을 만나본 것은 7월 6일쯤이 된다. 그때까지는 산비탈

위아래로 하얀 것은 눈에 뜨이지 않았다. 그러니까 희생자들이 변을 당한 것은 6일 오후 이후의 일이 될 것이다. 20여 구의 시체는 그 후 계속 방치되어서 욕각골을 왕래할 때마다 눈에 들어왔다. 아마 9월 수복이 된 후에나 눈에 뜨이지 않게 처리된 것이 아닌가 생각한다. 하얗게 보인 것으로 보아 그들은 농민이라고 추정된다. 당시 양복쟁이들은 비록 흰 노타이셔츠 차림이라도 바지만큼은 유색 바지를 입는 게 보통이었다. 위아래를 모두 하얗게 입은 사람들은 바지저고리를 입은 농민 말고는 없었다. 또 희생자들이 충주 읍내 사람이라고는 생각되지 않았다. 아무리 전시라도 가족의 시체는 찾아서 수습하는 것이 상례다. 충주 읍내 희생자들의 최후 장소는 함지못을 비롯한 몇 군데로 알려져 있었다. 석 달 내내 방치된 것은 아주 벽촌 거주자이거나 외지 인물이기 때문이 아니었나 생각한다.

마스막재에 들어서면 신작로를 뚫는 바람에 생긴 고갯마루라 언제나 맞트임 바람이 불어서 시원하다. 우리는 고개의 서늘한 바람에 땀을 식히며 휴식을 취하였다. 공무원이면 피란을 가라는 마스막재를 지키던 군인의 말이 다시 떠올랐다. 불과 1주일 전의 일이었지만 어쩐지 아주 옛일처럼 느껴졌다. 갖가지 색다른 경험이 계속적으로 몰려왔기 때문이었을 것이다. 문득 바로 얼마 진 욕각골 바위 봉우리에 있었던 군인들이 생각났다. 그들은 마스막재를 지키며 망을 보던 군인들과 같은 부대일까? 아니면 전혀 다른 부대 군인일까? 공무원이면 피란 가라는 말을 들은 것은 7월 4일이다. 또 그날 새벽 충주중학 운동장에 진 치고 있던 군인들이 후퇴를 했다. 그런데 7월 6일 신기현을 만나 보았을 때는 마스막재 군인의 모습은 보이지 않았다. 그러니 그들이 같은 부대원일 가능성은 희박했다. 그렇다면 바위 봉우리에서 읍내를 향해 기총소사를 가한 군인들은 다른 부대원으로서 인민군 진격을 지연시키기 위해 소규모 작전을 편 것이라고 할 수밖에 없다. 그런 임무를 맡아 마지막으로 후퇴한 국군일 것이다. 얼마 후에 바위 봉우리에서 탄피와 광목 두루마리 뭉치가 발견되었다는 소문이 욕각골에 나돌았다. 모험심과 호기심을 갖추고 있었다면 당연히 한 번쯤 현장 답사를 시도했을 것이다. 사실 욕각골 감나무집에서 한 30분만 수고하면 거기 당도할 수 있었다. 그러나 겁이 많은 나는 그런 생심은 내지도 못하였다. 지금 이 글을 쓰면서도 소문이 사실이라면 광목은 무엇하러 거기까지 지고 올라간 것일까, 하는 궁금증이 생기는 게 사실이다. 그러나 그보다 절실한 것은 후퇴를 거듭하면서도 표고 6백 미터의 산정까지 올라가 수고한 군인들이 그 후 무사했을까, 하는 부질없고 안타까운 궁금증이다. 젊은 시절에는 생각도 못한 철 지난 뉘우침의 측은지심이라고나 할까.

한참 쉬고 있으니 곱도실 쪽에서 몇몇 등짐을 진 사람들이 올라왔다. 단양이나 청풍에서 충주로 오는 길목인 데다가 살미면을 지나 문경으로 가는 길목이기도 해서 심심치 않게 왕래가 있는 곳이다. 우리는 자리를 뜨고 고갯길을 내려가기 시작했다. 마스막재에서 충주로 내려가는 신작로는 고갯길이 흔히 그렇듯이 구불구불 돌아간다. 5리가 좀 안 되게 내려가면 안림리가 나서고 거기서부터는 평지다. 신작로가 첫 커브를 도는 모퉁이에 이르자 묵묵히 걷고 있던 부친이 갑자기 혼잣말로 장탄식을 하였다.

"군가軍歌가 그리 청승맞더니 그예 망하고 마는구나!"

부친은 세상에서 말하는 화락한 가정의 잔정 많고 자상한 가장과는 거리가 멀었다. 엄격 일변도여서 어린 시절 내내 부친은 내게 무서운 존재였다. 그러니 즐겨 대화를 나누거나 속생각을 털어놓는 사이도 아니었다. 따라서 어떤 생각, 특히 어떤 정치적인 견해를 가지고 있었는지는 알 수 없다. 정치에 관심이 없는 것 같았고 또 정치에 관한 얘기를 하는 것을 본 적도 없었다. 해방 직후 집에서 구독한 신문도 중도적인 『경향신문』이었다. 술 담배를 안 하는 부친은 드물게 낚시질을 다니기도 했으나 책 읽기가 도락道樂이고 사람을 많이 사귀는 편도 아니었다. 그런 부친이 혼잣말하듯이 토로한 말은 부친 일생일대의 '말 되는 소리'라는 생각을 지금껏 하고 있다. 막상 세상이 바뀌고 보니 그 나름의 소회가 부지중에 그런 탄식을 토하게 한 것이 아닌가 생각한다.

집에 당도해보니 이웃에는 벌써 돌아온 이들이 많았다. 바로 옆집의 오수근吳壽根 씨는 모친을 보자 '어디 갔다 인제 오시느냐'며 반가워했다. 농사꾼인 그가 1946년 10월 사태 때 구장네 집 습격에 가담했다 해서 동네 부인회 회원들이 몰려와 가구 일부를 부순 적이 있었다. 모친이 나서서 그들을 진정시켰고 일자 이후日子以後 그는 모친에게 깍듯이 대하였다. 세상이 바뀌자 그의 얼굴이 밝아지며 동네 사람들에게 말참견을 하는 일이 많아졌다. 제 세상 만났다고 콩끼가 나서 어깨에 힘을 주고 골목길을 다닌 것은 사실이다. 그러나 크게 한번 데인 터요 밑천이 짧아서 어디 나서려야 나설 처지는 못 되었다. 오 씨를 제외하고는 세상이 바뀌었다고 크게 달라진 사람이 우리 골목 안에서는 별로 없었다.

두 방문객

이튿날 오전이었다. "유 선생님" 하는 소리가 났다. 듣던 목소리였다. 나가 보니 대문 앞에 이묵영李默榮 선생이 서 있었다. 사회생활과 담당 충주중학 교사로 서양사와 지리 과목을 직접 배운 터였다. 인사를 하자 "아버님 계시지?" 하고 마당으로 들어섰다. 곧 부친이 나와 어서 들어오라고 반갑게 맞이했다. 방으로 들어가자는 부친의 권유에 노타이셔츠 차림의 이묵영 선생은 여기가 좋다면서 마루에 걸터앉았다. 누추하지만 안으로 들어가자고 부친은 재차 권했지만 이 선생은 또 가볼 데가 있다면서 손을 저었다.

"별고 없으셨죠? 잡담 제하고 본론을 말씀 드리겠습니다. 당장 내일부터 학교 나오시지요. 다들 나올 겁니다."

"어제 오후에 돌아온 터라 여러 가지 정리할 것도 있고……."

"그거야 다들 똑같은 사정 아니겠습니까? 이제 이쪽 정세도 안정됐고 하니 우리 모두가 맡은 일을 해나가야지요."

"정세가 정말 안정된 것일까요?"

"물론 전쟁이 끝난 것은 아니지요. 그러나 판가름은 난 것 아닙니까?"

"……."

"자고로 남북이 싸워서 북이 진 적이 없습니다. 역사에서 말이죠."

거기까지 듣고 있던 나는 퍼뜩 의문이 갔다. 정말 그럴까? 미국의 남북전쟁에서 북이 이긴 것은 사실이지만 그렇다고 항상 북이 이긴다고 말할 수 있을까? 러일전쟁에서는 북쪽의 러시아가 남쪽의 일본에게 지지 않았는가? 그러나 그 이상의 사례는 생각나지 않았다. 지금 같으면 저 유명한 펠로폰네소스전쟁에서 북의 아테네가 남의 스파르타에게 패배하지 않았는가 하고 상상 속의 반론을 호쾌하게 쏘아댔겠지만 당시 그런 생각은 하지 못했다. 분명 2학년 서양사 시간에 포에니전쟁과 함께 펠로폰네소스전쟁을 배웠을 터인데도 말이다. 부친이 무어라고 대답했는지는 기억에 없다. 눌변에다 순발력도 없는 부친은 아무 소리 못하고 묵시적 동조로 끝내었을 것이다. 어쨌건 그 이튿날부터 부친은 직장인 충주중학에 출근하게 된다.

당시 우리들이 교사를 판단하는 기준은 첫째가 '실력'이 있느냐 없느냐는 것이었다. 실력 없이 쩔쩔매는 교사가 너무 많았기 때문이다. 실력 없는 교사 상위권에 들었던 생물 담당의 유동렬柳東烈 선생은 별명이 '맹물'이었다. 머리에 든 것이 없다고 해서 그런 별명이 붙은 것이다. 중학에 다닌 3년 동안 숱한 교사가 부임했다 하면 곧 그만두고 해서 이동이 격심했다. 그런 가운데 이묵영 선생은 부임 이후 줄곧 자리를 지켰고 또 실력 있는 교사란 평을 받았다. 충주 주덕면 제내리提內里 속칭 방죽안 마을은 부촌 소리를 듣던 곳이다. 전주 이씨네 부자들이 살고 있었기 때문이다. 해방 전 보성전문을 나온 전주 이씨 이묵영 선생은 항시 단정한 양복 차림에 언변도 좋은 편이고 부잣집 아들답게 성품도 푸근한 면이 있었다. 평소 왼편이란 생각은 들지 않았다. 그러나 전문학교나 대학을 나온 사람들이 당시에 가지고 있던 얼마쯤 상대를 내려다보는 듯한 태도가 보인 것은 사실이나 거부감을 부를 정도는 아니었다.

한번은 수업 시간 중에 자기 집안 얘기를 한 적이 있었다. 침영沈榮이란 이름의 아우가 있었는데 이름 그대로 젊은 나이에 세상을 떴다는 얘기를 들려주었다. 다른 얘기도 했는데 다 잊어버리고 유독 이 얘기만이 기억에 남아 있는 데는 까닭이 있다. 일찌감치 협력의 길로 나선 그는 얼마 뒤 요즘 말로 하면 군의 장학사 비슷한 자리로 옮겨 가서 교육계를 지휘했던 것으로 알고 있다. 당연히 수복 후에 그의 모습은 보이지 않았다. 아마 북으로 가는 행렬에 끼어 있었을 것이다. 그러고 보면 묵영默榮이란 이름도 침영沈榮이란 이름과 같지 않은가 하는 생각이 들어서 잊지 않게 된 것이다. 우리 집으로 찾아온 선생을 대한 것이 마지막이었고 그 후 다시 보지 못했다. 이묵영 선생한테는 칭찬을 들은 일도 있고 해서인지 호감 인물로 기억에 남아 있다. 그럼에도 불구하고 "남북이 싸워서 북이 진 적이 없"다는 그의 설득 논리가 우스워 보이는 것은 그때나 지금이나 마찬가지다. 5년제 보통학교에다가 4년제 농업학교 졸업이 학력 전부인 부친을 깔보고 그런 얕은 논리를 구사했을 수도 있다. 그러나 실습 위주의 농업학교를 나오기는 했으나 부친은 시골에선 보기 드문 독서가였다. 아무리 팔을 안으로 굽혀보아도 명민한 두뇌의 소유자가 아닌 것만은 분명하지만 그렇게 만만히 얕보일 처지는 아니었다. 해방 전후의 이른바 좌파 지식인에 대해 일부에서 과대평가하는 경향이 있는 게 사실이다. 그들 대부분이 불행한 행보를 보여주었기 때문에 자연 동정과 연민의 정이 가세한 탓도 크다고 생각한다. 좌우를 막론하고 당시 지식인의 지적 수준이 민망한 것이었다는 게 경험을 통해서 체득한 나의 귀납적 결론이다.

이묵영 선생이 돌아가고 나서 얼마 안 돼서다. "유종호 동무" 하는 큰 소리가 났다. 생소한 호칭에 순간적으로 주춤하고 있는 사이 "유종호 동무" 하는 소리가 더 크게 났다. 대문께로 나가보니 2년 상급인 장명덕이 서 있었다. 그도 같은 용산리에 살고 있었고 그의 형이 신작로 변에서 대장간을 하고 있었다. 장성익이라는 그의 조카는 우리보다 1년 아래로 그 학년에서 완력이 제일 세다고 해서 '어깨'로 통하고 있었다. 장명덕은 정치적 성향이 없는 선량한 귀공자형의 상급생이었다. 그는 이제 해방이 되었으니 학교에서 공부를 시작해야 할 것이 아니냐며 다음 날 등교를 하고 또 동급생 두 명을 책임지고 데리고 나오라고도 했다. 이튿날 나는 학교에 가지 않았다. 너희 아버지가 나갔으면 됐지 한집에서 무엇하러 둘씩 나가느냐고 모친이 말렸기 때문이다. "물가에 가지 마라! 사람 많이 모인 데 가지 마라!" 하는 것이 귀에 못이 박히도록 들어온 모친의 성문화되지 않은 가훈이었다. 모친에게는 당시의 학교가 아직 '사람 많이 모이는 곳'이지 공부를 하는 곳은 아니었던 것이다.

묵은 좁쌀 되가웃

좁쌀과 성서

그 이튿날 오전에 동급생 염재만廉在萬이 찾아왔다. 그의 집은 우리 집과 담 하나 격해 있을 뿐이었고 바로 앞쪽이었다. 두집을 가르는 담 저쪽으로 앵두나무와 오래된 큰 살구나무가 서있어 한여름에는 그의 집 살구나무 그늘로 우리 집 앞마당의 절반은 그늘져 있었다. 시골집치고도 터가 넓어서 아마 상추나 배추를 위시한 채소나 고추 정도는 텃밭에서 자급자족을 하고도 남아돌았을 것이다. 그러나 골목 안에 있는 우리 집에서 그의 집 대문 쪽으로 가려면 300미터쯤을 돌아가야 했다. 그래서 가까우면서 먼 이웃이었고 평소에는 담 너머로 큰 소리로 얘기를 주고받는 처지였다. 그런 그가 일부러 우리 집으로 찾아온 것을 보고 단박에 짚이는 바가 있었다. 나를 보자마자 짐작했던 대로 같이 학교에 가자고 그는 말했다. 바로 전날 건너편 용산 2구에 사는 상급생이 찾아와서 등교하라는 것과 될수록 동급생을 데려오라고 해서 그러마고 약속했다는 것이었다. 모친의 평소 성화도 있고 해서 뜨악해했더니 뭐 한번 가보고 동급생도 만나고 하면 좋지 않으냐고 해서 같이 가보기로 했다. 그제야 그는 대림산 기슭에 있는 감줏골로 피란을 갔다 왔다며 어디로 갔다 왔느냐고 물었다.

우리는 용산 2구를 통과하는 직선도로를 따라서 학교로 향했다. 사람들의 왕래가 이전과 거의 다를 바가 없었다. 다른 점이라고는 거리의 성인 남자 거의가 허름한 옷차림에 검정 고무신을 신고 있었다는 점이었다. 또 모자를 썼다 하면 모두 맥고모자였다. 처음에는 별로 이상하게 생각되지 않았지만 여름 내내 그것은 변함없는 거리의 풍경으로 남아 있었다. 마음 놓고 시내를 쏘다닌 적은 없지만 내가 겪어본 한에서는 그러했다. 누가 시킨 것도 아니지만 모두들 가진 것 없는 사람 편에 서야 유리하다는 것을 직감하고 자기보안에 나선 것이다. 구두를 신은 사람은 극히 드물었다. 또 멋을 내어 이목을 끄는 일은 없었다. 이른바 양복쟁이들 편에서도 여름철인 탓도 있지만 노타이셔츠에 튀지 않는 양복바지가 대세를 이루고 있었다. 의복과 신발에서의 자발적 하향 평준화는 즉각적으로 이루어지고 일관되게 지속되었다.

1948년 정부 수립 직후부터 몇몇 어휘가 일상생활에서 완전히 배제되고 대체되었다. 좌파 쪽에서 애용하던 어사語辭들인데 조선, 동무 같은 낱말이 대표적이다. 조선 옷은 한복으로, 조선 기와집은 한옥으로, 조선 사람은 한국 사람으로 쓰게 되었다. 동무란 말은 적절한 대체어가 없었지만 친구란 말이 대신하게 되었고 어울리지 않게 어린이 사이에서도 쓰이게 되었다. 이 어사들은 지금 완전히 정착되어 있다. 착취 대신에 수탈, 인민 대신에 민중, 노동 대신에 근로로 쓰게 되었지만 이들 어사는 최근에 다시 원대복귀하게 된 감이 있다. 졸저 『나의 해방 전후』에서 이러한 의도적 어휘 교체 현상을 언급하고 나서 이렇게 적은 일이 있다. "단기간 내에 이런 대체 현상이 종결된 것은 사상 통제가 얼마나 무서운 것이었는가 하는 것을 보여주기도 하지만 보통 사람들의 체제 순응이 얼마나 민첩한 것인가를 보여준다." 내가 이런 말을 할 수 있었던 것은 6·25 당시의 하향 평준화 현상을 목도하고 나서 1948년의 대체 현상을 다시 한 번 떠올리게 되었기 때문일 것이다.

학교로 가면서 염재만은 자기 이웃의 어느 과수댁 얘기를 들려주었다. 바로 옆의 오두막에 30대 후반의 과수댁이 어린 아들과 함께 살고 있었다. 그녀는 삯바느질이나 부엌일 도우미로 생계를 유지하면서 예배당에 열심히 다니는 찰신자였다. 그런데 바로 며칠 전에 늘 지니고 다니던 성서를 불태우더란 것이다. 대낮에 마당에서 성서를 불사르는 것이 이상해서 물으니 같은 예배당의 신자 친구가 권해서 그런다는 대답이었다. 예배당 다니는 것이 알려지면 무슨 해코지를 당할지 모르니 어서 처분하라고 하더라는 것이다. 예배당 다니는 것이야 벌써 이웃들이 다 아는 것일 테니 어쩔 수 없는 일이다, 그러니 성서라도 태워서 이제 예배당과 연을 끊었다는 것을 알려두는 것이 좋지 않으냐는 것이 친구의 말이었다. 성서 분서焚書를 통한 구태 탈피와 신체제에의 현시적顯示的 충성 맹세가 얼마만큼 광범위한 것이었는가에 대해선 단언할 수 없다. 그러나 이 아무개 과수원집과 누구누구네 집에서도 성서를 불살랐다는 등의 입소문은 그 후에도 계속 퍼지고 있었던 게 사실이다.

학교에 가보니 의외로 등교한 학생들은 많지 않았다. 이틀 전인가 우리 집으로 찾아왔던 장명덕의 모습도 보이지 않았다. 당시 충주중학교에는 교사校舍에서 복도를 통해 이어지는 숙직실이 있었고 숙직실 앞에는 간이주방이나 화장실이 딸려 있는 꽤 넓은 공간이 있었다. 거기 교실 의자가 세 방향 변두리를 따라 가지런히 놓여 있고 몇몇 학생이 앉아 있었다. 또 그냥 서서 얘기를 주고받는 학생들도 있었다. 대충 스무 명이 될까 말까 한 숫자였다. 2년 위인 김용래金容來, 1년 위인 박승윤朴勝潤, 서상효徐相孝의 얼굴이 보였고 우리 학년에서는 학교 근처에 살던 조병희趙炳熙가 보였다. 이들을 지금껏 기억하는 것은 그해 여름 내가 등교한 것이 두세 번뿐이었기 때문일 것이다. 박승윤은 그 후 중국문학과에 진학하여 더러 스치는 편이어서 그때마다 떠올렸기 때문이기도 할 것이다. 서상효는 학교 축구 선수로 날렸고 김용래도 배구 선수였기 때문에 잊지 않게 된 것이리라. 이들을 빼고는 누군지 모르겠는 하급생들이 다수를 이루고 있었다. 우리는 동급생들끼리 그동안 겪은 일들에 관해 얘기를 나누었다. 등교는 했지만 무슨 지시를 하는 주체가 있는 것도 아닌 것 같았고 또 할 일이 있는 것도 아니었다. 염재만도 자기에게 등교하라는 연락차 찾아온 상급생이 보이지 않는다며 투덜투덜하더니 여기 갑갑하게 앉아 있느니 운동장에 나가 바람이나 쏘이자고 했다. 그를 따라나섰다가 운동장 한구석에 있는 실습지에서 풀을 뽑고 있는 부친과 마주쳤다. 염재만이 인사를 하자 부친은 이럴 경우 나누는 인사말 뒤에 마침 잘됐다며 사택촌에 가서 이백하李栢夏 선생이 혹시 계신가 알아보라고 일렀다. 전날에도 들르니 집이 비어 있던데 혹 변화가 있는지 알아보고 오라는 취지였다.

당시 충주중학교 바로 옆에는 교사용 사택이 여섯 채가 서 있었다. 남산초등학교 정문 앞으로 여섯 채를 새로 지은 것인데 해방 이후 외지에서 부임해 오는 교사가 많아서 그들을 위해 신축한 것이다. 대지 50평에 건평 15평 정도의 작은 한옥이었다. 해방 이전 중학교가 처음 개교했을 당시에는 수안보와 문경으로 가는 국도 변에서 조금 떨어져 중학교 사택촌이 형성되었다. 측백나무로 둘러싸인 일본식 단층집 예닐곱 채가 장방형 모양으로 서 있었고 한가운데는 제법 널찍한 채마밭이 있었다. 그러나 해방 후 학생 수가 늘어나면서 교사 수효도 늘어나 학교 근방에 새로 사택촌이 생겨난 것이다. 염재만과 나는 사택촌의 이백하 선생 댁을 찾았다. 대문이 닫혀 있어 우리가 열고 들어갔다. 마루에는 먼지가 부옇게 깔려 있었고 인기척이라곤 없었다. 그래도 우리는 일단 "선생님" 하고 불러보았다. 아무런 응답도 없었고 우리는 뒤꼍으로 가서 둘러본 뒤 집을 나왔다. 대문은 다시 닫아놓았다.

이 선생 댁에 아무도 없다고 이르자 부친은 '아직 안 돌아왔다면 멀리 간 게 틀림없지' 하고 혼잣말 비슷하게 중얼거리더니 하던 일을 멈추고 같이 가보자면서 앞장을 섰다. 대문을 열고 들어선 부친은 우선 마루 안쪽에 세워둔 뒤주를 열어보았다. 아무리 흉허물 없는 친구요 동료 사이라 하더라도 주인 없는 집에 와서 이렇게 살림살이를 뒤져보는 것이 온당한 일인지 몹시 의심스러웠다. 그러는 부친이 또 한없이 낯설고 생뚱맞아 보이는 한편으로 얼마쯤 창피하게 느껴지기도 했다. 아니 공산주의 세상이 되면 이렇게 남의 집 살림을 마구 뒤져보아도 되는 것인가, 하는 의문도 생겼다. 내가 뜨악해하는 것을 눈치챈 것인지 부친은 나보다도 염재만을 향해 "뒤주에는 보리쌀 한 톨도 보이지 않으니 뒤꼍의 장독간에 가서 혹 곡식을 채워둔 항아리라도 없는지 살펴보라"고 일렀다. 그러더니 판결문이라도 낭독하듯이 띄엄띄엄 말하였다.

"필시 멀리 피란을 떠난 거다. 곡식 같은 것 남겨놓은 것이 있으면 미군에 다 털린다. 그러니 우리가 그것을 가져갔다가 나중에 이 선생 돌아왔을 때 그만큼 돌려주어야 한다. 우리가 대신 보관해주는 셈이다. 그것이 잘 아는 사람 사이나 친구 간의 도리다."

뒤꼍과 부엌을 샅샅이 뒤졌으나 양곡이라고는 보이지 않았다. 막판에 되가웃 정도의 묵은 좁쌀이 담겨 있는 조그만 옹기 항아리를 부엌 부뚜막에서 발견한 것이 까막뒤짐의 유일한 성과였다. 역시 부엌에서 찾아낸 빈 자루에 좁쌀을 담은 후 부친은 오늘일랑 이제 집으로 돌아가라며 좁쌀 자루를 내게 건넸다. 그것을 받으면서 나는 아무래도 떳떳하지 못한 일을 하고 있는 것이 아닌가, 하는 생각이 들어 마음이 영 개운치가 않았다. 집으로 돌아가는 길 내내 그러했다. 이래도 되는 것인가, 하는 의구심을 금치 못해 속뜻을 내비쳤다. 염재만은 "없어질 것이 빤한 것을 요긴하게 써먹고 되돌려주는 것인데 뭐가 걸리냐? 나중에 이백하 선생이 고마워할걸"이라 했다. 뒷날 농협을 거쳐 수원시청에서 근무하다 시대에 사뭇 앞선 소설 『반노』를 써서 쫓겨난 염재만은 중학 시절에도 동년배를 앞지르는 현실감각을 가지고 있었던 것 같다. 설령 일용할 양곡을 배낭에 지고 피란 길에 나섰다 하더라도 고작 묵은 좁쌀 되가웃이 빈집에 남아 있 었다는 것은 당시 교사들의 살림살이 수준을 말해준다.

단색의 거리

그와 헤어진 후 집에 돌아와 간단히 점심을 때우고 나서는데 염재만이 다시 담 너머로 나를 불렀다. 우리 집에서는 앞쪽이요 그의 집 뒤꼍인 쪽에 평행봉平行棒이 서 있었다. 염재만의 형 재 룡在龍은 충주농업학교 축구 선수였는데 동급생 한철희韓喆熙와 한방을 쓰고 있었다. 한철희는 장신의 거구로 역도 선수였고 사 변 전에 염재만 집에서 하숙생활을 한 것이다. 그들은 일찌감 치 평행봉을 설치해놓고 아침저녁으로 운동을 하였다. 평행봉 에 두 팔을 짚고 상체를 올리면 우리 집에서 빤히 보인다. 아마 그쪽에서도 우리 집이 한눈에 들어올 것이다. 그래서 모친은 왜 하필 그 자리에 세워둔 것이냐며 불만이었다. 요즘 말로 하면 프라이버시 침해를 염두에 둔 것이지만 우리 식구끼리만의 얘 기였다. 그 평행봉에 상체를 올린 염재만이 내 이름을 부른 것 이다.

"야, 같이 본정통에 가보지 않을래?"

"거길 뭣하러 가."

"그래도 궁금하지 않니? 새 세상이 되었는데 거긴 어떻게 돌아가는지, 안 그래?"

"궁금하긴 뭐가 궁금해. 뻔하지."

"그래도 한번 가보자. 상점 같은 것이 열려 있는지 구경도 하고."

"그러다가 공습 만나면 어쩌려고? 난 싫다."

"공습은 집에서 당하나 거기서 당하나 마찬가지 아냐?"

"어쩌 마찬가지냐. 변두리 용산보다 거기가 더 위험하지. 그래서 우리가 피란도 갔었던 것 아냐?"

"그건 전투가 벌어질까봐 간 것이지. 지상 전투와 공습은 다르잖아?"

염재만의 왕성하고 집요한 호기심 앞에서 나의 겁 많은 소심증은 맥을 추지 못하고 말았다. 잠깐 한 바퀴 둘러보고 곧장 돌아오자는 말을 거스르기는 어려웠다. 두려워하는 한편으로 내 자신 읍내 돌아가는 형편에 대한 궁금증이 없지 않았기 때문이기도 했을 것이다. 곧장 돌아온다는 다짐을 받고 나는 그와 함께 거리로 나섰다. 있을지 모르는 공습에 대한 두려움은 여전하였다. 실은 바로 전날 오후에 비행기의 공습을 겪은 터였다. 그전에도 공습이 있었다는데 나로선 처음 겪는 공습이었다.

일제 말기 해방 직전에 우리는 방공훈련을 많이 받았다. 집집

마다 방공호를 파놓게 했고 학교에도 방공호가 곳곳에 파여 있었다. 등교할 때는 방공대防空袋라는 것을 지참하게 하여 정규적으로 검사를 실시하였다. 폭격시에 날아오는 파편이나 돌덩이에 대비하여 솜을 넣은 헝겊모자인 이른바 방공두건이나 붕대 등이 골고루 들어 있어야 검사를 통과하였다. 훈련용 공습경보 같은 것이 자주 있었는데 나중에는 진짜 공습경보가 야간에 울리는 경우도 있었다. 공습경보가 울리고 비행기 소리가 나서 이제 정말 폭탄이 떨어지는 모양이라고 전전긍긍한 밤도 있었다. 그러나 꼬리에 비행운이 달린 B29가 서울 상공에 출현했다는 겁주는 보도가 있긴 했으나 무서운 공습 경험 없이 2차 대전이 끝나고 해방이 됐던 것이다.

늦은 오후인데 갑자기 요란한 비행기 프로펠러 소리가 났다. 그리고 얼마 안 되어 요란한 기총소사 소리가 났다. 바로 지붕 위에서 나는 것 같았다. 프로펠러 소리가 좀 멀어지는가 싶더니 다시 요란해지고 이어 기총소사 소리가 이어졌다. 그런 일이 몇 차례 반복되고 나서야 비행기 소리가 멀어지고 다시 들려오지 않았다. 분명 장시간은 아니었으나 참으로 길게 느껴지고 마음을 졸였다. 금방 머리 위로 뭔가가 쏟아져 내릴 듯한 느낌이었다. 공습이 끝나고 나가보니 사방을 둘러보아도 변한 것은 없어 보였다. 나중에 들으니 충주역 역전이 피해를 보았다는 것이었다. 나로선 첫 공습 경험이었지만 충주읍으로서는 두 번쨀가 세 번째가 되었다. 그게 바로 전날의 일이었다.

우리가 막 본정통 초입에 이르렀을 때 윤봉혁尹奉赫을 만났다. 충주에서 가장 크고 손님이 많은 윤 치과집 아들인 그는 붙임성이 있어서 친구가 많았다. 그는 대뜸 "너희들 백승천白承天 누나 죽은 것 아니?" 하고 물었다. 우리가 고개를 젓자 그는 보도연맹원 처단할 때 당했다고 하면서 함지못 근처의 야산에서 변을 겪었다고 했다. 우리가 몇 명이나 되느냐고 하니까 정확한 것은 모르지만 꽤 된다는 소문이라고 일러주었다. 우리가 뭐라고 반응했는지는 기억에 없다. 한참 있다가 그는 "사실은 우리 누나도 당했다"고 덧붙였다. 그가 왜 그런 식으로 말했는지는 지금도 의문이다. 통상적인 순서에는 어긋난 어법이었으니 말이다. 그는 자기 어머니는 몹시 애통해하지만 아버지는 '평소에 내 말 죽어라 하고 안 듣더니 꼴좋다'며 끝내 자기 누나를 용서하지 못하는 것 같다고도 했다. 그러면서 그는 가볼 데가 있다며 자리를 떴다. 죽은 두 여성은 교현초등학교 교사였다. 해방 직후 교현학교에는 장 선생, 최 선생이라는 열렬한 좌파 교원이 있어서 요즘 말로 하면 의식화 교육을 열의 있게 수행하였다. 누나를 잃은 동급생 백승천은 그 후 얼마 안 되어 의용군으로 자진 입대한 후 영영 소식이 끊어지고 말았다. 그림을 잘 그리는 화가 지망생이었던 그는 초등학교 시절의 미술 선생이던 장 선생의 감화를 받아 그 길로 들어섰다고 초등학교 동기생들은 믿고 있다. 그는 키도 크고 숙성해 보이는 미소년이었지만 군인으로 나가기에는 아직 어린 우리 나이 열일곱이었다.

당시 충주 읍내에서 가장 우람하고 번듯한 건물은 옛 식산은행 지점이었다. 비록 단층이긴 하나 규모도 있고 으리으리해서 인근에 있는 군청이나 우체국을 완전히 제압하고 있었다. 그 은행 정면 벽에 '국방군 병사 신고소'라고 가로로 적혀 있는 기다란 종이 표지가 붙어 있었다. 그 옆으로 조그만 글씨로 된 공고문도 붙어 있었는데 정확한 문구는 기억하지 못하지만 낙오했거나 탈주해서 홀로된 국방군 병사가 신고하면 곧 귀가 조처를 해준다는 내용이었다. 그때 처음으로 우리 국군을 북쪽에서 국방군이라 호칭한다는 것을 알았다. 그걸 보니 괜히 섬뜩한 생각이 들었다. 신고소 안에는 군복 차림의 사람들이 몇몇 보였다. 순간 갑자기 무서워졌다. 지은 죄도 없고 또 16세라고는 하나 키가 작아서 병정감이라고 생각할 사람도 없을 터였다. 그러나 정체 모를 불안감이 엄습해와서 염재만에게 약속대로 돌아가자고 채근했다. 염재만은 내키지 않는 모양이었으나 워낙 내가 완강히 서두르며 정 안 가겠다면 혼자 가겠다고 우기니 나를 따라 발길을 돌렸다. 상점은 열려 있는 곳도 있고 닫힌 곳도 있어 반반이었다. 거리를 걷고 있는 사람들의 옷차림은 오전에 학교 가는 길에 그러했듯이 허름하게 하향 평준화되어 있었고 검정 고무신 대신 운동화 차림도 더러 보였다. 썼다 하면 맥고모자인 것은 오전과 다를 바가 없었다. 아무리 시골이라 하더라도 거리를 걷다 보면 가끔 잘 차려입은 멋쟁이나 부티가 나는 사람을 보게 마련이었다. 별나고 요란한 복장으로 이목을 끄는 젊은 이도 있었다. 그러나 이제 그런 사람들은 그끄께의 눈처럼 사라지고 거리는 생채 없는 단색單色이 되어 있었다.

집에 들어서자 모친은 예상했던 대로 어디를 그렇게 쏘다니느냐며 걱정된다는 말투였다. 그러면서 아까 골목길에서 경慶 선생 어머니를 만났는데 아들이 변을 당했다며 어찌 섧게 우는지 정말 난감했다고 덧붙였다. 경 선생은 우리 집에서 가까운 큰 골목길에 있는 부잣집 아들이었다. 용산 1구에서 제일 크고 번듯한 한옥 중의 하나에 살고 있었는데 교현학교 교사로 근무하다 해직된 처지였다. 안경을 쓰고 순하게 생긴 단구의 경 선생을 기억하는 것은 제헌국회의원 선거일인 5·10 선거 전날 밤술에 잔뜩 취해 비틀거리며 "난 투표 안 한다! 안 해!"라고 골목에서 소리치는 것을 본 적이 있기 때문이다. 어머니 친구라며 모친에게 깍듯이 인사를 한 탓도 있겠지만 모친은 늘 그를 아까운 청년이라 말하곤 했었다. 보도연맹 관계 희생자 중 유독 초등학교 교사가 많았던 것은 결코 아니다. 교사로 재직 중 교육자협회에 가입한 것이 빌미가 되어 세상을 뜨게 된 인물들을 어린 내가 많이 알고 있었을 뿐이다.

그의 자서전

염세만과 함께 학교를 다녀온 바로 다음 날의 일이다. 아침을 먹기 전인데 부친이 방을 비운 사이 안방에 들어섰던 나는 책상 위에 종이가 놓여 있는 것을 보았다. 철필로 또박또박 가로쓰기로 정서가 되어 있는 종이였다. 언뜻 보니 '자서전'이란 표제가 보여서 궁금증이 생겼다. 아니 지금 이 난리 통에 무슨 자서전이란 말인가? 또 자서전을 쓸 만한 인물이 되기나 하는가? 자다가 봉창을 두드리는 일 아닌가?

본인은 1905년 충북 진천군 문백면에서 출생했다. 부친은 소규모 자작농이었다. 어려서 한문 수학을 한 적이 있고 1915년 진천보통학교에 입학하였다. 보통학교 동기생에 뒷날 프롤레타리아 시인으로 활약한 조중흡趙重洽(필명 벽암碧岩)과 화가로 활동한 김주경金周經이 있었다. 이들은 보통학교 졸업 후 경성제일고등보통학교로 진학해서 동기동창으로서의 유대나 인연을 계속 유지하지는 못하였다. 보통학교 5학년 때 전국적이고 거족적인 3·1운동이 일어났다. 진천보통학교에서는 상급생인 5학년이 주동이 되어 태극기를 만들었고 시위를 계획했다. 약속한 시간에 학교로 대갔으나 대기 중이던 경찰에 연행되었다. 다른 동급생들과 함께 하룻밤을 유치장에 구류되었다가 훈계받고 방면되었다. 진천보통학교 졸업 후 청주농업학교로 진학했다. 청주농업 재학 시절에는 학교 야구 선수로서 야구가 취미였고 전북 이리裡里농업학교로 친선 원정경기를 간 적이 있다. 한편 가형家兄 재기在畿 씨가 뒷날 소련으로 망명한 포석抱石 조명희趙明熙가 중심이 된 향리 문학동호회에 속해 있어 그 영향을 받아 문학과 신흥사상에 대한 관심을 갖게 되었다. 그때 알게 된 조명희 시집『봄 잔디밭 위에서』를 읽은 것이 계기가 되어 처참한 식민지 현실을 다룬 우리 신문학新文學을 찾아 읽었다. (……)

자서전은 이런 맥락에서 끝나고 있었다. 그리고 학교 야구 선수 운운한 대목 위에는 줄이 그어져 있었다. 아마 지워버릴 작정이었던 것 같다. 그러니 아직 끝맺지 못한 미완성의 글이었다. 씌어 있는 내용으로 보아 그것이 통상적 의미의 자서전이 아니라 일종의 자아 비판적 이력서라는 것은 단박에 짐작이 갔다. 어눌하고 소심하고 줏대 없는 부친이 마치 선구적 좌파 지식인이나 왕년의 청년 지사志士인 양 그려져 있는 것이 얼마쯤 황당하고 우습게 생각되면서 꼬집어 말할 수 없는 비감을 느끼게 했다. 점입가경으로 들어서기 직전에 중단되어 있는 것도 궁금하고 아쉽게 느껴졌다. 부친의 입을 통해서 당신 신상 얘기를 들어본 적이 없었기 때문이다. 집에는 저자의 서명이 들어 있는 조벽암 시집『향수』의 증정본이 있었다. 고급 지질에 하드커버로 된 정가 2원의 호화본인데 이때 비로소 그 책을 소장하게 된 내력을 알게 되었다. 한국 최초의 화집이라는 값비싼『오지호·

김주경 2인 화집』이 집에 있는 이유도 알게 되었다. 조벽암이나 김주경이나 해방 후 월북한 인사였으니 그들에게 기대여 조금이라도 동정받고 보호받으려는 심정이 역력하였다. 그것은 실질적 효용성이 없는 한갓 희망사항에 불과했지만 지푸라기라도 잡으려는 것은 물에 빠진 자의 헛손질만은 아니다. 어쨌거나 자서전이란 말과 제목이 너무나 생뚱맞아 황당한 느낌을 받은 것은 지금도 기억에 생생하다.

여담이지만 '자서전'이란 말에 착잡한 생각이 든 일이 또 한 번 있었다. 1980년 여름에 어떤 문서에 서명을 했다 해서 거창한 이름의 수사본부에서 조사를 받은 적이 있다. 그때 수사관이 시한을 대면서 자서전을 쓰라고 지시하였다. "이력서 식으로 쓰는 것이 아니라 소설 식으로 쓰라"고 그는 말했다. 그때 순간적으로 생각난 것이 30년 전 1950년 여름에 부친이 쓴 '자서전'이었다. 당시 부친은 만으로 45세였다. 필자도 그 피동적 '자서전'을 쓴 것이 만 45세 때였다. 우연의 일치에 지나지 않지만 초월적 필연의 고리로 엮인 가계 세습적 불운의 일환이 아닌가 하는 불길한 예감이 들었던 게 사실이다. 그때 부친이 쓴 자서전이 필경엔 1년간의 징벌적 정직 처분으로 귀결되었듯이 내 자서전 또한 징벌적 결과로 이어지는 게 아닌가 하는 상념이 뇌리를 떠나지 않았다. 그 후 불러주는 대로 받아쓴 사직서에 서명을 끝내고 나니 마침내 불길한 예감이 실현되었다는 체념적 감회가 일었다. 그런 절차를 거쳐 무사히 고비를 넘겼을 때 느낀 배가된 다행감 속에는 나의 선지적先知的 예감이 맞아떨어지지 않은 것에 대한 기묘한 배신감 같은 것도 섞여 있었다. 모순되지만 거짓 없는 심정이다.

직접 얘기 들은 바가 없어 나는 부친의 삶에 대해서 아는 바가 별로 없었다. 자연 부친 '자서전'의 속편이 궁금해져 부친 책상 위를 기회 닿는 대로 살펴보았지만 그 비슷한 것은 보이지가 않았다. 나머지 부분은 학교에 가서 쓴 것인지도 모른다. 그 대신 이번에는 '모택동 동지의 자유주의 배격 11훈'이란 표제가 달린 등사물이 눈에 뜨이었다. 등사물에는 밑줄 친 부분도 있고 동그라미를 친 어사도 있고 해서 한 번 읽고 만 것은 아닌 것 같았다.

1. 친지와 지인이 잘못된 길을 갈 때 부질없는 풍파를 일으키지 않겠다는 잘못된 요망으로 방임하는 것.

2. 정면에서 말하지 않고 뒷전에서 이러쿵저러쿵 뒷말하는 것.

3. 직접 영향을 미치지 않는 중요한 쟁점을 간과하고 비난과 책임을 회피하는 것.

4. 타인의 명령에 우선하여 자기 의견을 과시하고 특별 고려를 요구하는 것.

5. 단합을 촉진하고 이성적으로 토론하기보다 개인 공격을 가하고

싸움을 거는 것.

6. 잘못된 의견을 듣고도 이를 질타, 교정하지 않는 것.

7. 보통 사람처럼 행동하면서 선동하지 않고 자신의 정치적 견해를 전파하지 않는 것.

8. 잘못된 혹은 반혁명적 견해를 접하고도 분노할 줄 모르고 이를 막지 않는 것.

9. 자기 과업에 충실하지 않은 채 열의 없이 엄벙덤벙 적당히 지내는 것.

10. 사회 변화에 대한 기여를 자랑하면서 그 때문에 보다 작은 일에 관여하지 않는 것.

11. 자신의 과오를 알고 있음에도 불구하고 시정하려 하지 않는 것.

이런 잘못된 일을 저지르는 이들이 자유주의자들이며 이들 자유주의자들은 온당한 공산주의 시민의 이상에 어긋나며 거기 미치지 못하는 자들이다. 우리는 이러한 자유주의자의 행태를 배격한다.

모택동이 1937년에 펴냈다는 팸플릿이 당시 '모택동 동지의 자유주의 배격 11훈'이란 표제로 학습 대상이 된 것이다. 위에 적은 내용이 1950년 7월에 접했던 등사물의 그것과 동일하다는 것은 아니다. 그것은 있을 수 없는 일이다. 부친의 책상에서 등사물을 접하고 곧 학습용이구나 하는 것은 직감하였다. 그러나 부친에게 직접 들은 바는 없다. 직접 들었다면 누가 학습을 담당했으며 그 지침이 어디서 내려왔는지도 알게 되었을 것이다. 또 그것이 충주중학에 한하지 않고 인민군 관장하의 모든 점령 지역에서 획일적으로 이루어진 것인지의 여부도 알 수 있었을 것이다. 그 후 염재만이 자기 형 염재룡廉在龍도 '모택동 동지의 자유주의 배격 11훈'을 되풀이 읽고 자기에게도 내용 설명을 해 주더란 얘기를 들은 바가 있다. 그런 것으로 보아 교사는 물론 간부급 학생들에게도 전수한 것은 분명해 보인다.

충주중학 한희요 교장의 정치적 입장은 앞에서 얘기한 바가 있다. 그리고 이묵영 선생이 솔선해서 협력의 길로 나섰다는 것도 말한 바가 있다. 한 교장은 9월 초까지는 교장 자리를 지켰다. 그러나 그 후에 어떤 위치에 있었는지는 알 길이 없다. 또 인민군 진주 후에 학교 인민위원회가 구성되어 위원장과 부위원장을 선출했다는데 위원장이 곧 교장인 것인지, 만약 아니라면 교장과의 관계는 어찌 되는 것인지에 관해서도 알 길이 없다. 적극적 협력의 길로 나선 이묵영 선생이 학교에서 맡은 역할이 무엇이었는지도 모른다. 다만 얼마 안 되어 그가 요즘 말로 하면 충주군의 장학사로 영전해 갔다는 것은 분명하다. 모친을 통해 들은 바로는 처음 부친이 부위원장으로 선출되었다 한다. 연장자 축에 들어갔기 때문이다. 그러나 부친은 극구 사양하고 젊은이가 맡아야 한다고 해서 30대 초반의 교사가 부위원장이 되었다. 부역 교원 대부분이 수복 후 면직된 반면에 부친은 정직 처분으로 끝난 두 명 중의 한 명이었고 1년 후 복직하게 된다. 그들 치하에서 어떤 직책도 맡지 않고 '감투'를 쓰지 않았기 때문이다. 부친이 멀리 앞을 내다보고 그런 것은 아닐 것이다. 평소 무슨 일에나 나서는 것을 좋아하지 않고 사실 '무능한' 인물이었기 때문에 그리된 것이다.

적극 협력의 길로 나선 사람들은 교원만이 아니었다. 학생 중에서도 그런 인물들이 많았다. 인민군 후퇴 때 북으로 가서 수복 후 볼 수 없게 된 학생들도 있었다. 충주중학 5년생이던 변종우卞鍾宇가 대표적인 인물인데 그를 각별히 기억하는 것은 중학 1학년 때 학생연맹 모임에 가지 말라는 개인적 경고인지 충고인지를 받은 일이 있기 때문이다. 그는 공부를 잘하는 모범생에 가까웠고 자기 나름의 인간적 결벽성을 가지고 있었다. 그밖에 사변 전 음악반을 조직하고 지도했던 홍기연洪起衍, 유중현柳重鉉도 보이지 않게 되었는데 이들은 중요 행사 때 음악반을 동원해서 사기 진작에 일조했다고 알려지고 있다. 또 이들은 학교가 아니라 중학교, 여학교, 농업학교의 연합체인 학생조직에서 활동한 것으로 알려져 있다.

이 몸이 죽어서 나라가 산다면

인민군 점령하의 초기 소강상태가 지나가자 폭격이 잦아지기 시작했다. 폭격이 아니라도 무시로 비행기 폭음[1]이 들리고 또 폭격기로 짐작되는 큰 비행기가 읍내 상공을 통과하곤 하였다. 비행기의 폭음이 나면 또 공습인 모양이라고 방 안으로 들어갔다. 방 안이라고 안전할 리는 없지만 그래도 지붕과 바람벽으로 해서 보호받고 있다는 착각을 안겨준 것이 사실이다. 비행기 소리가 잦아짐에 따라 마음도 긴장하게 되고 불안감도 증폭되었다. 어느 날 오후 제법 긴 시간의 읍내 폭격이 있었다. 쇠바퀴 소리 비슷한 소리가 머리 위에서 났는가 하면 지붕의 기와가 들썩거리는 것 같았고 등골에 진땀이 났다. 나가 보면 별일 없었다는 듯 하늘은 푸르고 구름도 한가해서 우롱당했다는 노여운 심정이 되기도 했다. 우리가 사는 용산리만 하더라도 변두리라서 아직 직격탄을 받은 적은 없었다. 그러나 충인동이나 성내동 쪽에서는 가옥 파괴가 있었다는 소문이 돌았다. 요란한 폭음에 비하면 공습 피해는 별것 아닌 것으로 생각되었지만 문제는 빈도

---

1) 한글학회에서 낸 『우리말 큰사전』에는 "폭발하는 소리"라고 '폭음'을 정의하고 있다. 그러나 비행 중의 비행기가 내는 소리도 폭음이다. 그 정의가 빠져 있다. 신기철, 신용철의 『새 우리말 큰사전』에는 "발동기의 가솔린이 기관에 공급되기 전에 기화氣化할 때의 소리"라는 두 번째 정의가 적혀 있다.

가 잦아진다는 점이었다.

한 가지 위안거리는 아주 흐리거나 비 오는 날에는 공습이 없었다는 점이다. 흐린 날에도 상공을 통과하는 비행기 소리가 들려오곤 한 것은 사실이다. 그러나 일과성 소나기가 아니라 본격적으로 비가 내리는 날에는 공습도 없고 비행기 소리도 나지 않았다. 자연 비 오기를 기다렸지만 어쩐지 그해 여름에는 비 오는 날이 많지 않았다는 생각이 든다. 뒷날 북에서 내려온 동세대 동포가 B29 편대가 몰려와 평양에 폭탄을 쏟아부을 때 마음속으로 갈채를 보냈다고 토로하는 것을 들은 일이 있다. 어느 시기에는 몰려오는 B29 편대에 실지로 박수를 보내고 환성을 지르는 사람들이 있었다고도 했다. 그러나 솔직히 그런 심정이 되지는 못했다. 우선 공습이 주는 육체적 공포에 압도당했기 때문일 것이다. 중공군이 대만을 점령하고 여세를 몰아 일본 규슈[九州]에 상륙하여 전쟁은 곧 끝난다는 소문이 끈질기게 나돌았다. 생각하면 터무니없는 낭설이지만 '카더라 통신'은 그적에도 사납게 유포되어 세를 얻었다. 이런 카더라 통신은 점령군 비호 세력의 기획 작품이었겠지만 반증할 만한 정보를 가지고 있지 않은 처지에선 속수무책으로 피동적일 수밖에 없었다. 속전속결식으로 당한 참이어서 단파방송을 듣는다든가 특수 외부연락망이 있는 사람이 아니라면 결정된 정세가 변경될 수 없는 것이란 생각이 일반적인 것이었다고 생각한다.

우리 집 앞마당 살구나무 그늘에는 일제 때 조성한 방공호 터가 있었다. 당시 방공호 파기를 강제했기 때문에 검사용으로 파놓은 것이지 실제로 활용한 적은 없었다. 비좁은 공간이었지만 일단 덮개도 있었다. 장방형으로 파놓고 그 위에 세로로 소나무 줄기를 가지런히 놓고 가마니때기로 덮은 뒤에 파낸 흙을 덮어서 복개된 방공호로 꾸민 것이다. 해방 후 쓸모가 없어 방치해두고 출입구도 흙으로 대충 막아버렸다. 그러나 일단 팠다가 덮어둔 것이어서 겉으로 보기에도 표가 났다. 부친은 그것을 재활용하자며 괭이와 삽을 들고 나섰다. 그 시절만 하더라도 웬만한 시골집에는 삽, 낫, 괭이, 호미, 도끼 정도는 갖추어놓고 있었다. 조그만 텃밭 가꾸기나 장작 패기에 필요할 뿐 아니라 근대화 도시화가 진척되기 이전이어서 집집마다 농촌적인 자급자족 체제의 흔적이 남아 있었기 때문이다.

  우리 부자는 반나절 가까이 끙끙거려서 일단 옛 방공호를 복원시켜놓았다. 전에 파두었다 용도 폐기한 것이라 생각보단 힘이 들지 않았다. 그러나 막상 그 안으로 들어가보니 비좁고 갑갑해서 도리어 위험 요소가 크다는 느낌을 주었다. 잘못하다가는 질식사할 것이 아닌가! 이런 느낌은 실제로 공습이 있던 날 들어가보니 더욱 절실해졌다. 방공호 재건에 기여한 바 없었던 모친은 좁쌀친구들의 숨바꼭질 놀이용은 될지 모르지만 어디 온 식구가 들어가서 운신할 수 있겠느냐며 그 효용성과 안전도에 의문을 제기했다. 그러고 보니 처음 방공호를 팠을 당시 우리는 다섯 식구였다. 이제 모두 여섯 식구요 게다가 4남매의 몸집이 불어난 것을 고려하지 않았으니 놀이용이라는 말도 괜한 소리가 아니었다.

우리 가족이 배낭을 지고 다시 욕각골로 향한 것이 7월의 언제쯤인지 정확하게는 헤아릴 길이 없다. 충주중학교 현관에 의자를 내놓고 앉아 있는 한희요 교장을 만난 것이 7월 4일인 것은 분명하다. 그러나 10일 전후부터의 내 기억에는 일부인日附印이 찍혀 있지 않고 찍혀 있는 경우에도 너무 흐릿해서 앞뒤를 분간할 수가 없다. 어쨌건 7월의 어느 갠 날 우리는 멋쩍은 얼굴과 울적한 마음으로 다시 집을 나섰다. 밥상에서 잠자리까지 마땅치 않고 불편한 절반 더부살이를 향해서 떠난 것이다. 이웃에서도 다시 피난처를 찾아 떠난 빈집들이 늘어나고 있었다. 너무 성급하게 돌아온 것이 후회가 되기도 하고 한동안의 귀가생활이 새삼 보람 있고 아쉽게 느껴지기도 하였다. 초라하고 누추할망정 집처럼 편한 곳이 어디 있는가?

마스막재로 향하는 신작로의 평지 길이 끝날 무렵에 큰 과수원이 있었다. 그 과수원 앞으로는 인가가 나란히 서 있고 신작로 가에 조그만 공터가 있었다. 그 공터에서 초등학교 저학년쯤 되었을까 말까 한 나어린 가시내들이 줄넘기를 하고 있는 게 보였다. 줄넘기 놀이는 보통 세 사람이 한 팀이 된다. 보조역인 두 아이가 마주 서서 고무줄을 넘기면 한 아이가 선수가 되어 고무줄을 밟지 않도록 규칙적으로 뛰어오른다. 이때 고무줄을 넘기는 두 아이는 노래를 불러 선수의 규칙적인 동작을 도와준다. 혹여 고무줄을 밟거나 발에 걸리거나 하면 선수의 자리에서 보조역 자리로 밀려나 교대를 하고 줄넘기는 계속된다. 그런 심상하기 짝이 없는 줄넘기인데 노랫말과 곡조가 뜻밖이어서 나도 모르게 걸음을 멈추고 귀를 기울였다.

이 몸이 죽어서 나라가 산다면
아아 이슬같이 죽겠노라

순간 형용할 수 없는 감동을 받았다. 세상이 바뀌었는데 세상 모르는 순진성은 어른들의 민첩한 파도타기나 체제 순응과는 달리 이렇게 철 지난 노래를 부르고 있지 않은가! 그 막무가내의 순수와 타산 모르는 무심함에 가슴이 서늘해졌다. 나라가 망해도 노래는 남는구나! 노래는 노랫말이 아니구나! 이게 바로 노래의 힘이구나! 예술의 힘의 풀뿌리를 접했다는 느낌이었다. 수복 후에도 비슷한 경험을 한 바 있다. 다시 세상이 바뀌었는데 붉은 노래를 부르고 있지 않은가! 전란 중에 겪은 너무나 감동적인 장면은 뒷날 반백半白의 나에게 「노래하는 아이들」이란 비산문을 적게 하였으니 내용인즉슨 다음과 같다. 현장 감회

의 10분의 1도 전달하지 못하는 가련한 솜씨지만 그날의 감동
이 아까워 버리지 못한다.

　　어느 아침 국군 모습 보이지 않고
　　북쪽 군대 밀물처럼 몰려온 마을에서
　　고무줄 타 넘으며
　　아이들이 노래하고 있었다
　　―이 몸이 죽어서
　　나라가 산다면
　　아아 이슬같이 죽겠노라!

　　흔적 없이 붉은기 사라지고
　　쑥부쟁이 연보라 어우러진 마을에서
　　아이들 노래하며
　　고무줄 연신 넘고 있었다
　　―눈에 묻혀 사라진 길을 열고
　　빨치산이 영을 내린다
　　원수를 찾아서 영을 내린다!

　"인생의 목숨은 초로와 같고 이씨조선 5백 년 양양하고나/이
몸이 죽어서 나라가 산다면 아아 이슬같이 죽겠노라"가 제1절

인 「충성가」는 6·25 전 교련 시간이나 행군 때 수없이 부르던 노래다. 그래서 아이들도 익히게 된 것이리라. 너무 애상적이라 해서 전쟁 중에 금지곡이 되었다. 그 충성가를 인민군 진주 후에 듣는다는 뜻밖의 경험이 나의 감상주의에 호소한 것인지도 모른다. 살아오면서 숱한 곡절을 겪어왔지만 그때의 그 정경은 지금도 눈에 선하다. 금지곡이 되어 「충성가」의 제2절은 지금 일실逸失된 것으로 보인다. 그렇게 빈번히 불렀지만 "인생의 목숨은 촛불과 같고 고구려"로 시작되는 제2절은 내 기억 속에서도 그러께의 눈송이가 되어버린 지 오래다.

안림리 느티나무께에 이르러 우리는 이전과 달리 신작로를 따르지 않고 샛길로 접어들었다. 신작로는 꾸불꾸불 우회로여서 가파른 길이란 느낌이 들지 않으나 그만큼 길어지는 면이 있다. 샛길은 직통으로 나 있어 질러간다는 느낌을 주는 그만큼 가파른 것이 사실이다. 또 산길과 진배없어 박힌 돌도 많고 발끝 조심을 해야 한다는 부담이 있다. 그러나 그동안 부지런히 마스막재를 넘나들며 발품을 판 덕분에 다리 힘도 생기고 해서 질러간다고 샛길로 접어든 것이다. 이 샛길을 앞으로 또 얼마나 걸어야 할 것인가, 하는 생각이 지워지지 않았다. 해거름에 욕각골에 당도한 우리는 다시 감나무집 옆집의 신세를 지게 되었다. 종태가 내 옆으로 다가와 웃음을 띤 채 반갑다고 한마디 하였다.

하늘의 괴물 쌕쌕이

공포의 쌕쌕이

다시 욕각골로 들어간 뒤부터 그렇고 그런 엇비슷한 나날이 계속되었다. 그 가운데 뭐니 뭐니 해도 가장 큰 사건은 처음으로 본 제트기의 공포였다. 그 이전의 프로펠러 비행기와는 전혀 다른 하늘의 괴물이 출동한 것이다. 충주집에서 겪은 공습 때의 비행기는 그 전에 흔히 보았던 프로펠러 비행기였다. 비행기의 크기는 그리 크지 않았고 비교적 저공에서 폭격이나 기총소사를 했다고 생각한다. 처음으로 제트기를 본 것은 욕각골에서다. 맑게 갠 날인데 갑자기 날카로운 폭음 비슷한 것이 났다. 그 소리는 분명 하늘에서 난 비행기 소리였지만 처음 접하는 것 같은 낯선 소리였다. 마당으로 나가 소리 난 쪽을 바라보았다. 그러나 아무것도 보이지 않았다. 산골 산동네이기 때문에 읍내에서 보는 것보다 하늘은 좁았다. 아무것도 보지 못하고 어리둥절하고 있는데 다시 날카로운 쳇소리 비슷한 것이 났다. 다시 급히 하늘을 쳐다보았으나 역시 눈에 뜨이는 것이 없었다. 와락 무서운 생각이 들었다. 분명히 인기척이 났는데 아무도 보이지 않는다고 생각해보라. 오싹하는 느낌이 드는데 다시 날카로운 소리가 나고 소리를 앞서가는 조그마한 비행체가 눈에 들어왔다. 그 비행 속도는 육안으로 보아도 엄청나게 빨랐다. 소리 나는 곳보다 더 앞쪽을 보아야 보인다는 것은 이내 알아차렸지만 거기까지는 공포의 시공간이었다. 미꾸라지 한 마리가 온 웅덩이를 다 흐린다더니 조그만 신종 비행기 한 대가 온 산골을 순식간에 낯선 소리와 공포로 제압한 것이다. 이후 이 새 괴물은 보이지 않는 공포에서 기관포 사격을 일삼는 초고속 비행체의 공포로 변신하고 쌕쌕이라는 이름을 얻게 된다.

쌕쌕이는 문자 그대로 제트전투기의 의성음이다. 수복이 되어 제트기라는 본명을 취득하기까지 이 쌕쌕이라는 속명이 호주 비행기라는 또 다른 속명과 함께 인민군 점령 지역에서 통용되었다. 이승만 대통령의 처가 나라인 호주에서 한국을 위해 전투 지원차 파견한 비행기라 해서 호주 비행기라 부른 것이다. 이 대통령의 부인 프란체스카 여사가 오스트리아 출신이란 것은 널리 알려져 있다. 그런데 오스트리아를 오스트레일리아와

혼동해서 호주 출신이라 잘못 알고 호주 비행기란 말이 돌게 된 것이다. 헛소문의 진원지가 어디인지 알 수 없지만 널리 수용되었다. 한국에 대한 외국 지원이 미국 정도이고 겨우 호주 같은 나라가 이승만의 개인적 연분으로 동참하고 있다고 함으로써 외국 지원이 극히 제한적임을 은연중 시사하려는 저의가 있었는지도 모른다. 세계정세나 국제정치에 대한 철저한 몰이해를 반영하는 삽화이지만 당시에 떠돌던 풍문이나 카더라 통신이 대부분 이런 수준의 것이었다. 이것은 당대를 이해하려 노력하는 사람들이 간과해서는 안 될 국면일 것이다. 그 당시 대중의 지지를 받았거나 배척을 받았다고 할 때 그 대중의 수준이 대체로 이와 같았다고 추정한다 해도 무리가 아니기 때문이다.

쌕쌕이가 주는 공포의 실체를 경험한 것은 한참이 지나서다. 아마 8월 초쯤의 일이었을 것이다. 일곱 살배기 막내아우가 수시로 배앓이를 하였다. 처음엔 대수롭지 않게 생각했으나 그 빈도가 잦아지고 얼굴도 못돼갔다. 모친이 이래선 안 되겠다며 병원엘 가봐야겠다고 서둘렀다. 우리는 다시 읍내로 들어가기로 했다. 아우가 걷는 것이 힘에 부치는 듯해서 모친과 내가 교대로 업고 가기도 하였다. 부친은 그 얼마 전부터 남산과 대림산 사이에 있고 학교와도 가까운 편인 호암리의 학부형 집에 쥔을 붙이고 거기서 숙식을 하는 터였다. 저녁때쯤 집에 당도할 계산이었다. 당시 충주에는 동인同仁병원이란 병원이 있었다. 해방 전부터 있었는데 전란 중에도 당연히 문을 열고 있었다. 그때까지만 하더라도 야간공습이 없어서 밤에는 마음 놓고 잠을 잘 수가 있었다. 야간공습이 시작된 것은 아마 8월 중순쯤부터일 것이라고 생각한다. 집은 비워두었지만 조그만 앞마당 텃밭에 상추를 심어놓아서 집에 들러 상추쌈을 싸 먹는 것은 커다란 낙이었다. 벌레가 꾀지 않는 상추는 주인의 손길이 닿지 않아도 잘 자라기만 하였다. 다저녁때 집에 도착한 우리는 마른 흙과 해묵은 돗자리 냄새가 뒤섞인 퀴퀴한 산골 농가의 방 냄새를 잊고 편히 잠을 잤다.

이튿날 오전 일찌감치 모친이 아우를 업고 병원엘 갔다. 집을 보고 있는데 청년들이 집으로 들어섰다. 나를 보더니 어른들은 안 계시느냐고 물었다. 사실대로 부친은 호암리에서 숙식을 하고 있다는 것, 마스막재 넘어 욕각골에서 지내다가 막내아우가 몸이 성치 않아 병원에 데려가려고 어제저녁에 돌아왔다는 것, 그리고 조반 먹고 나서 모친은 동생 데리고 병원엘 갔다고 말해주었다. 일행은 세 사람이라고 기억되는데 그중 한 사람은 완장을 차고 있었고 또 한 사람은 어디선가 본 적이 있는 것같이 생각되는 낯익은 얼굴이었다. 마침 그때 모친이 돌아왔다. 모친이 들어서자 안면 있는 청년이 공손히 인사를 했고 모친도 반갑게 인사를 받았다. 그러자 완장을 찬 청년이 반동서적을 수색 중이라서 들른 것이라고 말했다. 모친이 뜨악해하자 낯익은 청년이 잘 아는 친척분이신데 바로 여기 사시는 것까지는 몰랐다며 수색할 필요가 없는 댁이니 다른 데나 가보자고 말했다. 우두머리도 고개를 끄떡이더니 군말 않고 나가버렸다. 나중에 안 일이지만 모친과 친척이 된다고 나선 청년은 유석화劉石華라고 충주중학 졸업생이었다. 역시 나중에 안 일이지만 반동서적 수색이란 것은 구실이고 사실은 '반동문서나 삐라'를 수색한 것이었다. 그 와중에도 읍내에서 '불온 삐라'가 발견되어 수색에 나섰던 모양이다.

그들이 가고 우리 식구만 남게 되자 모친이 상황 설명을 하였다. 의사 선생이 왕진을 가서 안 계시니 점심 후에나 들르라고 간호원이 말했다는 것이다. 그러면서 이런 판국에 왕진을 간 것을 보면 대단한 유력자거나 거절 못 할 사이이거나 공적인 일 때문일 것이라고 덧붙였다. 당시 우리는 수제비에 많이 의존했던 것 같다. 손국수는 손이 많이 가고 시간도 더 걸린다. 그러나 애호박을 썰어 넣은 끓는 물에 주걱에 떠 담은 밀가루 반죽을 숟갈로 아무렇게나 떼어 넣으면 수제비국은 끝난다. 바로 전날 상추쌈으로 저녁밥을 먹었기 때문에 수제비로 점심을 때우고 모친은 다시 막내아우를 업고 병원으로 향하였다.

그리고 나서 한참 되어서다. 갑자기 날카로운 쌕쌕이 소리가 바로 지붕 위에서 났다. 오싹할 정도로 가까운 소리였다. 멀리 사라졌나 했더니 다시 쌕쌕이 소리가 지붕 위를 스쳐 갔다. 기

왓장이 온통 들썩거렸다. 금방 천장이 무너져 내릴 것 같은 무
섬증이 몰려왔다. 이불장에서 여름에는 덮지 않는 겨울 솜이불
까지 다 꺼내 와서 쌓아놓았다. 그리고 베개까지 꺼내어 쌓아놓
고 그 속으로 머리를 들이밀었다. 그러는 사이에도 쌕쌕이는 사
라졌다가 다시 돌아오는 왕복운동을 계속하였다. 기총소사 소
리도 계속되었다. 하필 가족과 헤어진 계제에 당하니 더 무서웠
다. 모친과 아우는 어디서 이 아찔한 시간을 당하는가 하는 걱
정도 공포감을 더해주었다. 파상 공습이 계속되면서 도대체 공
격의 목표가 어디인지 궁금한 생각도 간절해서 방문을 열고 밖
으로 나가볼까 하는 충동도 생겼다. 그러나 방문을 여는 순간
바로 전방 위쪽에서 비행기 동체가 날아오는 것이 보여 기겁을
하고 다시 이불 더미에 머리를 처박았다. 날카로운 쌕쌕이의 첫
소리, 기왓장 들썩거리는 소리, 기총소사 소리는 규칙적으로 계
속되어 인제 영락없이 죽게 생겼다는 비장감이 몰려왔다. 원통
하기 그지없었다. 한편 전쟁을 일으킨 놈들, 정확하게 실체가
떠오르지 않는 가상 적에 대한 강렬한 적개심과 증오감도 끓어
올랐다. 정의가 있다면 이런 놈들은 당장 능지처참해야 하리라.
아무렴, 당장 능지처참해야 마땅하리라. 다음 순간엔 이 고비만
넘기게 해주소서, 하고 기도도 해보았다. 제발 이번만은 살려주
소서. 얼마가 지나자 다시 조용해졌다. 방을 나와 사방을 둘러
보아도 연기 같은 것은 보이지 않았다. 그때 비로소 러닝셔츠와

아랫바지가 온통 땀범벅이 되어 있음을 알았다. 우물로 가서 두레박으로 물을 길어 냉수를 벌떡벌떡 마셨다. 그 공포의 지속 시간이 정확히 얼마나 되었는지는 알 길이 없다. 그러나 아무리 줄잡아도 30분 아니 20분은 실히 되었으리라. 용자는 한 번 죽지만 비겁자는 수십 번을 죽는다고 한다. 나도 모르게 생사를 왔다 갔다 한 일이 그때껏 몇 번은 있었을 것이다. 그러나 말짱한 정신상태로 생사의 경계를 왕래한 최초의 사례를 꼽으라면 아무래도 제트기에게 속절없이 농락당한 열여섯의 그 여름날이 될 것이다. 일자이후 열여섯에 말을 타고 활을 잘 당긴 것이 화근이 되어 어린 나이에 세상을 뜬 화랑 관창에 대한 연민의 정이 각별해졌다. 아울러 아들 죽이고 벼슬 오르고 당견唐絹 서른 필, 20세 베 서른 필, 곡식 1백 섬을 하사받았다는 서라벌의 품일品日 장군에 대한 내 나름의 불경과 불신이 싹트기 시작하였다.

골목 밖으로 나가 개울가에서 읍내 쪽을 바라보았다. 시장 쪽에서 연기가 오르고 있었다. 모친의 모습은 보이지 않았다. 혹시나 하는 불길한 생각이 들었다. 그러나 동인병원은 시장 쪽과는 또 거리가 있어 설마 하고 불안감을 달래었다. 개울가에서 서성거리며 둘러보니 수안보 가는 신작로 쪽으로는 왕래하는 사람들이 눈에 뜨이었다. 이루 말할 수 없이 반갑고 안도감이 생겼다. 다리 쪽으로 가서 기다렸다. 한참 만에 아우를 업은 모친의 모습이 보였다. "너도 놀랬지? 꼭 죽는 줄 알았지, 뭐냐! 어떻게 콩 볶듯이 쏘아대는지 간이 다 떨어졌다." 모친이 말하는 사이 등에 업힌 아우는 초점 없이 퀭한 눈을 멀거니 뜨고만 있었다.

병원에 가보니 기다리는 환자는 거의 없었다. 청진기를 떼면서 의사가 들려준 얘기는 들으나 마나 한 소리였다. 아무리 난리통이라 하더라도 규칙적으로 고르게 식사할 것, 배가 고프다고 급히 먹거나 과식하지 말 것, 수저나 식기를 깨끗하게 닦고 가끔 펄펄 끓는 물로 소독할 것, 함부로 산이나 들에서 열매 같은 걸 따 먹지 말 것, 특히 익지 않은 과일이나 열매를 조심할 것 등의 주의사항을 일러주고 특별한 병이 있는 것 아니니 크게 걱정할 필요는 없다고 하더라는 것이다. 그러면서 식사 후 30분에 먹으라며 간호원이 건네준 약봉지에는 종이로 접은 새끼 약봉이 달랑 세 개가 들어 있을 뿐이었다. 이게 전부냐고 하니까 간호원은 워낙 소화제도 바닥이 난 판국이라 어쩔 수 없다, 대개 영양부족이니 잘 먹이기만 하면 된다고 하더라는 것이다. 돈은 받지 않는다고 했다는데 그것이 당시의 일관된 방침인지 워낙 처방해준 것이 없어서 그런 것인지는 알 길이 없다. 병원이라고 괜히 가서 놀라기만 했다면서 모친은 쌕쌕이를 만난 자초지종을 말해주었다.

병원을 나서서 얼마 안 되어 도로 한복판에서 쌕쌕이를 만났다. 별안간 머리 위를 지나가는 쇳소리와 바람 소리가 났다. 급히 피할 곳을 찾았으나 어디 엎드릴 데도 없었다. 되는 대로 골목으로 들어가 아우를 내려놓고 같이 바닥에 엎드렸다. 그때쯤 "방공! 방공!" 하는 소리가 났다. 한동안 그러고 있다가 일어나 보니 아무래도 근처가 공격 목표는 아닌 것 같았다. 조금 안심이 되는 순간 다시 바람과 쇳소리가 쳐들어오는 바람에 납작 엎드렸다. 울음을 터뜨리는 아우의 귀를 막고 달래며 공습이 끝나기를 바랐다면서 십년감수했다는 소리를 몇 번이고 하였다. 그러면서 대체 몇 대나 와서 요란을 피운 것인지 한데에 있었으면서 도무지 알 수가 없다고 덧붙였다. 한 대? 두 대? 아니면 넉 대? 생각해보니 나 역시 도무지 분간이 가지 않았다. 그 후 쌕쌕이 소리만 나더라도 겁이 나고 안절부절못하였는데 그것은 되풀이 경험해도 도무지 익숙해지지 않는 성질의 것이었다. 대개의 경우 적응한다는 것은 적응 못하는 상황에 익숙해지는 것일 뿐이란 말이 있다. 그러나 쌕쌕이의 경우엔 적응 못하는 상황에 조차 익숙해지지 못하고 말았다. 쌕쌕이가 너무 낮게 나는 바람에 조종사의 모습이 보이는 경우도 있었다. 그 조종사가 커다란 항공안경 속에서 웃고 있다는 착시인지 환각인지를 경험했는데 그만큼 섬뜩함을 느꼈다는 뜻이 될 것이다.

너 그게 안 보이니?

한번 호되게 당하고 보니 불편하고 갑갑하더라도 욕각골에 눌러 있을 수밖에 없다는 생각이 들었다. 공습의 불안으로부터 안전하다는 것이 얼마나 큰 행운인가? 그렇게 생각하면서도 막상 산골에 박혀 있는 것은 답답한 일이었다. 기껏 궁리해서 무료함을 벗어나는 길은 읍내가 환히 내다보이고 언제나 왕래하는 사람들이 보이는 마스막재로 나들이를 가는 것이었다. 사람 사는 세상과 연결되어 있다는 느낌도 좋았고 한눈에 읍내가 들어온다는 것도 시원한 기대감을 안겨주었다. 어슬렁어슬렁 마스막재를 향해 걸어가면서 늘 마음에 걸리는 것은 한센병 환자의 오두막을 지날 때였다. 그러지 말자고 다짐하면서도 오두막이 가까워지면 괜히 긴장이 되고 걸음이 빨라졌다. 빨리 지나가야 한다는 강박관념이 생겨난 것이다. 그의 모습이 보이지 않는 경우도 있지만 대개의 경우 한센병 환자는 오두막 앞에 서서 멀리 동량면 쪽이나 지나가는 사람을 바라보고는 하였다. 해코지를 할 사람이 아니라는 것은 잘 알고 있었지만 어린애를 잡아서 간을 빼 먹는다는 잔혹 민화民話의 잔재는 마음속에서 쉬 청산되지 않았다. 거기쯤에서 보이는 산비탈의 흰옷 주인들의 모습도 부담이었다. 마스막재 정상의 바람만은 언제나 한결같고 시원하였다. 또 내려다보이는 읍내의 원경은 언제나 위안이었다.

언젠가는 공습의 공포 없이 이전의 평상을 누리게 되리라. 그러고 보니 할 일 없이 마스막재까지 걸어와서 읍내를 내려다보는 자신이 지나가는 사람을 멍하니 쳐다보는 한센병 환자와 무엇이 다르냐는 생각이 들었다. 그러자 피하고 싶은 그가 느닷없이 측은하게 생각되었다. 그러던 어느 날 다시 거기서 신기현을 만났다. 지난번과 마찬가지로 그는 원터 쪽에서 올라온 참이었다.

"그래 외상값은 받았니?" 나의 말에 그는 고개를 가로저었다.

"또 야단맞게 생겼네. 사람들은 만나보고?"

"아니, 못 만났어. 야단은 왜 맞아?"

"심부름 제대로 못하면 야단맞는 것 아니니?"

"심부름은 무슨 심부름?" 하더니 신기현은 장난기가 가득한 웃음으로 껄껄대었다.

"사실 지난번엔 심부름을 갔던 거야. 그리고 허탕을 쳤지. 그런데 이번엔 심부름을 간 게 아니야. 오야지[1]는 벌써 떼인 것으로 치부하고 있어. 그래 이번엔 내가 나선 거야. 거래도 안 되는 가게에 밤낮 붙어 있으면 뭘 해. 잘하면 거저 용돈이 생기잖아? 그래 궁리 끝에 가보았던 거지. 나 혼자 꿀꺽할 참이었는데 도대체 작자를 만날 수가 있어야지." 그러면서 신기현은 제법 호탕하게 웃었다. 허탈한 장난기 웃음이었다. 우리는 그동안 지낸

---

1) 아버지를 뜻하는 일본어로 당시에 흔히 쓰였다. 親父, 親爺.

일들을 얘기했다. 나는 학교 가본 얘기를 하였다. 그는 학교에는 관심이 없었다. 시장 쪽이 아무래도 공습 대상이 되는 게 아닌가, 하고 걱정도 하고 그렇다고 뾰쪽한 수가 있는 것도 아니라며 그답지 않게 집안 걱정도 하였다.

그때 건장하고 희멀끔하게 생긴 장정이 등짐을 지고 나타났다. 신기현과 마찬가지로 원터 쪽에서 올라온 것이다. 우리가 앉아 있는 자리께로 와서 짐을 내려놓고 휴! 하고 한숨을 쉬더니 "아, 바람 한번 시원하네. 살 것 같다"고 혼잣말 비슷하게 말하였다. 등짐으로 지고 온 것이 무엇인지 모르지만 한 가마니 가뜩한 것이었다. 신기현이 말을 걸었다.

"이런 땡볕에 무얼 그리 지고 다니세요? 힘드시잖아요?"

"힘들다마다. 이건 쌀이야. 쌀가마야."

"웬 쌀가마를 지고 다녀요? 어디까지 가시는 길입니까?"

"얘기를 하자면 길어져. 먹고살자니 쌀가마를 지고 가는 거지."

그러면서 그는 천천히 자기 처지를 얘기하기 시작하였다. 자기는 본시 평안도 박천 사람이다, 어려서 서울로 왔다, 그 후 부친이 사업에 실패해서 살림이 어려워지고 공부를 포기했다, 작년 말부터 영월 탄광에서 일했는데 싸움이 터졌다, 지금 가족이 있는 서울로 가는 길이다, 쌀을 주고 밥을 얻어먹으며 가고 있다는 것이 그의 설명이었다. 새끼 멜빵으로 쌀 한 가마를 지고 가니 어깨깨나 배기겠다는 생각이 들고 안됐다는 느낌이었다. 차근차근 말하는 품이 믿음직스럽고 상스러운 구석이 없었다.

"서울까지 가자면 아직 3백 리 남았는데 힘드시겠네요." 붙임성 있게 신기현이 말했다.

"지금 이 판국에 고생 안 하는 사람이 어디 있어. 하루 빨리 가족을 만나봐야겠다는 생각뿐이야."

"그럼 진작 서두르시지요. 영월서 여기까지야 얼마 되나요."

"처음엔 어찌할지 몰라 궁리가 많았지." 이렇게 말하더니 그는 급히 말을 끊고 다시 등짐을 졌다. "땀도 말렸으나 이제 가봐야지" 하고 그는 고개를 내려가기 시작하였다. 탄광에서 일하는 사람치고는 참 무던해 보인다는 취지의 소감을 내가 말했다. 그러자 신기현은 다시 장난기 있는 웃음을 터트리며 말했다.

"탄광은 무슨 탄광! 너 저 아저씨 말을 곧이듣니?"

"그럼 아니란 말이야?"

"저 아저씨는 국군 장교야! 낙오를 했거나 어떻게 돼서 지금 변장하고 어디론가 가고 있는 거야."

"뭐라구? 네가 그걸 어떻게 알아!" 그러자 신기현은 다시 껄껄 웃어대었다.

"종호야! 너 그게 안 보이니? 틀림없는 국군 장교야!"

이어서 그는 저렇게 희멀끔하게 생긴 사람이 탄광에서 일했을 리가 없다고 말했다. 탄광이라고 꼭 석탄을 캐란 법이 어디 있느냐, 사무소에서 일할 수 있지 않느냐는 나의 말에 그는 그게 그거라며 이북에서 내려온 월남 동포 가운데 국군 장교가 많다는 것, 어차피 사투리 때문에 이북 출신임을 숨기기가 어려우니 해방 전 어려서 이사 왔다고 한다는 것, 그의 동작이나 말투로 미루어 자기는 즉각 알아보았다고 말했다. 그의 말을 듣고 보니 반박할 여지가 없었다. 그리고 나 역시도 그가 국군 장교임에 틀림없다는 생각이 들었다. 그가 무사히 서울까지 갈 수 있을까 생각하니 괜히 걱정이 되었다. 얼마 전 식산은행 건물에서 보았던 국방군 병사 신고소란 종이 표지가 생각났다. 그 종이 표지와 신고하면 귀가조처를 취해준다는 공고문을 얘기하면서 거기 가서 신고하고 집으로 돌아가는 것이 낫지 않을까, 하고 생각나는 대로 말하였다. 신기현은 다시 껄껄껄 웃으면서 "야, 너 그 말을 곧이듣니? 신고하면 돌아가게 한다고 해놓았다고 정말 그렇게 해줄 것 같아? 게다가 저 아저씨는 장교야, 장교!" 듣고 보니 그의 말이 옳다는 생각이 들었다.

동시에 아까 신기현은 그가 국군 장교임을 즉각 알아보았는데 어째서 나는 알아보기는커녕 생각조차도 못했는가 하는 열패감이 들었다. 그것은 충격이었다. 또 신고하면 돌려보낸다는 말을 절반쯤 곧이들은 내 자신이 다시 한심하게 생각되었다. 지난번 만났을 때 정연하게 위정 당국을 비판했을 때 놀란 것은 사실이다. 그러나 그것은 신문에 더러 보도되고 또 널리 떠돈 얘기였다. 이번엔 아무런 중간 매개 없이 사태를 파악한다는 사실이 놀랍게 생각되면서 그러지 못한 나 자신에 대한 열패감에 뺨이라도 한 대 얻어맞은 듯 얼얼하였다. 평소에 그를 은근히 얕보지 않았는가? 자존심이 무너지면서 부끄러운 생각이 들었다. 집에서 가게를 하다 보니 많은 고객을 대했을 터이고 믿을 만한 사람인가 그렇지 못한 사람인가 궁리도 했을 터이고 그러다 보니 자연 눈치도 말짱하게 된 것이 아닐까? 그런 생각이 들기도 했다. 동시에 이유를 붙여서 자기의 열패감을 변명하려는 자기 자신이 몹시 싫어졌다.

그 비슷한 열패감을 맛본 적이 또 있다. 한 이태 후의 일이다. 고3이 되었다고 조금은 긴장이 되던 무렵이다. 그 나이에 흔히 그렇듯이 동급생들이 여학생이나 연애에 관한 얘기를 나누고 있었다. 당시엔 연애대장이란 말이 아직 남아 있어서 학년마다 연애대장이란 호가 난 성적 선각자들이 몇 명씩 활거하고 있었다. 우리 학년에도 연애대장이 몇몇 있었는데 그중의 하나는 누가 보아도 도저히 매력 있다고 할 수 없는 여학생과 친하다는 소문이 자자하였다. 절반 선망 절반 질시의 심정으로 누군가가 매력 없는 여학생과 열을 올리고 있다는 동급생의 흉을 보았다. 무얼 보고 그리 열을 올리는지 모르겠다고 비아냥거린 것이다. 모두들 동의하는 듯한 발언을 한마디씩 하였다. 그러자 연애대장과 가까운 단짝이 유권해석하듯이 말참견을 하여 모두를 머쓱하게 만들었다.

"야, 웃기는 건 너희들이야. 무어, 매력도 탄력도 없다고? 너희들이 무얼 알아? 여학생 손목이라도 잡아본 놈 있다면 나와봐! 똑바로 쳐다보지도 못하고 몰래 훔쳐보기만 하는 주제에 무어가 어떻고 어때? 올라타겠다고 생각하고 여자 얼굴을 봐봐라. 모든 여자가 매력 만점으로 보이는 거야! 한번 시험해보고 아니면 나한테 와서 보고해라!" 아무도 대꾸를 못하고 잠잠해졌다. 그의 노골적인 성적 암시나 선배연하는 태도에 비위가 상했다. 그러나 내가 모르는 미지의 세계를 건달 비슷한 동급생이 선점하고 있다는 사실이 기묘한 열패감을 안겨주면서 충격으로 다가왔다. 책을 좀 읽고 공부도 조금은 잘한다는 유치한 자부심이 무너지는 느낌이었다. 작가 이태준은 '눈치'가 소설가의 소질이라 본다고 적은 일이 있다. 이어서 소설가는 천하만사를 다 알아야 한다고 적고 있다. 뒷날 그러한 대목을 접하고 떠올린 것이 신기현이요 연애대장의 단짝 친구였다. 신기현은 변장한 국군 장교를 즉각 알아보았는데 그런 것이 바로 이태준이 말한 '눈치'가 아닐까? 또 '매력 없는' 여학생과 열을 올리는 단짝을 변호한 건달이야말로 '천하만사'에 통달할 싹수와 떡잎을 보이는 될성부른 나무가 아닌가? 그런 생각을 하면서 열패감을 일변 달래기도 하고 잡스러운 천하만사에 통달한 축들을 일변 내려다보기도 하였다. 뒷맛이 쑥쓰름하였다.

무서운 동무

  일단 욕각골로 다시 돌아오긴 했지만 용산집에는 이따금 드나든 편이었다. 그럴 경우 늦은 오후에 욕각골을 출발해서 저녁나절 집에 도착하곤 하였다. 그때쯤엔 공습의 위험으로부터 비교적 안전하였기 때문이다. 변소 하나만 하더라도 집이 나았고 잠시 누워 있기만 하더라도 편안하기 짝이 없었다. 오래 살아 익숙하다는 감정도 든든한 안전감에 도움이 되었다. 집에 돌아와 저녁을 해 먹은 후 오래간만에 시원한 등목을 하고 나서의 일이다. 갑자기 구호 외치는 함성이 들려왔다. 그러나 구호의 내용은 분명하게 알아듣지 못하였다. 이어서 노랫소리가 들려왔다. 그것이 행진하면서 부르는 소리임은 금방 알아차릴 수 있었다.

   높이 들어라 붉은 깃발을
   그 밑에서 굳게 맹세해
   비겁한 자야 갈라면 가라
   우리들은 붉은기를 지키리라

  해방 직후 많이 들어본 노래여서 단박에 알아들을 수 있었다. 생각해보면 초등학교 상급생들 중에서도 이 노래를 부르는 아이들이 많았다. (그 당시에는 "그 밑에서 전사하리라 / 비겁한 놈은 갈라면 가라"로 불렀다는 것이 나의 기억이다.) 좌파인 담임 선생이 김순남 작곡의 「농민의 노래」를 정규 수업 시간에 가르쳐주던 시절이니 당연한 일이다. 솔직히 오래간만에 들어보니 일변 반갑기도 하고 일변 두려운 생각이 들었다. 노래는 남녀 혼성인데 여성의 목소리가 더 크게 들렸다. 끊이지 않고 노래는 계속되었다. 수안보 가는 남행 신작로를 따라가던 행진 군중은 지곡에서 남산학교 쪽으로 방향을 틀었고 그 후에는 노랫소리가 약해지더니 들리지 않게 되었다. 결국 군중대회 비슷한 것을 하고 나서 시가행진을 한 것이요 공습 때문에 야간행진을 한 것이다. 다수 군중이 고성으로 부르는 노랫말이 위협적으로 섬뜩하게 다가오면서 바야흐로 무서운 일이 닥쳐오고 있다는 막연한 공포감을 금할 수가 없었다. 그리고 아무리 갑갑하고 불편하더라도 욕각골에서 지내는 것이 낫지 않은가 하는 생각이 들었다. 욕각골에서는 집에 가 있고 싶고 집에서는 욕각골이 낫겠다는 생각으로 갈팡질팡한 것이 당시의 방정맞고 믿지 못할 내 마음이었다.

집을 떠나 욕각골로 돌아가는 시간은 대체로 이른 오전이었다. 어느 날 막 집을 나서려는 참에 심재각沈載珏이 찾아왔다. 심재각은 남산초등학교 동기생으로 용산 2구에 집이 있었다. 가까운 거리여서 초등학교 시절엔 왕래가 잦았다. 나이는 나보다 한 살 위였으나 키도 비슷해서 5학년 때는 바로 옆자리의 짝꿍이기도 하였다. 삼촌의 영향을 받아 그는 정치적으로 조숙해서 초등학생 때 벌써 동급생을 놀라게 하는 발언을 수시로 토해내었다. 하루빨리 제2차 해방이 되어서 친일파 민족반역자를 숙청해야 한다든가 사리사욕만 추구하는 모리배를 처단해야 한다는 소리를 예사로 해서 동기생들을 주눅 들게 만들기도 하였다. 6·25가 나던 해엔 6월 1일에 새 학년이 시작되었다는 것은 위에서 얘기한 바 있다. 그해엔 또 고등학교를 신설한다는 말이 있었고 사립인 중앙중학교와 보성중학교는 각각 고등학교 학생 모집 신문광고를 내기도 하였으니 실제로 입학한 학생들이 있었을 것이다. 그러나 곧 6·25가 터졌기 때문에 그 과정이 원활하게 진행되었는지는 의문이다. 어쨌건 심재각은 일찌감치 보성고등학교를 지원했다는 얘기가 파다하게 돌았는데 그만큼 그는 매사에 적극적이고 동급생보다 한발 앞서가는 친구였다. 그런 친구가 나를 찾아온 것이다.

모친과 우리 형제가 욕각골로 향하려 하는 참임을 알고 그는 나중에 또 들르겠다고 말하면서 오늘은 이만 가보겠다고 하였다. 골목으로 나서는 그를 배웅하러 따라가며 어떻게 지냈느냐고 물었다. 그는 종가가 있는 충주군 살미면[2] 신당리 속칭 신댕이로 피란 갔다가 돌아왔다는 얘기를 하였다. 그러더니 목소리를 낮추어서 사실은 상의할 일이 있어 왔는데 언제쯤 다시 돌아올 것이냐고 내게 물었다.

"대중이 없어. 공습 때문에 산골에 가 있지만 답답해서 죽겠어. 그렇다고 집에 눌러 있을 수는 없고."

"야, 그건 나도 마찬가지야. 그런데……."

"……."

"나는 사실 의용군 지원을 할까 하고 생각 중이야. 그래서 같이 갈 동무를 찾고 있어. 나하고 같이 지원하지 않을래?"

화들짝 놀라지 않을 수 없었다. 가슴이 쿵 하고 내려앉았다. 동무란 말이 아주 무섭게 들렸다. 상급생이 등교 권유를 위해 우리 집에 와서 "유종호 동무" 하고 부를 때와는 전혀 달랐다. 사실 초등학교나 중학 시절 제일 싫어한 과목이 체조와 교련이었다. 달리기나 기계체조를 잘 못하는 것이 아마 원인이 되었을 것이다. 또 장거리달리기는 정말로 싫었다. 게다가 체육 교사는 대개 무식하고 교양 없는 인물이라는 고정관념을 가지고 있었다. 중학시절 얼마 안 되던 교사들의 이름을 거의 다 기억하고 있다. 2학년 때 담임은 체육 담당 교사였다. 그의 별명이 '체조 김'이어서 그것만은 알고 있지만 이름은 모른다. 다른 교사의 이

---

2) 살미. 한자로 乷味로 표기한다. 『삼국사기』 제46권 「열전」 제6에 보이는 강수强首에는 "强首 中原京沙梁人也, 강수는 중원경의 사량부 사람이다"란 대목이 있다. 여기 나오는 沙梁이 오늘의 乷味일 것이라고 나는 자의적으로 추정한다. 개인적인 공상 놀이인데 충주 근방의 지명 중 사량에 가장 가까운 것이 살미라 생각되기 때문이다.

름을 거의 다 아는데도 담임이던 그의 이름을 모르는 것은 그를 그만큼 싫어하고 경멸하였기 때문이 아닌가 생각한다. 1948년 정부 수립 후 학도호국단이 창설되고 교련이 정규 과목으로 채택되면서 체육 교사들을 단기교육 시킨 뒤에 이들을 중학교에 배속장교로 배치하였다. 머리에 든 것이 없는 그들은 시간 중에 훈화랍시고 판에 박힌 소리를 되풀이하곤 하였다. 사람이 바뀌어도 비슷한 소리를 한 것을 보면 아마 배속장교 훈련을 받을 때 들은 소리를 복창했기 때문이 아닌가 생각한다.

"사람은 세 가지 종류가 있다. 그것이 무엇인지 아는 사람은 거수하고 대답하라!"

"......"

"누구 없는가? 60명 중 아는 학생이 하나도 없나?"

"......"

"반장! 거수하고 대답하라."

"......"

"바보 멍텅구리만 모였구나! 사람은 세 종류가 있다. 첫째 꼭 있어야 할 사람, 둘째 있으나 마나 한 사람, 셋째 있어서는 안 될 사람. 반장! 반장은 어떤 사람이 되어야 한다고 생각하나?"

"네, 꼭 있어야 할 사람이 되어야 한다고 생각합니다."

"맞다!"

체육과 교련을 싫어하고 그 성적도 좋지 못했기 때문에 그 연장선상에서 군인은 적성에 맞지 않는다고 작정하고 있었다. 더구나 쌕쌕이 소리에도 간이 콩알만 해지는 처지에서 총탄이 비오듯 쏟아진다는 일선에서 싸워야 하는 군인을 지원하다니! 그것은 생각만 해도 끔찍한 일이었다. 아니 생각을 할 수도 없는 일이었다. 그러나 그것을 전부 털어놓을 수는 없었다. 불현듯 털어놓아서는 안 된다는 생각이 들었던 것이다.

"아직 군인 갈 나이는 아니잖니? 너나 나나."

"그렇긴 하지만 일정시대에도 소년병들이 용감히 싸웠다는 것 아니니?"

"꼭 가야 하는 거라면 모르지만……."

"들려오는 얘기로는 나중엔 다 가게 된다는 거야. 어차피 가게 될 거라면 제1차로 나가야 나중에 인정을 받고 유리할 것 아냐? 안 그래?"

이 말을 듣자 갑자기 심재각이 무서워졌다. 1차로 가서 인정을 받는다! 나로서는 꿈에도 생각하지 못했던 일이었다. 신기현에 이어서 다시 동기생에게 한 대 얻어맞은 듯 볼이 얼얼한 느낌이었다. 그러나 신기현 때 느낀 열패감과는 전혀 다른 종류의 충격이었다. 신기현에게선 어떤 적대감이나 두려움을 느끼지는 않았다. 그의 기민한 눈치나 현실감각이 놀랍게 생각되어 자신의 그러지 못함이 자책감 비슷하게 다가왔을 뿐이었다. 심재각은 뭐라고 딱 꼬집어서 말할 수 없는 적대감 비슷한 경계심을 내게 불러일으켰다. 이 친구를 따라가면 분명 이 친구의 수하가 되거나 희생양이 될 것이란 엉뚱한 생각마저 들었다. 내가 잠자코 있자 심재각이 말했다.

"나도 딱 마음을 정한 것은 아니야. 그러니 한번 잘 생각해봐. 잘 아는 동무와 함께 간다면 서로 의지가 되고 겁날 게 없을 것 같아. 안 그래?"

"글쎄. 너의 부모님은 뭐라시던?"

"아직 부모한테는 얘기 안 했어."

"꼭 상의를 해야 할 일 아니니?"

그렇게 방향을 돌리고 나서 그와 헤어졌다. 그리고 곧 욕각골로 떠났다. 그 후 혹시 그를 다시 만날까보아 은근히 겁이 났다. 다시 만나면 어떻게 핑계를 대든 그 얘기는 꺼내지 못하게 하리라. "정 가고 싶으면 너나 혼자서 가라"고 딱 부러지게 말하지 못한 것이 후회스러웠다. 그러나 그것은 혼자만의 생각이고 정작 그를 만나면 그러지 못하리라는 것도 잘 알고 있었다. 그는 언변이 좋았고 게다가 배짱이 있었다. 그러나 그것이 부럽게 생각되지는 않았다. 그가 뭐라고 대거리하지 못할 구실을 마련해두어야겠다는 생각이 들었다. 그 상황에서 1차로 가야 나중에 인정받게 된다고 머리를 굴리며 수판을 놓는 그가 싫었다. 정나미가 떨어졌다.

아버지와 아들

다시 욕각골로 돌아가고 나서의 일이다. 아침나절 목벌을 간다고 서둘러 집을 나서는 종태를 만났다. 동사무소가 있는 곳인데 거기서 동네 청년들을 소집했다는 것이었다. 농사일을 피할 구실만 생기면 좋아한다는 것을 알고 있었기 때문에 그의 얼굴에 화색이 도는 것이 당연한 일로 여겨졌다. 신작로 아래쪽으로 부리나케 달리듯이 내려가는 그의 뒷모습을 보며 농사일이 그렇게 싫은 것인가, 하는 생각이 났다. 하기야 나도 비가 와서 교련이나 체육 시간을 안 하게 되면 속으로 함성을 지르지 않았나, 비슷한 기분이겠지, 그런 생각도 들었다.

그날 오후의 일이다. 욕각골 아저씨는 목벌로 간 아들이 돌아오면 함께 점심을 먹는다며 기다리고 있던 참이었다. 아들이 목벌에서 돌아오자 봉당에서 부자가 겸상으로 점심을 먹었다. 점심을 벌써 때운 처지였던 나는 나대로 종태가 보고 싶었다. 청년들을 소집했다는 일이 궁금해서다. 나는 봉당 옆의 헛간에 앉아 건너편 산을 바라보고 있었다. 한여름이어서 산색이 한결 짙어져 있었다. 나무는 많지 않지만 풀빛 때문이었다. 욕각골 아저씨 부자도 정다운 사이는 아니었다. 중년의 아버지와 장정이 되어가는 아들 사이가 그림처럼 정다울 수는 없다. 더구나 아비 아들의 일터가 같은 농촌의 경우에 특히 그러하다는 것이

나의 관찰이다.

"그래 많이들 왔던?"

"별로 많지 않았어요."

"그럴 걸 뭣하러 부리나케 달려가니?"

"……."

"그래, 무슨 일이더냐?"

"뭐, 조금 있으면 전쟁이 끝난다고 했어요. 이제 마지막 고비
에 다다랐다고."

"그까짓 얘기하려고 다 모이라고 한 거야? 뭐 비료라도 줄 듯
이 안 가면 손해라고 해쌌는다더니……. 딴 얘기는 없었구?"

"조그만 힘을 더 보태면 곧 전쟁 끝나고 평화가 온다고 했어
요. 그래 젊은이들의 궐기가 필요하다고……."

"뭐가 필요하다고?"

"그러더니 의용군에 지원하라고 했어요."

"결국 그 소리 하려고 불러 모은 것이로군. 그래 지원들을 하
던?"

"목벌에서 많이 했어요. 우리 동네에선 둘이 했고."

"우리 동네에서 누가 했니?"

"저 아래 갑성이가 했어요……."

"둘이라면서?"

"……저도 같이 가기로 했어요."

"무어?! 뭐가 어떻구 어때? 그래, 이눔아, 그렇게 집이 싫으면 당장 나가거라! 당장! 나가! 나쁜 눔 같으니라고!"

욕각골 아저씨의 목청이 그리 우렁찬 것인지는 정말 몰랐다. 평소 말이 없고 조용한 편이었다. 말수가 적은 것은 아는 것이 없고 나서기를 좋아하지 않는 성품 때문이려니, 정도로 생각하고 있었다. 아저씨의 목청에 놀라 나도 모르게 헛간에서 마당으로 내려갔다. 아들의 의용군 지원이 집이 싫어서 그러는 것이라고 생각하는 그의 표정은 성난 표범이었다. 그는 구레나룻이 길고 무성한 편이었고 그게 성난 표범의 얼굴에 어떤 위엄과 결기를 부여하였다. 종태는 고개를 숙인 채 앉아 있었다. 욕각골 아저씨의 눈에 뜨이는 게 아무래도 부담스럽고 마음에 걸려 슬그머니 감나무집을 빠져나왔다.

저녁때가 되자 소식을 듣고 욕각골 아저씨네 수양딸 남편인 박 서방이 찾아왔다. 종태는 집에 없었다. 아버지에게 되게 혼난 그는 곧 집을 나와 마실을 간 모양이었다. 미리 알았다면 이런 일이 생기지 않게 했을 터인데 죄송하다고 박 서방은 아직 분이 풀리지 않은 욕각골 아저씨에게 말하였다. 또 의용군으로 간다고 다 일선으로 내몰리는 게 아니라며 위로의 말을 하기도 하였다. 거의 울먹이는 종태 모친에게는 의용군으로 나가 경험을 쌓으면 오히려 사람이 단단해지고 한몫을 하게 된다고도 하였다. 그것이 단순한 위로 차원의 말이고 그의 내심은 딴판이라는 것을 얼마 뒤에 알게 되었다. 종태 부모가 없는 자리에서 그는 얼마 전에 국군이 춘천을 다시 탈환했다고 감나무집 이웃들에게 말하는 것을 들었기 때문이다. 그는 국군이 밤중에 춘천을 완전히 포위하고 새벽녘에 기습하여 인민군을 섬멸하고 다시 탈환했다는 소식을 들었다면서 그러나 함부로 말을 해서는 안된다고 덧붙였다. 중공군이 대만을 탈환하고 이어 일본 규슈에 상륙했다는 말이 돌았고 경상도 대부분의 지역이 인민군 손에 들어갔다는 얘기가 파다했기 때문에 박 서방의 말이 곧이들리지는 않았다. 그러나 한희요 교장이나 이묵영 선생과 다른 생각을 가진 사람이 있다는 사실은 야릇한 안도감과 불안감을 동시에 안겨주었다. 그의 말이 옳다면 세상이 또 한 번 변할 수 있다는 말이 된다. 7월 이후 겪은 과정을 이번엔 거꾸로 다시 한 번 겪는다 생각하니 마음이 뒤숭숭하고 다시 노여운 감정이 마음한구석에서 회오리쳤다.

부친에게 호되게 야단을 맞은 날 저녁나절 종태는 나를 보자멋쩍은 웃음을 보이더니 "이 산골에 눌러 있어가지고 무엇 하겠어? 생각 좀 해봐라" 하고 말하였다. "생각 좀 해봐라"란 말이 알쏭달쏭하게 들렸다. 자기 입장을 이해해달라는 뜻이려니 하고 받아들였다. 그러나 심재각의 말이 떠오르면서 혹 나에게도 자기 뒤를 따르라고 넌지시 말하는 것이 아닌가 하는 생각도 들었다. 가고 싶으면 저나 가지 왜 나까지 끌어들여, 하는 꽁한 생각도 들었다. 그가 농사일을 몹시 힘들어하고 싫어한다는 것은 잘 알고 있었다. 그러나 그렇다고 의용군에 지원해 가리라는 것은 전혀 뜻밖이었다. 싱숭생숭해서 신작로를 따라 지네실 쪽으로 바람을 쐬러 갔다가 돌아오는 길이었다. 사방이 어두워지고 있었다. 신작로에서 감나무집 쪽으로 오르는 길 초입에서 무언가 떠들썩한 소리가 났다. 그쪽으로 다가가보니 초집 마당에 젊은 이들이 원형으로 둘러앉아 있는 게 보였다. 한 스무 명은 될까? 몇 사람은 군복 차림이었으나 거의 모두 평상복이었고 평상복 차림의 청년이 「산유화」를 부르기 시작했다. 금지곡이 되어 한동안 듣지 못했던 김순남 작곡의 「산유화」였다. 반가웠다. 해방 직후에 들은 새 노래 가운데서도 가장 끌리는 가곡의 하나였다. 경계심으로 무장하게 되는 두려움의 시간에도 노래를 들으면 어떤 안도감이 생기는 경우는 그 후에도 많이 경험하였다. 그러나 심재각의 방문과 이종태의 의용군 지원에 이어 아마도 의용군 지원자의 오락 시간으로 추정되는 현장을 목도하니 어쩐지 사방에서 나를 조여온다는 숨 막히는 긴박감이 몰려왔다. 이러다간 옴짝달싹 못하는 처지가 되는 게 아닐까? 오래간만에 접하는 선호 가곡의 제1절이 끝나기도 전에 서둘러 그 자리를 떴다. 조금 뒤에 등 뒤에서 박수 소리가 들려 왔다.

자식 이기는 부모는 없다고 한다. 그렇게 집이 싫으면 당장 나가라고 눈을 부라리며 호통치던 욕각골 아저씨도 막상 종태가 집합 장소인 목벌로 떠나는 날이 되자 그를 따라나섰다. 종태 어머니가 손에 들려준 미숫가루 주머니를 들고 그래도 배웅은 해주어야 할 것 아니냐고 풀 죽은 소리로 말했다. 검고 무성한 구레나룻도 그날따라 터를 잘못 잡은 듯 추레해 보였다. 신작로 아래 동네에 사는 갑성이 아버지와 함께 목벌 쪽으로 길을 내려가는 그의 걸음걸이만은 여전히 빨랐다. 뛰었는지 날랐는지 종태와 갑성이의 모습은 벌써 보이지 않았다.

고개 젓는 군관

한 공기의 이밥

어느 흐린 날 저녁, 모친과 나는 욕각골을 떠나 읍내로 갔다. 며칠 집에 가보지 못했고 또 비가 올지도 모른다는 기대감에서 였다. 몸이 성치 못한 막내아우를 포함해서 나머지 식구들은 그 대로 욕각골에 머물러 있었다. 집에 오면 아무래도 퀴퀴한 토방 냄새를 맡지 않아도 되어서인지 잠이 잘 왔다. 상추쌈을 푸지게 먹은 탓도 있었을 것이다. 이튿날 비는 오지 않았으나 여전히 흐린 날씨였다. 아침을 먹고도 흐린 날씨만 믿고 서두르지를 않 았다. 흐린 날에도 높은 상공에서 비행기 폭음이 은은하게 들려 오는 경우가 많은데 그날따라 낮게 드리운 하늘도 조용하였다. 늦장을 피우는데 배낭을 멘 부친이 집 안으로 들어서셨다. 날씨도 흐리고 해서 아무래도 누군가가 돌아와 있을 것 같아 들렀다며 배낭을 내려놓았다. 배낭 속에는 돼지감자와 조그만 풋사과가 잔뜩 들어 있었다.

당시 충주의 특산물은 황색연초와 능금으로 알려져 있었다. 빙현동의 사직산에는 황색연초 재배를 기념하는 흰색의 석조물이 서 있었으나 일인日人들이 세운 것이어서 해방 후에 철거한 것으로 알고 있다. 황색연초가 특산물이니 자연 연초경작조합이 있고 거기서 수매와 저장이 이루어져 창고 건물이 많았다. 사람들은 그것을 담배 창고라 불렀다. 연초 수매철이 되면 그 근방이 흥청거렸고 따라서 술집도 여러 집이 있었다. 충주에는 또 사과 과수원이 많았다. 해방 후 표준말을 배우게 되면서 모두 사과라 부르는 게 사실이지만 우리 쪽에선 본시 능금이라고 했다. 과수원 하면 해방 전에는 대부분이 일인 소유의 것이었다. 일인들이 물러가면서 연고가 있는 한국인에게 넘겨준 경우도 있지만 어쨌건 해방을 계기로 해서 재주 좋고 날렵한 사람들이 옛 과수원의 새 주인으로 등장하게 되었다. 이른바 적산가옥敵産家屋의 경우와 사정이 비슷하다.

돼지감자는 본시 있는 사람들이 먹는 식료품이 아니었고 가축 사료로 많이 쓰였다. 그러나 이제 난리통이 되어 양곡이 귀해지자 덩달아 돼지감자도 귀물이 되었다. 호암리 변두리 학부형 집에서 기거하던 부친이 사정해서 얻어 온 것이라고 했다.

사과는 호암리와 남산 기슭에 산재해 있는 과수원에 들러 벌레를 먹었거나 해서 떨어진 철 이른 낙과落果를 구해 온 것이었다. 지금은 거저 준다 해도 가져가는 이가 없는 게 과수원의 낙과이고 따라서 주인이 팔려고 모아두는 경우는 없다. 모아두었다가 썩어 문드러지면 거름으로 쓰는 게 고작이다. 그러나 당시만 하더라도 주인이 수집해놓으면 사러 오는 사람이 있게 마련이어서 헐값으로 파는 것이 예사였다. 아예 낙과를 주워 오게 해서 헐값에 넘기는 경우도 많았다. 어쨌건 알이 작은 낙과를 배낭으로 반 정도 구해 온 것으로 보아 늦어도 8월 10일경은 되지 않았나 생각한다. 전에도 적은 바 있지만 7월 중순 이후엔 날짜 감각이 무디어져 선후관계가 도무지 불분명하게 돼버렸다. 8월 15일 전후해서 충주에 큰 폭격이 있어 경작조합 창고가 모두 소실되었다. 바로 그 직전의 일이라고 어슴푸레 기억하고 있다.

부친도 들르고 해서 다시 수제비도 끓이고 돼지감자도 삶아서 점심 삼아 먹고 다시 욕각골과 호암리로 돌아갈 요량이었다. 갑자기 대문 소리가 나더니 군인들이 집 안으로 들어섰다. 장신의 군관 한 명과 병사 세 사람이었다. 바지에 긴 세로줄이 있는 군관복을 구분할 수 있게 된 것이 언제부터인지는 생각나지 않는다. 얼마쯤 나이 들어 보이는 이가 군관인 것은 즉각 알아보았다. 대문은 닫아놓고 있었는데 어떻게 용하게 사람이 있는 줄을 알고 들어선 것이었다. 우리로서는 뜻밖의 일이었고 내심 성가신 일이 벌어졌다는 생각이 들었다. 더구나 인민군이 집 안에 있다는 것은 어찌 됐건 위험한 일로 여겨졌다.

부모가 나서서 어서 들어오시라고 인사를 건넸다. 서둘러 마루를 걸레로 대충 훔치고 나서 모친은 올라와 앉으라고 일렀다. 한 병사가 배낭에서 조그만 자루를 꺼내더니 밥을 좀 지어달라고 부탁을 했다. 시골에서 흔히 보게 되는 소박하고 밝은 청년으로 보였다. 군복 차림만 아니었다면 동네 사람이라고 여겨질 만큼 친숙하고 예사롭게 보였다. 건네받은 것이 하얀 백미인 것을 알고 모친은 조금은 놀라는 기색이었다. "귀한 손님들이 오셨는데 내 나가서 무언가 대접할 것을 구해 오리다" 하고 부친이 모친에게 말했다. 의외의 방문객들 모두에게 들으라는 듯 얼마쯤 큰 소리였다. 그러더니 배낭을 지고 성큼성큼 걸어 나갔다. 병사 세 사람은 뒤꼍 우물로 가서 세수를 하고 양치질을 하는 모양이었다. 군관은 구두를 벗고 마루로 올라가더니 배낭에서 커다란 지도를 꺼내 펴놓고 묵묵히 들여다보고 있었다.

당시 떠돌던 풍문은 이제 대구도 함락하고 그저 부산 한 모퉁이만 남았는데 부산 함락도 시간문제라는 것이었다. 일단 국토 전부를 인민군이 장악하면 미군이 공군력을 동원해서 폭격을 하는 것도 명분을 잃게 되고 따라서 전쟁도 곧 끝이 나게 되어 있다는 말이 번지고 있었다. 그러나 난리가 난 후에 떠돌기 시작한 갖가지 풍문이 사실과 다르다는 것을 여러 차례 경험한 터라 선뜻 믿어지지는 않았다. 그렇다고 딱히 의지할 만한 소식통이 있는 것도 아니어서 기연가미연가하면서 어쨌건 전쟁이 끝나고 겁나는 공습도 없어졌으면 하는 것이 막연한 바람이었다. 적어도 나의 경우엔 그러하였다. 긴 앞날이나 장래 생각은 하지도 못하였고 우선은 공습의 공포로부터 벗어나는 것이 당면 과제인 듯이 여겨졌다. 그런 처지여서 묵묵히 지도를 내려다보고 있는 군관에게 물어보았다.

"대구도 함락하고 이제 부산 한 모퉁이만 남았다는데 언제쯤이면 결판이 날까요?"

내 딴엔 없는 숫기를 내어서 물어본 것인데 군관은 아무 소리도 않고 고개를 가로젓기만 하였다. 그리고 여전히 골똘히 지도만 내려다보고 있었다. 무안한 한편으로 그나마 그가 나의 질문에 반응을 보여주었다는 것이 대견하고 고맙게 생각되었다. 얼마가 지나자 모친이 부엌에서 상을 들고 와서 마루에 올려놓으며 말하였다.

"정말이지 차린 것이 없어서 면목이 없어요. 저희는 수제비나 돼지감자로 겨우 끼니를 때우고 있답니다. 그런 처지에서 정성 들여 지은 것이니 양해하고 맛있게 드세요."

"폐를 끼쳐 미안합니다. 사실은 우리도 이것이 아침이랍니다. 어제 저녁 먹은 후 처음이지요." 군관의 말이었다.

애호박을 썰어 넣은 된장국, 밥솥에 찐 호박잎, 상추와 쑥갓,

고추장, 그리고 오이냉국이 전부였으나 그중 내 눈에 들어온 것은 하얀 쌀밥이었다. 참으로 오랜만에 보는 흰쌀밥이었다. 향긋한 백반 냄새가 나는 것 같았는데 그것이 정말 이밥 냄새인지 주린 창자 임자의 믿을 수 없는 후각이 마련한 헛냄새인지는 가늠할 길이 없었다. 나도 모르게 군침이 돌았다. 군인들은 시장한 사람들이 흔히 그렇듯이 후다닥 자기 밥사발을 비웠다. 괜히 눈치가 보여서 슬며시 그 자리를 뜨려는데 마침 부친이 돌아왔다. 부친은 풋사과 예닐곱 개를 배낭에서 꺼내더니 나보고 씻어 오라고 이르고 군인들을 향해 말했다. 물론 그의 눈길은 군관을 향하고 있었다.

"아직 철이 안 되어 맛은 없을 겁니다. 그러나 조생종이어서 먹을 만하다고 과수원 주인이 그러네요." 나는 샘으로 가서 사과를 씻었다. 알은 크지 않았으나 흠집 같은 것은 없었다. 과도와 함께 쟁반에 담아서 상머리에 올려놓았다. 때마침 모친이 숭늉을 큰 냄비에 담아서 가지고 왔다. 빈 밥그릇에 가득 숭늉을 담아 벌떡벌떡 들이켜고 나서 군관은 '아, 숭늉 맛 한번 좋다'고 한마디 하였다. 그를 따라 모두 벌떡벌떡 마시고 난 부하들도 숭늉 맛이 기막히다고 한마디씩 하였다. 부친은 구차한 처지라 제대로 대접을 못해드린다면서 학교에 가봐야 하기 때문에 이만 실례하겠다며 편히 쉬다 가시라고 인사말을 하고 자리를 떴다. 병사 하나가 사과를 깎아 상관에게 바치더니 정작 자기는 껍질째 씹어 먹었고 나머지 병사들도 그의 본을 따랐다.

부친이 어떻게 해서 조생종 사과를 구해 왔는지는 알 수 없었다. 전후 사정으로 봐서 군인들과 함께 있는 시간을 피하는 구실로 사과를 구하러 나갔고 그리고 적당한 시간에 대어서 돌아왔고 서둘러 자리를 뜨는 것만은 역력해 보였다. 인민군 점령 체제로 들어선 지 꽤 오랜 시간이 흘렀지만 역시 군인들을 직접 대하는 것은 부친에겐 부담스러운 것 같았다. 모친은 그런 면에서 서슴없었고 그들을 대함에 있어서도 아주 자연스러웠다. 나만 하더라도 군인을 대하는 것이 아무래도 긴장이 되고 경계심이 생겼던 게 사실이다. 혹 같이 가자면 어떻게 하나, 하는 선입견에서 나온 막연한 불안감이 마음 한구석에 있었기 때문이었을 것이다. 3인의 병사들은 모두 이북 출신 같았지만 군관만은 이북 출신 같아 보이지 않았다. 그러나 말수가 적어서 분명한 심증이 가는 바는 없었다. 식사가 끝나자 그들은 곧 모친에게 잘 먹고 간다면서 정중하게 인사를 하고 집을 나섰다. 서두르는 기색은 없었지만 그렇다고 마냥 늦장을 피우는 것 같지도 않았다.

그들이 떠나고 나자 이내 모친이 백반 한 공기와 된장국을 얹어놓은 상을 들고 와서 먹으라고 내게 말했다. 쌀을 내주면서 밥을 해달라니 고맙긴 하지만 네 사발을 푸고 나니 남는 것이 없더라면서 참 셈은 기막히게 정확하다고 모친은 말했다. 반은

흥으로 반은 칭찬 삼아 무섭다는 투로 하는 말이었다. 밥을 해주기만 하고 얻어먹지 못하면 너무 밑진다 싶어 푸고 난 네 사발에서 한 숟갈씩 덜어서 겨우 한 공기를 만들었다며 모친은 과자를 횡재한 어린이처럼 흐뭇한 표정이었다. 나는 군인들 몫의 밥을 훔쳐 먹는 것 같아 영 개운치가 않았으나 달 반 만에 맛보는 기막힌 이밥 맛은 순식간에 모든 것을 잊게 하였다. 수제비와 자주감자, 돼지감자와 꽁보리밥만 먹던 입에 들어온 이밥은 잃어버린 낙원의 제사상이나 진배없었다.

그 궁하던 시절에 내가 맛본 기막힌 이밥이 밥을 해주고 나서 슬쩍한 인민군 몫이라는 사실은 오랫동안 나의 뇌리에서 떠나지 않았다. 사실 점령 초중기의 인민군은 민폐를 끼치지 않으려 노력하였으며 부녀자 폭행 사례도 소문난 일이 없었다. 당시의 경험자들이 흔히 하는 얘기인데 내 자신 그들을 직접 접한 일은 한두 번에 지나지 않았지만 우리 집에 들른 군인들의 경우로 보아 맞는 얘기라고 생각한다. 당시에 국민의 원망을 산 사람들은 주로 옛 산사람이거나 토박이 좌익들이었다는 것이 우리 고장의 통설이었다.

뜻하지 않게 성찬을 대하면서 모친에게 한 순갈의 기회도 주지 않았다는 사실도 역력히 또 부끄럽게 기억하고 있다. 한 공기의 이밥을 당연한 권리처럼 순식간에 독식해버린 것이다. 내가 제법 효자 흉내를 내서 한 순갈을 권했다 하더라도 모친이 그것을 받았을 리는 없다. 모친은 구십에 돌아갔는데 외가에서도 가장 장수한 편이다. 눈 침침하고 허리가 굽었던 만년에도 당뇨나 고지혈증 같은 성인병에 시달리는 법은 없었다. 조식粗食과 소식과 불사주야不舍晝夜의 가사노동 덕이라고 나는 믿고 있다. 조식은 물론 소식도 강요된 것이었다. 쌀을 가마니로 들여놓고 살면 원이 없겠다는 게 입버릇이었던 모친은 늘 꽁보리밥을 들었다. 삶은 보리쌀에 흰쌀을 얹어놓고 밥을 지어서 위쪽 쌀밥을 가족에게 퍼주고 나면 맨 아래 꽁보리가 당신 몫으로 남았다. 쉰 꽁보리밥을 냉수로 씻어서 드는 것을 본 어릴 적 여름날이 어디 하루 이틀인가! 옛날의 가난과 뒷날의 가난 극복을 간과 내지는 과소평가하는 거룩한 이들에게 흔쾌히 동조하지 못하는 것은 무엇보다도 이런 부끄러워할 필요는 없으나 그렇다고 자랑할 것도 못 되는 소싯적 경험 때문이다. 절대 빈곤의 극복이 별거 아니라고 생각하는 사람들 대부분은 왕년에 한가락 하고 살던 이들의 자랑스러운 후예들이라는 것이 나의 관찰이다.

마구대의 죽음

그럭저럭하는 사이 점심때가 되었다. 흐린 날씨 탓인지 공습은 없었다. 슬슬 욕각골로 돌아가려는 참에 나를 부르는 소리가 났다. 앞집의 염재만이 담 너머로 내 이름을 부른 것이다. 그는 평행봉 있는 곳으로 와 서 있었다. 내가 담 쪽으로 갔다.

"아까 너의 집에 군인들 왔잖니?"

"응, 네 명이 들렀어. 군관 한 명이 끼었고."

"무슨 일로 온 거야?

"밥해달래서 해주었어. 어제저녁에 왔다가 점심 전에 욕각골로 돌아갈 작정이었는데……."

"오늘 오후에 학교에 나오라고 아침나절 연락이 왔더라. 같이 가보자. 오랜만에 얘기도 좀 하고." 내가 뜨악해하자 그는 다시 말을 이었다.

"나도 그동안 안 가봤어. 궁금하잖아? 어떻게들 지내는지."

그건 나도 동감이었다. 그의 유혹에 넘어간 것은 내 자신 유혹받고 싶은 얼마쯤 제어된 욕구를 갖고 있었기 때문일 것이다. 학교에서 곧장 욕각골로 갈 터이니 먼저 떠나라고 모친에게 이르고 염재만과 함께 학교로 갔다. 가는 도중 염재만은 군인들에게 무어 들은 소식은 없느냐고 물었다. 대구도 함락하고 이제 부산 한 모퉁이만 남았다는 소식인데 언제쯤 결판이 날 거냐고 물어보니 군관은 말없이 고개를 가로젓더라고 본 대로 말했다. 염재만은 자기도 그 같은 얘기를 형에게 들었다고 하면서도 그러나 곧 끝날 거라고 그러더라고 덧붙였다. 그의 형 염재룡은 당시 민청 동료들을 자주 만나는 처지여서 염재만은 떠도는 소문에 밝았다. 교회가 폭격 위험성이 없다고 해서 감리교 교회에서 자주 좌파단체 모임이 있다는 얘기도 들려주었다. 미국인 대다수가 기독교인이기 때문에 십자가가 달린 교회 건물은 폭격을 하지 않는다는 것이었다. 또 국군 작전요원이 후방으로 잠입해 와 미군 비행기가 오면 들판 같은 데서 거울의 햇빛 반사로 신호를 해서 폭격 대상 건물을 지정해준다는 소문도 들려주었다. 중요 모임이 있는 건물을 용하게 알고 하늘에서 공격하는 것은 그 때문이라는 좀처럼 곧이들리지 않는 얘기가 돌고 있던 것이다.

학교는 전에 한번 왔을 때처럼 텅 비어 있었고 숙직실 앞의 다용도 공간에 학생 열댓 명이 모여 있었다. 변두리를 따라 가지런히 놓인 의자에 앉아 있는 몇몇이 있었고 서서 얘기하는 축들도 있었다. 우리 학년에서는 염재만과 나뿐이었고 하급생이 많았다. 얼마 동안 그러고 있는데 지리 과목을 담당했던 조익선趙益善 선생이 나타났다. 그는 사변 전에 충주농업학교에서 중학으로 전근해 온 처지여서 중학교 근무 기간은 얼마 되지 않고 학생들 사이에선 '말 방귀'란 별명으로 통하고 있었다. 희멀끔하게 잘생긴 장신의 그가 왜 그런 해괴한 별명을 얻게 되었는지는 알 수 없지만 말이 느리고 조리가 없어서 수업 시간이 늘 답답하게 여겨진 것으로 기억하고 있다.

그날도 학생들에게 훈화訓話 비슷하게 의자에 앉아서 얘기를 했는데 도무지 요령부득의 소리였다. 한 가지 분명한 것은 요즘 미군이 원자폭탄을 투하할 것이라는 뜬소문이 나도는데 전혀 사리에 맞지 않는다, 원자탄을 만드는 데는 굉장한 비용이 든다, 인구 3만 정도의 소읍에 원자탄을 떨어트린다 해서 무슨 이득이 있을 것인가, 원자탄은 인구가 많은 대도시나 산업시설에 투하해야 효과가 나온다는 취지의 발언을 했다는 것이다. 그것은 아마도 주민 선무宣撫용으로 상부에서 지시한 내용을 그대로 복창한 것이었을 것이다. 조익선 선생은 그러면서 비상연락망을 통해 연락을 했는데도 등교 학생이 너무 적으니 앞으로는 이웃 동급생들에게 권유해서 함께 나오라는 얘기를 맥없이 덧붙였다. 그렇게 말하는 조 선생 자신도 그냥 그렇게 얘기해보는 것이고 모든 것이 건성이라는 느낌이었다. 사실 시골 거주 하숙생들을 빼고 나면 읍내 거주 학생 수는 반밖에 되지 않았다. 게다가 읍내 한복판 학생들은 거의 인근 마을로 '피란'을 간 처지였다. 그러니 비상연락망을 통한 등교 지시에 응하는 학생의 수는 많을 수가 없었다. 또 상급생일수록 등교를 피하는 편이었다. 또 일부 열성 학생들은 소속 좌익단체 모임에 나가지 학교로 나오는 법은 없었다. 학교에서도 그것을 모를 리는 없지만 그저 건성으로 등교를 권한 것이었다. 조 선생은 또 어떤 기관에서 임시 근무자를 몇 명 구하고 있는데 원하는 학생이 있다면 말해 달라, 아마 점심 정도는 먹여줄 것이라고 농담처럼 웃으면서 말했다.

거기까지 듣고 나서 나와 염재만은 그 자리를 슬며시 빠져나왔다. 처음부터 그리 작정하고 출입구 쪽으로 자리를 잡았던 것이다. 돌아오는 길에 나는 심재각을 화제에 올렸다. 함께 의용군에 지원하자며 제1차로 갔다 와야 나중에 인정을 받는다고 말하더란 것을 사실대로 얘기했다. 그래서 무어라고 대답했느냐고 그가 물었다. 아직 군인 갈 나이가 아니지 않냐고 말했다고 했더니 공감을 표시하면서 덧붙였다.

"심재각은 의용군 갈 애가 아니야."

"그걸 어떻게 아니?"

"글쎄, 그는 안 가."

"그건 모르는 일 아냐? 우리보다 늘 한발 앞서가는 친구거든."

"그러니까 안 간다고. 두고 봐라."

"정말 그럴까?"

"틀림없어. 대구도 함락하고 부산 한 모퉁이만 남았다고 하니까 그런 생각을 한 걸 거야. 아침나절에 너의 집에 들른 군관이 알려주었듯이 지금 상황이 그리 좋은 편이 아니거든. 그도 이제쯤 그걸 알고 있을 거야. 그러니 생각이 달라졌을 거야. 두고 봐라. 내 말이 맞을 테니. 한발 앞서가겠다는 것은 한발도 손해 보지 않겠다는 거야. 안 그래?"

그의 말을 들어보니 그럴 것도 같았다. 염재만은 해방 후에야 음성에서 남산학교로 전학해 온 처지여서 같은 용산리에 살고 있었지만 심재각과는 별로 친한 사이가 아니었다. 그런데도 나보다 더 잘 심재각을 꿰뚫어 보고 있는 것이 아닌가! 불현듯 마스막재에서 보았던 신기현이 생각났다. 신기현이 쉽사리 간파한 것을 나는 생각조차 못했다. 지금 심재각을 놓고도 나는 염재만에게 영 뒤지고 있지 않은가? 그래서 혹시 심재각을 만나면 어떻게 하나 하고 내심 두려워하고 있지 않은가? 신기현 때처럼 심한 열패감은 아니지만 어쨌건 눈치 없이 멍청한 것이 아닌가 하는 자격지심을 금할 수 없었다. 나는 염재만에게 마스막재에서 신기현을 만났다는 얘기를 하였다. 그가 쌀가마를 지고 가는 장년을 보고 변장한 국군장교임을 단박에 간파하는 것을 보고 놀랐다는 얘기를 하였다. 그러나 그는 신기현에 대해서 별 관심을 보이지 않고 폭사한 동급생 소식을 들려주었다.

"참, 신기현 얘기를 하니까 생각나는데 마구대가 죽었다더라."

"언제?"

"얼마 전에 파편에 맞아 죽었대. 공습 때 말이야."

"공습 때 사람 죽었다는 소리는 별로 없었잖아?"

"마구대답게 죽은 거야. 공습 때는 모두 정신이 없잖아. 그러니까 비행기 소리나 '방공' 하는 소리가 나면 마구대는 시장으로 달려갔다는 거야. 그리고 남의 상점에서 물건을 들고 나왔대. 몇 번 그렇게 해서 재미를 본 모양이야. 그러다 얼마 전 공습 때 파편에 맞아 일을 당했다는 거야."

"아이고, 네 말대로 마구대다운 죽음이다!" 나도 모르게 내뱉 듯이 말했다. 마구대는 오병환吳炳煥의 별명이다. 아마 '막돼먹 었다'는 뜻으로 붙인 별명일 것이다. 충주 역전동에 있는 정미 소집 아들로 남산학교를 졸업했다. 그는 키도 체구도 작은 편이 었지만 몸동작만은 누구보다도 날렵하고 민첩했다. 달리기를 해도 기계체조를 해도 같은 또래를 앞섰다. 그만큼 사나운 면도 있어서 툭하면 주먹질을 하고 발길질을 했다. 그럴 때면 기합 을 넣어서 소리를 지르기도 하였다. 무술 연습을 하는 것 같았 다. 눈이 가늘고 누가 보아도 표독스러운 인상이었다. 사변 나 던 전해인 3학년 때 그는 칼부림을 해서 정학을 당한 일이 있다. 그는 옆 사람이 불편해지거나 곤혹스러운 언동을 서슴지 않았 고 그러는 그를 대개 동급생들은 슬슬 피했다. 무서워서라기보 다 성가셔서 그런 것이다. 그것이 보통인데 윤혁로尹赫老가 그 러질 않고 맞대거리를 한 것이다. 두 사람은 교실에서 주먹질을 시작하였다. 서슬이 너무 퍼래서 아무도 말릴 생각을 하지 않았 다. 선제공격을 시작한 오병환에게 윤혁로가 처음엔 몇 대를 얻 어맞았다. 그러나 이내 사태는 역전되었고 분노한 윤혁로의 박 력 있는 공격에 오병환은 계속 몰리기만 하였다. 일방적인 주먹 질이었다.

우리는 그때까지 윤혁로의 자기방어 능력이 그 정도로 탄탄
하고 빈틈없는 것임을 알지 못하였다. 평소의 그는 조용하고 튀
는 일이 없는 온건 착실한 학생일 뿐이었다. 체육 시간에 씨름
을 한 일이 있는데 그가 몇 명을 쓰러트려 솜씨를 발휘한 적이
있기는 하였다. 그러나 씨름은 그 나름의 경험과 기술의 산물이
고 그것이 곧 자기방어 능력으로 이어지리라고는 생각하지 못
했다. 금가면 강가에서 자랐기 때문에 어릴 적에 강변 모래톱에
서 '애기씨름'을 많이 한 탓이라고 도리어 놀려들 대었었다. 그
도 그건 사실이라며 웃어넘겼고 그 후 힘자랑을 한 적은 없었
다. 그런데 학년의 독종 싸움닭인 오병환의 재빠른 선제공격을
받고도 상대를 일방적 치욕적으로 제압하지 않는가!

　그때 교실의 구경꾼들도 눈치채지 못할 정도로 눈 깜짝할 사
이에 오병환이 주머니에서 창칼을 꺼내더니 윤혁로의 등허리를
찔렀다. 물론 특기인 기합을 넣으면서 가한 일격이었다. "어라!"
하고 소리치는 윤혁로의 등에서 피가 났다. 보기만 해도 섬뜩하
였다. 그제야 구경꾼들이 웅성거리면서 어떻게 말려야 할 것 아
니냐 하고 말들은 했으나 고양이 목에 방울 달기 위해 선뜻 나
서는 동급생은 없었다. 그때 교사가 들어왔다. 국어를 가르치는
최영설崔英薛 선생이었다. 10분간의 휴식 시간이 끝난 것을 싸
움꾼도 구경꾼도 생각하지 못했던 것이다. 최 선생은 우선 윤혁
로를 몇 학생과 함께 양호실로 가게 했고 오병환은 직접 직원실

로 데리고 가서 학생지도 주임에게 넘겼다. 그러고 나서 수업이 진행되었다. 함경도 성진 출신인 최 선생은 해방 직전에 일본군에 끌려갔다가 소련군의 포로가 된 경험이 있는 청년이었다. 그는 학생끼리 칼부림을 하는 것은 도저히 용납할 수 없는 일이고 그리되도록 방치한 구경꾼들도 책임이 크다고 일갈을 했다. 반장이 일어나 너무나 짤막한 시간에 후닥닥 벌어진 일이라 제대로 보지도 못했다며 사실대로 해명을 시도했다. 그러나 최 선생은 칼부림은 거리의 폭력배나 상습적 도박꾼이 하는 짓인데 어린 학생이 저지르다니 기가 막힌다고 개탄해 마지않았다.

그 후 오병환은 무기정학을 받아 한 달쯤 학교에 나오지 못했다. 그가 무기정학을 받은 데는 최 선생이 엄벌을 주장했기 때문이라는 말이 돌았는데 사실이건 아니건 오병환은 그렇게 믿고 있었고 따라서 최 선생을 몹시 원망하며 증오하고 있었고 그것을 감추려고도 하지 않았다. 최 선생은 수업 시간 중에 격려 차원의 칭찬을 잘하는 편이었고 어떤 계제에 나도 그 대상자가 된 적이 있었다. 최 선생에 대한 증오를 나에게도 전이한 오병환은 더러 찍자를 붙이기도 하고 은근히 시비를 걸어오기도 했다. 그러나 그의 언동을 익히 아는 처지여서 거기 넘어가지는 않았다. 그런데 그가 죽었다는 것이 아닌가! 그것도 폭탄 파편에 맞아서!

솔직히 안됐다는 생각보다는 염재만 말대로 마구대다운 죽음이란 생각이 들면서 순간적으로 자신을 돌아보게 되었다. 사람이란 평소의 자기답게 죽는다는 생각이 들자 숙연해지는 느낌이었다. 내 자신의 나다움은 어떤 깃일까, 하는 생각이 불쑥 들었기 때문이다. 그가 공습이란 위험 상황에서 그것을 기회 삼아 상점 물건 빼돌리기를 했다는 것은 그가 칼을 몸에 지니고 다녔다는 사실과 함께 과연 그다운 일이었다. 내가 그러지 못한 것은 그것이 옳지 않은 일이기 때문이 아니라 겁나는 일이기 때문이었다. 그렇게 생각이 미치자 그의 겁 없음과 담대함이 어디서 온 것일까 하는 생각이 들었으나 그다음 생각은 이어지지 않았다.

지금 이렇게 옛일을 회상하면서 떠오르는 것은 그가 장성해서 군인이 되었다면 틀림없이 부하를 못살게 구는 가학성 악질 상관이 되었거나 상습적 동료 왕따의 선수가 되었을 것이란 공상이다. 아니면 막사에서 동료에게 묻지 마 총격을 가하는 문제 사병이 되었을 것이란 상상이다. 묻지 마 총격을 가하는 문제 사병에겐 측은감을 느끼게 되는데 60여 년 전 옛일이라 그런지 마구대에겐 비슷한 감정이 생기지 않는 게 묘하게 생각된다. 교사나 동급생에게 붙이는 별명은 얼토당토않은 경우도 더러 있으나 기막히게 걸맞은 경우가 많다. 마구대란 별명은 후자라는 생각이 든다. 우리 사회의 문제점 중 하나는 사회 도처에 막돼먹은 마구대가 너무나 많이 활거하고 있다는 점일 것이다. 마구대의 사회적 발생학이 우리의 연구 과제의 하나인 것은 분명해 보인다.

염재만과 헤어지고 나서 나는 곧장 욕각골로 향했다. 해거름 훨씬 전에 당도했는데 그때쯤엔 날씨가 완전히 개어 있었다. 공습을 만나지 않은 것이 다행이었다는 느낌이 들면서 참 기나긴 하루였다는 생각을 했다. 그러나 그것은 지나놓고 보면 하나의 역설이었다. 그날 밤 잠결에 쉿쉿쉿 하는 낯선 쇳소리 비슷한 소리가 들렸다. 잠이 깨었다. 본능적으로 몸을 엎드렸다. 조금 있다가 벼락 치는 소리가 산골을 울렸다. 순간 몸이 쭈뼛해졌다. 야간 공습임이 분명했다. 낮에 면제시켜준 것을 밤에 들이대는구나! 그러나 쉿쉿쉿 소리도 벼락 치는 소리도 더 이상 들리지 않았다. 단발성 폭발이었다. 그 이튿날에 가서야 왜 한밤중에 그 산골 동네에 폭탄이 떨어졌는가 하는 이유를 알게 되었다. 우둔과 무지와 싸우게 되면 신들도 대책이 없다는 말은 기막히게 옳다는 생각을 금할 수 없다.

용산이 다 탄다!

폭탄에 조각난 너럭바위

순이라는 이름의 그 처녀는 욕각골 신작로 아래쪽에 살고 있었다. 워낙 좁은 산골 동네여서 한 달 넘게 지내다 보니 마을 사람들의 얼굴은 거의 다 익히게 되었다. 얼굴은 익었지만 이름을 모르는 경우가 대부분이었는데 순이는 일찌감치 그 이름 알게 된 욕각골 원주민이다. 어느 마을에나 인물이 반반한 여성은 있게 마련이고 그런 여성은 곧잘 눈에 뜨이게 된다. 순이는 누가 보아도 호감이 가는 얼굴이었다. 크지도 작지도 않은 중키에 날씬한 몸매였고 서글서글한 눈은 늘 웃고 있었다. 늘 잔잔히 웃는 표정인데 눈매가 서늘하다 보니 눈이 웃고 있다는 착각을 안겨준 것이었을 터이다.

인물이 반반한 여성은 대개 두 유형 중 하나에 속하게 마련이다. 어려서부터 예쁘다든가 잘생겼다든가 하는 소리를 많이 듣다 보니 자기도 모르게 우쭐해져서 얼마쯤 도도해지는 부류가 있다. 새침하니 까닭 없이 사람들을 얕보고 잘난 척 굽어보기가 일쑤다. 꼴값을 한다는 말이 그래서 생겨난 것이다. 똑같은 경우이지만 자신감이 있어서 붙임성이 있고 살가워서 누구에게나 호감을 주는 부류가 있다. 그러다 보니 매사를 긍정적으로 바라보고 심성 또한 밝고 환하다. 물론 두 부류의 여성들은 각자의 집안이나 주위 환경에 따라 많은 변형을 보이지만 대충 그렇게 나누어볼 수 있다는 얘기다. 순이는 두 번째 부류에 속하는 처녀였다. 산골 동네 처녀치고는 맑은 얼굴에다 이상하게 궁기가 보이지 않았다. 그것은 한창 나이에 잠깐 동안 빌려주었다가 도로 빼앗아 가는 자연의 정표일 테지만 아주 드문 경우였다. 구차하기만 한 가난 속에서도 봄이 있다면 순이는 그 봄의 한복판에 서 있는 봄처녀였다.「메밀꽃 필 무렵」에 나오는 성씨 집안의 물방앗간 처녀는 봉평서 제일가는 일색이라고 나온다. 그 옛적 일색이란 것이 어떤 것인지는 상상하기 어렵지만 "네가 잘나서 일색이냐, 내 눈이 어두워서 일색이지"란 민요대로 다 제 눈의 안경일 터이다. 순이를 두고 봉평의 물방앗간 처녀를 상상한다면 얼추 맞는 얘기가 아닐까, 지금의 나는 그런 생각을 해본다.

그녀를 처음 본 것이 어떠한 계제였는지는 생각나지 않는다. 그러나 감나무집에서도 보았고 신작로에서도 몇 번인가 마주 치는 사이 낯이 익어졌고 얼마 안 있어 이름도 알게 되었다. 그 것은 그녀가 시집을 가게 되었다는 동네 소문을 듣는 사이의 일이었다. 신작로 아래쪽의 처녀가 정혼을 했다는 것, 신랑은 살미면 신댕이에 살고 있는데 집안 형편이 택택해서 논 두 마 지기를 주고 색시를 데려간다는 얘기였다. 당초 가을 추수가 끝 난 후에 잔치를 하기로 했는데 난리가 나고 나서 어서 빨리 혼 사를 치르자고 신랑 쪽에서 서둘러 곧 잔치를 한다고들 했다. 아마도 청장년을 이쪽저쪽에서 마구 데려가던 시절이니 그러 기 전에 자손이라도 보아두자는 부모들의 심정이 반영된 것이 었을 터이다.

그 처녀가 순이였다. 왜 신랑 집에서 논 두 마지기를 주었을 까 하는 호기심을 충족시켜야 할 처지는 아니었다. 그저 인물이 반반하기 때문에 역시 그 산골 동네에서도 몸값이 있는 모양이 라고만 생각했을 따름이다. 신랑에 대해서도 살림이 택택한 집 안이라는 것밖에는 얘기가 없었다. 무슨 하자가 있거나 결격 사 유가 있다든가 하는 것도 아닌 것 같다. 그랬다면 땅을 주고 신 부를 사 갔다든가 혹은 그보다 더 심하게 두 마지기 논배미에 딸내미를 팔아먹었다든가 하는 고약한 뒷말이 따랐을 터인데 그런 소리는 없었다. 그러니까 충주 우리 집에 인민군 군관과 병사 세 사람이 들른 바로 그날 점심나절에 동네 잔치가 있었던 것이고 동네 사람들이 모두 국수 대접을 받았다. 모처럼 있는 잔치이니만큼 또 택택한 신랑 집에서 욕각골의 일색을 데려가는 만큼 제법 잔치판이 푸짐했던 것 같다. 거기까지는 별문제가 없었다. 뒤늦게 몰려온 일부 동네 사람들을 위해 신부 집에서 밤중에 술대접을 한 것이 사달이었다. 누가 발의했는지 기분을 낸다고 불을 켠 초롱을 봉당 옆에 세워둔 사다리에 매달아놓는가 하면 마당 한구석에 화톳불을 피워놓았다. 충주 읍내에서는 등화관제가 엄격하게 실시되고 있는 판인데 조그만 산골 동네에서 화톳불을 피워놓고 기분을 내고 있었으니 야간비행 중이던 항공기가 그것을 간과했을 리가 없다. 전날 밤에 있었던 단발성 폭음은 그렇게 해서 생긴 것이었다. 긴긴 하루 끝에 잠든 참이라 한밤중이라 생각한 것이지만 알고 보니 사실은 이경二更쯤의 일이었다.

욕각골 아저씨네 수양딸 남편인 박 서방에게서 자초지종을 듣고 나니 어처구니가 없었다. 툭하면 야간폭격이 벌어지는 판국에 밤중에 화톳불을 피워놓다니! 또 그 판국에 초롱불을 걸어두는 풍류가 가당키나 한 것인가! 가난과 무지와 궁상이 바로 시골의 참모습이란 생각을 다시 했다. 어디쯤 폭탄이 떨어진 것이냐는 물음에 바로 성재 쪽일 것이라고 박 서방은 대답해주었다. 내게 욕각골 수일隨一의 지식인으로 비친 박 서방은 그나마 그 산골에서는 자기 나름의 생각과 견식이 있는 이였다. 그러한 생각은 내가 폭발 장소를 확인하고 난 후에 더욱 굳어졌다.

호기심이 발동해서 현장을 가보고 싶었다. 아무래도 모든 게 궁금하였다. 지네실 가는 쪽으로 신작로를 조금 가다 보면 성재에 이르는 골짜기가 나선다. 그 골짜기를 천천히 올라갔다. 더운 날씨였지만 쉬어 갈 만한 나무 그늘도 없었다. 상수리 유목이 군데군데 보일 뿐이요 골짜기 바닥에는 크지 않은 바윗돌이 박혀 있거나 널려 있었다. 얼마 오르지 않아 온통 조각난 바윗돌이 무더기로 흩어져 있는 것이 보였다. 큰 너럭바위가 폭탄을 맞아 산산조각이 난 것임은 한눈에도 역력하였다. 그러니까 화톳불을 피워놓았던 순이네 집에서는 직선거리로 200미터쯤 떨어진 산골짜기에 폭탄이 떨어진 것이다. 화톳불을 겨냥했을 터인 폭탄이 명중되었다면 어떻게 되었을까? 나도 모르게 몸서리가 처졌다. 그리고 갑자기 겁이 났다. 어디에선가 다시 한 번 폭탄이 날아올 것 같은 무섬증이 생겼다. 그것이 이치에 맞지 않는 생각이란 것을 알면서도 떨칠 수가 없었다. 나는 몸을 돌려 급히 골짜기를 내려왔다. 그냥 쉿쉿쉿 하는 소리와 폭음만을 듣고도 폭발 지점을 제대로 알아맞힌 박 서방이 참 용하다는 생각을 금할 수 없었다. 앞으로 그의 말을 허투루 들어서는 안 되겠다는 생각도 들었다.

용산이 다 탄다!

무더위가 심해지면서 공습과 쌕쌕이의 내방이 잦아지고 하루도 거르는 날이 없어졌다. 욕각골은 물론 공습으로부터 안전하였지만 폭격이나 기총소사 소리는 산골 동네에도 고스란히 들려왔다. 폭격기의 폭음이 은은하게 들렸다가 이어서 먼 폭발 소리가 계속적으로 나면 폭격기 몇 대가 와서 빙빙 돌면서 폭격을 가한다는 징표였다. 쌕쌕이의 날카로운 쇳소리가 나서 뛰쳐나가보면 쏜살같이 날아가는 쌕쌕이가 시야에서 사라지자마자 기총소사 소리가 가녀리나 분명하게 들려왔다. 쌕쌕이의 읍내 잔류 시간은 상대적으로 짧았다. 이에 비하면 폭격기의 탑돌이 같은 읍내 순회 비행 시간은 상대적으로 길고 더디었다. 매일처럼 폭격기나 쌕쌕이의 내습이 있던 어느 날 모친이 혼자서 집을 향했다. 폭격이 점점 더 심해지는 것 같으니 챙겨 올 것을 더 챙겨오고 앞으로 읍내 출입을 삼가야겠다는 취지에서였다. 늘 그렇듯이 더위를 피해 아침 일찍이 욕각골을 떠났다.

거의 점심때가 되어서였다. 둔중한 폭격기 소리가 가까이 나서 나가보니 커다란 동체의 폭격기가 욕각골 하늘에서 읍내 쪽으로 돌아가는 것이 보였다. 동체가 커다랗게 보인다는 것은 상대적으로 저공비행을 한다는 뜻이 된다. 이어서 또 다른 폭격기가 보이고 역시 욕각골 하늘에서 읍내 쪽으로 돌아갔다. 몇 번 그러는 것을 보았는데 읍내 쪽에서 폭발하는 소리가 들렸다. 그 소리는 계속되었고 심상치 않은 사태라는 것을 직감하였다. 막내아우와 함께 마스막재로 향했다. 우선 모친의 안위가 걱정되었고 또 폭격 진행 현장의 모습이 궁금했기 때문이다. 마스막재다 가서 있는 오두막 앞에서는 흔히 그랬듯이 예의 한센병 환자가 지나가는 우리를 멍하니 바라보며 서 있었다. 우리는 늘 그랬듯이 조금 빠른 걸음으로 그 앞을 지나 마스막재에 당도했다.

고개에서 바라보는 읍내는 온통 연기와 불바다였다. 특히 우리 집이 있는 용산 쪽이 그러했다. 분명히 연초경작조합 창고가 불타고 있었다. 서너 대의 폭격기는 여전히 충주 읍내를 빙빙 돌면서 아직도 폭탄을 투하하고 있었다. 두 개의 폭탄이 떨어져 내려오는 것이 마치 영화 장면에서처럼 뚜렷하게 보였다. 이윽고 요란한 폭음과 함께 연기와 불기둥이 솟아올랐다.

"야! 용산이 다 탄다!" 나도 모르게 아우를 향해 소리쳤다.

"지금 용산이라고 했지?" 어느 틈에 다가온 것인지 허름한 차림에 보따리를 진 중년의 아줌마가 나를 향해 물었다. 보아하니 고개를 올라오는 중이었고 나와의 거리는 열 발자국이 더 되어 보였다.

"네, 그랬습니다."

"……?"

"보다시피 저 아래 용산이 다 타고 있잖아요?"

"저기가 용산인가?"

"······?"

"실은 나도 용산서 살았거든. 저, 서울 용산 말이야."

"그래요?"

"용산이란 말에 서울 용산인 줄 알고 그만······. 용산 우리 집도 다 탔거든."

그렇게 말하는 중년의 아줌마는 두 산이 갈라진 고갯마루로 가서 몸을 쉬었다. 그동안에도 폭격은 계속되었다. 연초경작조합 창고는 우리 집에서 욕각골로 가는 밭둑길의 초입에 있다. 반대로 욕각골서 우리 집을 가려면 안림리를 지나 과수원 옆으로 난 밭둑길을 한참 가다가 용산으로 들어가는 끝자락에 창고가 자리 잡고 있다. 얼추 세로 70미터, 가로 200미터쯤 되는 공간에 큰 창고가 열대여섯 채 서 있고 그 사이의 공간도 꽤 넓었다. 주위를 철조망으로 둘러서 외부와 차단해놓고 있었다. 마스막재에서 바라보니 사실 그 창고 구역이 폭격 대상이 되어 모두 불타고 있었다. 처음엔 충주 읍내 모두가 타고 있는 듯한 느낌이었지만 정신을 차리고 바라보니 오른쪽의 읍내 복판은 무사하였다. 멀리서 보니 경작조합 창고 너머의 용산도 모두 불바다가 된 것으로 보였다. "용산 우리 집도 다 탔거든" 하는 아줌마의 말이 운명적인 계시처럼 들리면서 틀림없이 모친이 큰 변을 당했을 것이란 불길한 생각이 들었다. 우연의 일치가 주는 불길한 예감은 그 후에도 수시로 경험하였다. 안 맞는 경우가 더 많았지만 맞는 경우도 있어서 완전히 물리치지 못했다. 폭격 시간이 정확히 얼마나 되는지는 알 길이 없었다. 당시의 우리는 손목시계 같은 것을 갖지도 못했고 그런 것을 차는 것은 꿈에도 생각하지 못했다. 그러나 욕각골에서 처음 폭격 소리를 듣고 마스막재까지 걸어오고 다시 한참이 지났으니 40분이 훨씬 넘었을 것이다. 근 한 시간은 되지 않았을까?

암담하고 참혹한 심정으로 서 있는 사이 폭격은 그치고 폭격기의 모습도 보이지 않게 되었다. 담배 창고 쪽에서는 여전히 연기가 오르고 있었다. 시커먼 연기가 얼마쯤 빛이 바래져 허옇게 되어가고 있었다. 무작정 그렇게 서서 구경만 하고 있을 수는 없었다. 일곱 살 막내아우에게 아무래도 나는 집에 가봐야겠으니 욕각골로 돌아가라고 말하면서 한센병 환자 오두막까지는 바래다주겠다고 말했다. 그러나 영 몸상태가 좋지 않았던 막내아우는 자기도 집에 가보겠다고 우기며 굽히지 않았다. 여러 가지로 달래보았으나 막무가내였다. 우리 둘이는 샛길로 해서 천천히 집을 향해 갔다. 아무래도 모친이나 집이나 무사할 것 같지가 않았다. 아까 보았던 불바다와 시커먼 연기, 이제는 세가 꺾이어 검은 기운이 한결 엷어진 그 연기를 뚫고 온전하게 자신을 유지하지 못했을 것이라는 두려움이 머리를 지지눌렀다. 그와 함께 이 모든 끔찍한 사태를 불러일으킨 정체불명의 가상 적에 대한 누를 길 없는 증오와 분노가 치솟아 올랐다. 두고 봐라! 이러고도 너네들이 무사한가! 그러는 한편으로 제발 불쌍한 우리 어머니를 살려달라는 기도문을 수없이 마음속으로 외웠다. 주소도 받는 이도 알 수 없는 엽서같이 무력한 기도문을. 그 즉 흥성 기도문을 주문처럼 되풀이 되뇌이니 그 기도를 들어줄 신이 꼭 있어야 한다는 생각이 들고 또 꼭 있을 것 같은 생각도 났다. 부지중에 볼을 타고 눈물이 흘렀다.

혼자라면 달려가고 싶은 심정이었지만 막내아우의 손을 잡고 아우의 보폭에 맞추어 천천히 걷다 보니 속도가 나지 않았다. 그러나 이럭저럭 우리는 안림리 느티나무께에 당도하였다. 거기서부터는 읍내로 가는 일직선의 신작로가 뻗어 있다. 신작로 초입에 과수원이 있었고 그 과수원은 60년이 지난 지금도 그대로 있다. 그 과수원집 아들이 중학 동기인 김영근金永根이었다. 그의 집은 신작로 가에 있었는데 집 앞엔 커다란 이동식 마루가 놓여 있었다. 마침 거기 앉아 있던 김영근이가 나를 보더니 쉬어가라고 말을 붙였다. 그의 과수원에서 연초경작조합 창고까지의 직선거리는 1킬로미터가 조금 넘는 정도였다. 상당 시간 계속된 폭격에 그도 적지 않게 놀라고 또 무섬을 탔던 모양이다.

"야, 오늘은 정말 겁나더라. 금방이라도 폭탄이 날아올 것 같았어. 홱 뜨거운 바람이 불어오고 소리는 또 얼마나 요란했는지! 끝이 나지 않을 것 같더라."

"사실은 마스막재 너머로 가 있었는데 거기서도 폭격 소리가 다 들려. 그래서 마스막재까지 나와보니 온통 불바다야. 용산이 다 타는 것 같더라. 우리 어머니가 아침나절 집에 들렀거든. 여기서 이러고 있을 때가 아니야."

"그래? 놀랐겠다. 너무 걱정 말아. 담배 창고를 때린 것이니까 인가는 별일 없을 거야. 너희 집은 수안보 가는 다리 쪽 아니니?"

"정말 이러고 있을 때가 아니야. 나 가볼게."

"담배 창고 옆길로 가지 마. 용산 2구 쪽으로 돌아서 가. 뭐가 튀어 올지 몰라."

김영근의 말을 뒤로하고 나는 막내아우와 함께 자리를 떴다. 신작로를 조금 내려가다가 왼편 밭둑길로 접어 들어섰다. 조금 가다 보니 맞은편에서 걸어오는 아이가 어쩐지 눈에 익은 느낌이 들었다. 조금 더 가보니 다름 아닌 동급생 유승재柳承宰였다. 그도 반가운 듯 손을 들어 보였다. 가까이 오자 그도 다짜고짜 감탄사부터 털어놓았다.

"야, 정말 죽는 줄 알았다!"

"넌 어디서 오는 거니?"

"야, 그보다도 나 너의 어머니 보았다. 집에 있다가……."

"정말이야? 틀림없어? 우리 어머닐 봤어?"

"그럼. 틀림없어. 보따리를 하나 들고 계시던데."

"어디서 본 거야?"

"집에 있다가 아무래도 안 될 것 같아 뛰쳐나왔어. 쉽게 끝날 것 같지 않았거든. 개울을 따라 남산학교 쪽으로 가는데 근처 동네 사람들은 다 나온 것 같아. 여럿이서 몰려가다가 본 거야."

그제야 집 생각이 났다. 개울가의 인가는 피해가 없느냐고 물었다. 집들은 끄떡없고 연초경작조합 창고가 왕창 요절난 것이라고 그는 말했다. 안도의 한숨이 나왔다. 그러면서 필시 모친이 집에 있을 리는 없을 것이니 오던 길로 돌아가 모친을 기다리는 것이 낫겠다는 생각이 들었다.

유승재와 우리 형제는 나란히 오던 길로 돌아갔다. 그는 남산초등학교의 동기생이기도 하다. 나도 그도 전학생이었는데 그가 어디서 전학 온 것인지는 모른다. 해방 당시 그의 부친은 식량영단食糧營團[1] 직원이었다. 해방되고 나서 용도가 없어진 식량영단은 자연 해체가 되었고 실직한 그의 부친은 충주서 성냥공장을 차렸다. 해방 전에 우리 사회에서 널리 쓰인 성냥은 수원에서 제조된 것이고 성냥갑에는 '水原'이란 한자가 또렷이 적혀 있었다. 해방 후 수원의 성냥공장이 어떻게 되었는지 충주지

---

1) 일제 말기 식량배급제가 실시되면서 그 조정기관으로 생긴 것이 조선식량영단이다. 여담이지만 남로당 제2인자였다가 북에서 숙청당한 이승엽李承燁은 식량영단 이사로 있었다. 또 중학 동기 김영근의 과수원에 관해서는 졸저『나의 해방 전후』에서도 언급한 바 있다.

역에선 성냥 품귀현상이 벌어졌다. 그 틈을 비집고 등장한 충주 성냥은 일단 상업적 성공을 거두었고 유승재 부친은 그 후 친선親善여객회사를 설립해서 운영했다. 충주 인근을 왕복 운행하는 소규모 버스회사였는데 자유당 시절까지 잘되었으나 그 후 큰 버스회사의 등장으로 파산한 것으로 알고 있다. 옛적 흑색 성냥 대가리와 달리 붉은색 대가리를 한 충주 성냥이 잘되던 시절이어서 유승재는 용산에서 가장 번듯한 한옥, 그러니까 당시 쓰던 말로는 조선 기와집에 살고 있었다. 그의 집에는 콘크리트 바닥의 견고한 저장용 지하실이 있었고 그걸 믿고 처음엔 집에 머물러 있었다. 그러나 공습이 빈번해지고 상례적이 되면서 안 되겠다며 안림리 쪽으로 와 있었고 가는 날이 장날이라고 모처럼 만에 집에 들렀다가 혼쭐이 난 것이라고 유승재는 자초지종을 말했다.

김영근의 과수원에 이르러 우리는 좀 전에 그랬듯이 마루에 앉아 얘기를 주고받았다. 김영근은 낙과落果를 몇 개 내놓으며 다 익기 전에는 흠이 있어 떨어진 낙과가 더 맛이 있다며 먹어보라고 권했다. 김영근은 본래 말수가 적고 동급생과도 깊이 사귀는 법이 없었다. 그러나 워낙 오랜만에 동급생을 만난 탓인지 또 대대적 공습 끝의 무사함이 주는 안도감 때문인지 이것저것 얘기를 많이 하였다. 심심치 않게 인민군이나 완장을 찬 민간인들이 찾아오는데 과수원 주인이니 부자라 생각하고 무리

한 부탁이나 떼를 쓰는 경우가 많아 난처하다고 털어놓았다. 사과라도 다 익은 제철이면 대접을 하련만 그것도 아니고 지금은 돈 들어갈 일만 있는 철인데 무턱대고 부잣집이라 치켜세우면서 만날 이밥에 고깃국이나 챙겨 먹는 것으로 치부하니 영 거북하다는 것이다. 인민군은 인사라도 싹싹하게 잘하지만 완장 찬 토박이 민간인들은 은근히 "우리한테 잘못 보이면 재미없다"는 투로 나와서 재수 없다고도 했다. 기대하지 않았던 뜻밖의 말이 김영근의 입에서 나와 그를 다시 보게 되었다. 그동안 친한 친구도 없이 외로운 시간에 자기 나름의 생각을 많이 한 것이 아닌가 하는 느낌이 들었다.

비상시에 접한 탓인지 신기현이나 염재만이나 지금의 김영근 같은 동급생들의 새로운 모습을 보게 된 것 같아 얼마쯤 놀라웠다. 그동안 스스로 마련한 누에고치 속에 갇혀 있었던 것이 아닌가 하는 자기반성도 생겼다. 유승재는 세 살 위인 형이 인민군이 들어오기 직전에 물정을 살피고 오겠다며 집을 나선 후소식이 없어 집에서 부모들의 걱정이 많다고 했다. 또 소문과는 달리 인민군이 어려움을 많이 겪고 있다며 미군 폭격이 앞으로 더 심해질 것이란 소문도 얘기하였다. 그러나 모두 듣던 소리요 이렇다 할 새 소식 같은 것은 없었다. 얼마 있다 그는 먼저 가본다며 자리를 떴다. 우리 형제는 모친을 기다리며 그대로 자리에 앉아 있었다. 모친은 좀처럼 모습을 보이지 않았다. 그러나 욕각골로 가는 이상 김영근의 과수원 앞길은 반드시 지나가야 했기 때문에 우리는 그대로 앉아서 기다리는 수밖에 없었다.

우리 앞에 나타났을 때 모친은 커다란 보퉁이를 머리에 이고 있었다. 우리가 마루에서 일어서서 가까이 가자 여기까지 웬일이냐며 눈을 휘둥그레 떴다. 마스막재에서 내려다보니 온통 불바다이고 용산이 다 타는 것 같아 걱정이 돼서 내려왔다는 것, 어머니를 보았다는 성냥공장 주인 아들의 말을 듣고 여기서 기다리고 있던 중이라고 사실대로 말했다. 또 막냇동생이 영 내 말을 듣지 않아 데리고 왔다고 하자 모친은 얼마쯤 득의의 표정을 지으며 말하였다.

"무슨 일이 있을 때 있는 자리에 그대로 있어야 한다고 말하지 않았니? 앞으로 되도록 나다니지 마라. 내 걱정이 됐던 모양인데 너희 어머니, 그리 쉽게 다치지 않는다. 이렇게 멀리까지 나오는 것, 괜히 청승 떠는 거야……. 아까는 정말 겁나기는 하더라. 고무나 전깃줄 타는 것 같은 냄새가 고약해서 가슴이 울렁이고 소리는 왜 그리 요란한지! 한 고비 넘기니 이제 자주 못 오겠다는 생각이 들어 집에 들러 보따리를 다시 쌌다. 이것저것 더 집어넣고……. 그래서 조금 늦었다. 우리 동네는 그대로더라." 그러는 모친이 순간 낯설게 느껴지며 옛 생각이 났다.

증평초등학교 시절 솔뿌리나 관솔을 한 가마씩 채취해 오라는 방학 숙제가 있었다. 저학년이었으니 결국 집에 가서 어른들에게 부탁해보라는 말과 진배없었다. 개학날이 가까워오자 모친은 나를 데리고 인근의 야산으로 갔다. 빈손으로 갈 수는 없으니 흉내라도 내자며 톱과 조그만 싸리바구니를 들고 나선 것이다. 나무는 없으나 덤불은 제법 우거진 지점에 이르자 내게 그 자리서 기다리라 하고는 당신 혼자서 올라갔다. 그리고 긴 시간이 흘렀다. 기다리고 기다려도 모친은 돌아오지 않았다. 혹 변고가 있는 것은 아닌가? 어디 다친 것은 아닌가? 별생각이 다 났다. 참으로 긴 시간이 지난 뒤에 모친이 산에서 내려왔다. 순간 모친이 이상하게 낯설어 보였다. 평소의 모친이 아니라는 생각이 들면서 슬며시 두려워지기 시작했다. 여우가 모친을 해치고 모친의 탈을 쓰고 나타난 것이 아닌가, 하는 황당한 생각이 들었던 것이다. 관솔이 절반쯤 차 있는 조그만 싸리바구니를 보여주며 이만하면 흉내는 내는 것이니 걱정할 것 없다는 모친의 말도 나를 안심시키기 위한 여우나 괴물의 속임수가 아닌가, 하는 생각이 들면서 영 찜찜하였다. 소나무 유목의 관솔 같은 것을 톱질하면서 짜증도 나고 피로도 겹쳐서 얼마쯤 험한 표정이 되고 그 낯설음이 어린 내게 변신 동화를 쓰게 한 것이 아닌가, 하고 지금은 생각하지만 어쨌든 몇 번인가 비슷한 경험을 한 적이 있다.

배고프지 않으냐는 모친 물음에 아까 과수원집 아들이 내준 낙과를 한 개씩 먹었다고 하자 모친은 보퉁이에서 오이 하나를 꺼내더니 가운데를 토막 내어 우리에게 나누어 주면서 우선 이 거라도 먹어두라고 했다. 우리 세 모자는 다시 욕각골로 돌아갔다. 올 때와는 달리 안도감으로 속이 후련하였다.

연초경작조합 창고를 전소시킨 폭격은 충주에 가해진 폭격 중 가장 큰 규모의 것이었다고 생각된다. 또 피격 면적도 가장 컸을 것이다. 정확한 날짜는 모르지만 얼추 8월 15일 전후의 어느 날이란 것만은 분명하다. 그 후 충인동 폭격이 있어서 일부 주택가와 상가가 폐허가 되었다. 1·4후퇴 당시 청주를 가보고 놀란 것의 하나는 폭격의 흔적을 거의 볼 수 없다는 것이었다. 당시 청주는 충청북도의 도청 소재지로 인구나 규모가 충주보다도 한결 컸다. 그러나 공습 피해는 거의 없었다. 전국적 차원의 비교에서도 청주는 수원과 함께 공습 피해가 거의 없던 곳으로 거론된다는 것을 뒷날 알게 되었다. 청주 인근에는 교통 요지인 대전이 있어서 집중적인 공습 대상이 되었고 이에 따라 청주는 공습으로부터의 상대적 면제를 누린 것이라고 추정된다. 반면에 원주를 거쳐 문경 점촌에 이르는 국도가 지나가는 충주는 군수물자 이동의 요지로 지목되어 공습 대상으로 떠오른 것이라 생각한다.

지게질과 지겟가지

　한 대엿새 지나고 나서 어느 날 오후에 부친이 배낭을 시고 욕각골로 들어왔다. 어디서 어떻게 구한 것인지는 알 수 없지만 얼마쯤의 양곡과 채소를 꺼내놓았다. 돌아가는 낌새로 보아 쉽게 전쟁 상황이 끝날 것 같지는 않고 이제 우리는 겨울철에 대비해야 할 것 같다면서 우선 방을 옮기자고 말했다. 당시 우리가 빌려 쓰고 있던 감나무집 옆집은 일자집으로 윗방과 아랫방은 부엌 아궁이에서 때는 불기가 올라왔겠지만 우리가 기거했던 방은 사실상 광 비슷하게 쓰는 토방이었다. 겨울철이 되면 온기가 거기까지 올라올 것 같지 않았다. 그러니 그 점도 고려해서 조금은 더 널널한 방을 구해보자는 것이었고 그것은 모친이 맡아서 알아보기로 했다. 또 한 가지는 우리 형제가 어떻게든 땔감을 마련하도록 하자는 것이었다. 우리 형제란 나와 바로 밑의 아우를 말한다. 바로 아래 아우는 나와 네 살 터울이어서 당시 열두 살로 초등학교 5학년이었다. 그러나 체격이 좋아서 나보다 키가 컸고 기운도 세다는 인상을 주었다. 그러니 형제가 함께 땔감을 준비하자는 것이었다. 욕심내지 말고 조금씩 모아두면 엄동설한에 도움이 될 게 아니냐는 취지였다. 또 땔감을 마련하는 도중에 도토리가 눈에 뜨이면 그것도 따 모으라고 일렀다. 먹는 것이라면 눈에 뜨이는 대로 버리지 말라는 것인데 그 말이 내게는 아득하게 또 야속하게 느껴졌다. 도토리 알 몇 개가, 아니 몇 되가, 과연 우리 식구의 월동 대책이 될 수 있을 것인가?

모친은 신작로 아래쪽의 산동네에서 쉽게 방을 구할 수 있었다. 그리 크지 않은 기역자집을 찾는 것은 아주 쉬운 일이었다. 기역자집이라야 제법 사랑방다운 사랑방을 마련하기 위한 것이 아니고 처음부터 가로가 짧고 세로가 긴 집터를 잘 활용하기 위해서 억지춘향으로 그리된 것이었다. 그러나 사랑 쪽에 아궁이가 따로 있어서 겨울나기에는 안성맞춤이란 짐작이 갔다. 또 방도 꽤 너른 편이어서 전보다는 갑갑하다는 느낌이 덜하였다. 주인은 부친보다는 연하로 보였는데 시집간 딸이 둘이나 있다고 해서 적이 놀랐다. 아들 하나는 교현학교를 다니는 중이라 했다. 우리는 지체하지 않고 기역자집으로 방을 옮겼다. 이삿짐이 따로 있을 리 없고 제가끔의 배낭으로 모든 게 해결되었다. 거기서 거기였지만 일단 거처를 옮기고 보니 생활의 변화가 주는 어떤 기대감이 생겨나는 것도 사실이었다. 또 기역자집에는 단독 집 우물이 있어서 공동 옹달샘을 썼던 감나무집 옆집과 달랐다.

우리는 곧 땔감 채취에 나섰다. 신작로가 끝나는 지네실에서 신작로 끝과 맞닿아 있는 산을 한참 올라가면 얕은 봉우리가 나선다. 거기서 왼편으로 꺾어서 한참 내려가면 벌채를 해놓은 아주 너른 산판이 있었다. 사변 전에 벌채를 하고 땔감 장작으로 소나무를 패놓은 곳인데 싸움 통에 주인이 방치를 해둔 것이다. 아주 드물게 욕각골 동네 사람이 이 산판의 장작을 메고 와서 땔감으로 쓰는 경우가 있다는 얘기를 들은 바 있었다. 여름철이라 그럴 필요가 별로 없었지만 근처에서 땔감을 구하려면 시간이 걸리니 편법으로 그러는 경우가 있었던 것이다. 세상이 바뀌고 산판 주인의 감시도 없는데 흔한 장작을 지고 온다 한들 어떠랴. 산판에 가면 아주 흔하다는 장작을 지고 오기 위하여 우리 형제는 우선 지게를 빌렸다. 사실 산골 동네에서 지게 한두 개 빌리는 것은 어렵지 않았다.

난생처음 져보는 지게는 우선 너무 커서 문제였다. 어른들을 위한 것이어서 아무래도 지게 자체가 버거웠다. 일제 말기에 송근 채취를 위해 초등학교 상급생들이 동원되었다. 그때 괭이, 낫, 도끼, 톱 등을 준비하고 채취한 솔뿌리를 운반할 기구를 가지고 갔다. 대개 새끼줄로 멜빵을 해서 가마니때기를 지고 갔는데 초등학교 아동에게는 가마니때기 자체가 무겁고 버거웠다. 새끼줄 멜빵이 어깨에 배기는 아픔도 소홀치 않았다. 집에서 농사를 짓는 아이들 중에는 아예 지게를 지고 오는 드문 경우도 있었는데 그 시절이 생각났다. 어울리지 않게 큰 양복 못지않게 지게는 당시의 나에게는 너무나 크고 몸에 맞지 않았다. 훨씬 뒷날 1970년대 초 미국의 TV에서 미 군사고문에게 군사 훈련을 받는 라오스 소년의 인터뷰 장면을 본 적이 있다. 소년의 키는 그가 옆에 세워놓고 있는 소총보다 크지 않았고 장래희망이 뭐냐는 질문에 교사가 되는 것이라고 대답하였다. 그렇게 말하는 꼬마 소년의 얼굴이 너무나 밝아서 말할 수 없는 슬픔을 느꼈다. 지금 몸에 맞지 않는 그적의 지게 얘기를 적으면서 느닷없이 떠오르는 것이 그 라오스 소년의 모습이다. 살아남았다면 거의 60이 되어갈 터인데 과연 희망대로 교사가 되긴 했을까?

지네실에서 산판으로 가는 산길은 계속 오르막이다. 생각보다 만만치 않았다. 그러나 살기 위해서 요긴한 일을 하고 있다는 생각이 기운을 내게 해주었다. 올라갔다가 다시 내리막길이고 그다음은 여기저기 무더기로 흩어져 있는 장작을 지겟가지에 올려놓고 새끼로 대충 동여매는 일이 남았다. 욕심을 부리면 안 된다 생각하고 그리 많이 챙기지 않았는데도 막상 지게를 지고 일어나려니 뜻대로 되지가 않았다. 또 몸의 균형 잡기도 어려웠다. 할 수 없이 장작개비 몇 개를 덜어내고 다시 새끼로 대충 동여매었다. 나보다 키가 큰 아우도 지게를 지고 일어서다가 다시 내려놓고 장작을 덜었다. 그러고 보니 우리가 챙긴 장작개비는 얼마 되지 않았다. 몇 번 다녀서 훈련을 쌓으면 더 많이 지고 갈 수 있을 것이라 다짐하면서 천천히 오르막길을 올라갔다. 어려웠다. 그러나 오르막보다 어려운 것이 내리막길이었다. 다리가 후들후들 떨리고 몸의 균형 잡기도 쉽지 않았다. 될수록 걸음을 천천히 떼어놓으면서 정신을 집중했다. 또 힘에 부친다

싶으면 지게 작대기로 지게를 받혀놓고 쉬어 갔다. 긴장의 연속
이었지만 우리는 별 탈 없이 지네실 신작로에 당도했다. 신작로
로 접어든 뒤로는 탄탄대로였다. 몸의 균형 잡기도 문제가 없었
고 한결 지게질이 가뿐하게 느껴졌다. 새로 옮긴 기역자집에는
마땅한 자리가 없었다. 그래서 처음 지게를 빌릴 때 양해를 받
아놓았던 대로 욕각골 아저씨네 감나무집 한 모퉁이에 쌓아두
었다. 욕각골에서 제일 높은 자리를 차지한 집이어서 어쩐지 든
든하다는 느낌이 들었다. 그 산골에 장작 도둑이 있을까마는 그
래도 사람 마음이란 그런 것이었다. 얼마 되지 않지만 산판까지
가서 땔감을 지고 왔다고 생각하니 스스로 대견해서 마음이 뿌
듯해지고 어떤 보람이 느껴졌다. 모친이 장하다고 옆에서 형제
를 거들어주었다.

하루 쉬고 그다음 날이 되자 산판으로 나무하러 가는 것이 은
근히 기다려졌다. 결코 쉬운 걸음은 아니었지만 지게질에 어느
정도 자신이 생긴 것이 사실이요 무엇보다도 살림에 보탬이 된
다는 생각이 뿌듯하고 자랑스러웠다. 산판 꼭대기에 올라서 보
니 산자락 한쪽 끝에서 평지가 시작되고 제법 넓어 보였다. 그
리고 평지 한구석에 기와집 한 채가 보였다. 첫째 날에는 보지
못했는데 마음 느긋하게 살펴보니 눈에 뜨인 것이다. 꼭대기에
서 보아도 그 집이 부자가 사는 큰 집이라는 것은 역력하였다.
사방이 산으로 가려진 산골 평지에 외딴 기와집 한 채가 우람하

게 서 있다는 것이 상상력을 자극했다. 전설 속에 나오는 큰 도둑의 보물 창고가 아닐까, 하는 엉뚱한 생각이 퍼뜩 들었다. 언젠가 한번 가보리라. 그 산골에 우리 모르는 미지의 세계가 있다는 것이 신기하고 또 궁금증을 일으켰다.

두 번째인 만큼 우리는 장작 한 개비라도 더 지고 가야겠다는 생각을 했다. 그리고 천천히 걸음을 옮겼다. 힘들면서도 한결 수월해진 내리막길은 전번보다 짧아진 느낌이었다. 쉬어 가는 횟수도 줄어들었다. 신작로에서는 걸음걸이도 빨라졌다. 욕각골 감나무집으로 가자면 다시 오르막이다. 너무 힘들어하는 모양을 보이는 것도 뭣하고 해서 우리는 오르막 초입의 집 앞에 지게 작대기로 지게를 받쳐놓고 쉬었다. 땀을 닦고 있는데 째지는 듯한 날카로운 여자 목소리가 났다. 목소리는 달려오고 있었다.

"아니 무슨 웬수진 일이 있다고 남의 집에 지겟가지를 겨누어 놓고 있어! 왜, 남의 집 망하라고 고사질이야? 우리가 뭐 해코지 한 것 있어? 재수가 없으려니 참 별꼴 다 보겠네!"

달려오는 목소리는 아줌마였고 식식거리며 다가와서는 우리가 세워놓은 지게를 밀어서 쓰러트렸다. 그러고도 분이 풀리지 않았는지 지게에다 대고 퉤, 퉤, 침까지 뱉었다. 어안이 벙벙하였다. 우리 형제는 서로의 얼굴을 마주 보다 아줌마의 얼굴을 바라보았다. 중년이 채 안 돼 보이는 아줌마였다. 하도 기세가 등등하고 서슬이 퍼래서 대꾸할 말이 생각나지 않았다.

"빌어먹을 새끼들, 다시 한 번 그래봐라! 다리몽둥이를 다 분질러놓을 테니!"

아줌마는 우리를 째려보더니 씽씽 바람을 내며 집 안으로 들어갔다. 뺨을 맞더라도 이유를 알아야 할 것이 아닌가? 다짜고짜 이 무슨 행패인가? 잘못을 했다 치더라도 저렇게 악담을 퍼부을 수 있나? 무식한 것들은 할 수 없구나! 분하고 억울한 생각이 들었다. 지겟가지가 집을 향하도록 지게를 세워두는 것이 금기이고 그러면 화가 온다는 믿음이 있다는 것을 곧 알게 되었다. 그것이 농촌에 편재하는 속신俗信인지 아니면 우리 고향 쪽에 한정되어 있는 것인지는 모르겠다. 그런 맥락에서 교육에 건 계몽주의의 희망적 관측은 일단 정당하다. 순박한 농민이라든가 민중이라든가 하는 총칭 명제를 믿지 않는다. 사람도 농민도 민중도 다 가지가지다. 불교에서 선악불이善惡不二라 하는데 고도의 추상론으로서는 의미가 있지만 구체적 상황에서 개개인에게 적용할 수는 없을 것이다. 오랫동안 잊지 못하고 수시로 떠올린 소싯적 농민 경험이요 민중 경험의 하나였다.

시계는 자고 의사는 없고

자주감자 한 대접

다저녁때가 되어서다. 쉬어 갈 참으로 감나무집으로 올라가는 길갓집 앞에 지게를 세워놓았다가 주인아주머니에게 갖은 악담을 다 들었다고 털어놓자 모친도 기분이 언짢은 모양이었다. 그러면서 자세히 말해보라며 우리 형제에게 꼬치꼬치 캐물었다. 지겟가지가 자기 집을 향하도록 세워놓았다고 해서 그랬다는 자초지총을 얘기하고 나서 그렇게 지게를 세워두면 집에 화나 재앙이 온다는 말이 정말 맞는 것이냐고 물어보았다.

"지게질을 안 해보아 모르는 일이다만 그렇게 믿고 있으면 그런 거겠지……. 안 되겠다. 같이 가서 사과를 해야겠다."

그러면서 당장 올라가보자고 우리 형제를 재촉하였다. 그러고 싶지 않았다. 갖은 욕설과 악담을 퍼부은 끝에 우리가 세워 놓은 지게까지 쓰러트리지 않았는가? 다시 지게를 세우고 장작을 차곡차곡 쌓아 올리지 않았는가? 그만하면 되었지 사과까지 하라고? 사과는 우리가 받아야 하는 거 아닌가? 모르고 한 일 아닌가? 나의 말을 모친이 받았다.

"알고 했건 모르고 했건 지겟가지가 그 집을 향하도록 세워둔 것 아니냐? 그러면 집안에 화가 온다는 것 아니냐? 그래서 분풀이를 한 거 아니냐? 그러니 사실대로 모르고 잘못을 저질렀다고 말하자는 거야."

나는 도저히 수긍이 가지 않았다. 악담 들은 것만 가지고도 밑진 것 같고 우리가 피해자라는 억울한 마음이 강했다. 안 가겠다고 우기자 모친은 아우를 향해 말하였다.

"주호야, 너라도 같이 가자." 그러더니 아우와 함께 신작로 위쪽 마을을 향해 집을 나섰다. 몇 발자국 가다 말고 돌아서서 나를 보고 다시 덧붙였다. "사내자식이 그렇게 소견이 꽉 막혀서 어떡하니? 우리는 피란 온 거야. 앞으로 어떤 일이 벌어질지 모른다. 난시일수록 동네에서 인심을 얻어놓아야 해. 인심을 잃으면 언제 어떤 해코지를 당할지 모르는 거야. 그리고 어찌 됐건 지게를 잘못 세워둔 건 사실이지 않으냐?"

그 후 모친은 그 아줌마와 서로 다정하게 인사를 주고받는 사이가 되었다. 모친이 연상이기 때문에 그쪽에서 더 깍듯이 대하였던 같다. 당시 우리는 자주감자로 점심을 때우는 일이 많았다. 요즘 젊은이들은 자주감자를 알지 못한다. 감자가 흰 감자로 통일되어 있기 때문이다. 마치 참외가 노랑 참외 일색으로 통일되어 있어 이왕에 있던 감참외나 개구리참외를 알지 못하는 것과 같다. 자주감자는 문자 그대로 껍질이 자주색이고 눈이 많다. 습기와 추위에 강한 것으로 알려져 있는데 박토에서도 잘 자란다. 그러나 잔 자주감자는 아린 맛이 있어서 쪄서 먹는 경우가 드물고 대개 간장에 조려서 반찬으로 먹거나 녹말가루로 만들어 식용으로 쓰는 경우가 많았다. 요컨대 주로 어려운 사람들이나 먹는 감자 중의 제일 아랫것이 자주감자였다. 연로한 층에서도 자주감자를 모르는 이들이 많은데 주로 충청북도 지방에서나 많이 재배했기 때문이 아닌가 생각된다.

언젠가는 점심에 찐 자주감자를 먹게 되었다. 자주감자치고는 알이 크고 눈이 적어서 제법 맛이 있었다. 그렇게 말하자 모친은 기다렸다는 듯이 얼마쯤 득의의 표정을 지으며 지겟가지 사건이 났을 때 행패를 부렸던 아줌마한테 얻어 온 것이라고 말했다. 겪어보니 성미가 급하고 변덕이 좀 있어서 그렇지 인정도 있고 무던한 사람이더라고 칭찬까지 덧붙였다. 갑자기 입맛이 달아났다. 겨우 자주감자 알 몇 개에 넘어가 어린 아들 형제에게 악담을 퍼부었던 여편네를 싸고도는 것이 아닌가? 이건 모친의 과도한 인심 쓰기가 아닌가? 아니 속 보이는 타산놀음이 아닌가? 내가 뜨악해하는 것을 눈치챈 모친은 남자란 속이 넓고 뒤끝이 없어야 하고 주위 사람들과 척지는 일은 신상에도 해로운 법이라고 타일렀다. 내심 전혀 공감하지 않았으나 잠자코 있었다. 그 후 동네에서 오다가다 몇 번 그 아줌마와 마주친 적이 있다. 저주성 악담을 퍼부은 현장 기억이 너무나 생생하게 떠올라 그때마다 못 본 척하고 '먼산바라기'를 하며 지나갔다. 그러니 그쪽 태도는 알 길이 없었다. 아무리 사소한 일이라도 고약한 만남은 한 번으로 넉넉하지 않은가? 뭐, 성미가 급하고 변덕이 있어 그렇지 인정도 있고 무던한 사람이라고? 그런 사람이 지게 쓰러트리고 아이들에게 악담을 퍼부어? 재수가 없으면 또 무슨 일을 당할지 모르니 아예 상종을 않는 게 상책이라는 생각에는 변함이 없었다.

땔감 채취를 위해 지게질을 시작한 것은 8월 중순 이후의 일인데 그해 그 무렵에는 별로 비가 오지 않았던 것 같다. 하루돌이로 지게질을 했는데 비가 와서 지게질을 쉰 기억이 별로 없기 때문이다. 해방되던 해 여름에도 송근 채취를 위해 학급 전체가 하루돌이로 수업을 전폐하고 산행을 했다. 그적에도 비가 많지 않았다는 생각이 든다. 비가 오는 날이면 송근 채취를 쉬기 때문에 비 오기를 학수고대했지만 간절한 소망이 좀처럼 이루어지지 않은 것으로 기억한다. 아마도 너무나 큰 기대가 충족되지 못한 데서 온 신뢰할 수 없는 기억의 셈법 탓이라고 생각된다.

214

어쨌거나 우리 형제는 땔감 채취를 위해 산판을 목적지로 한 산행을 계속하였다. 한번 시작하니 지게질도 익숙해지고 해볼 만하다는 생각이 들었다. 물론 짐을 지고 산을 내려오는 것은 고된 일이었지만 겨울나기를 위한 보람 있는 작업이라고 생각하면 뿌듯한 성취감이 들었다. 땔감 채취를 위해 산판으로 가는 사람들은 많지 않았다. 피란민으로 보이는 낯익은 사람들이 간혹 보일 뿐이었다. 그러나 9월이 되어 아침저녁 제법 선선한 바람이 불기 시작하면서 지네실이나 욕각골 사람들도 드물게 보이기 시작했다.

산판을 오르내리다가 겪은 일 중 지금 기억에 남아 있는 것은 두어 가지가 있을 뿐이다. 9월 하순 무렵의 일일 것이다. 어느 날 산길을 내려와 지네실과 맞닿은 신작로에 이르렀을 때 웬 커다란 잣송이 두 개가 길바닥에 놓여 있는 것이 눈에 띄었다. 산판 인근에서 큰 잣나무는 보지를 못했었다. 그러니 더 깊은 산속에 있는 잣나무에서 잣송이를 따 온 사람이 도중에 흘리고 간 것이 아닌가 하는 생각이 들었다. 단단하게 생긴 잣송이에 잣이 얼마나 들어 있었는지는 생각나지 않는다. 집으로 가지고 와서 굴러 들어온 복을 까먹어보니 아직 덜 익은 탓인지 그저 심심하고 고소한 맛은 별로 없었다. 그 후 혹여 잣나무는 없을까 하고 눈여겨보며 산판 길을 오갔으나 찾아내지 못하고 말았다.

또 하나 기억되는 것은 산판에서 본 여인의 행색이다. 앞서도 말했지만 산판 꼭대기에서 보면 산자락 한쪽 끝에서 제법 넓은 평지가 시작되고 평지 한구석에 기와집 한 채가 보였다. 장작을 지고 올라와서 일단 산판 꼭대기에서 쉬고 있을 때였다. 바로 그 외딴 기와집에서 사람이 나오는 것이 보였다. 궁금한 생각이 들어 계속 지켜보았다. 점점 가까워오는 사람은 여성임이 분명했다. 더욱더 궁금해졌다. 우람한 산속 외딴 기와집에 살고 있는 저 여자는 대체 어떤 사람일까? 가까워오던 여인의 모습이 보이지 않게 되었다. 우리가 쉬고 있던 산판 바로 아래쪽으로 들어선 탓이리라. 쉬고 있던 자리에서 그대로 머물러 기다렸다. 한참 만에 우리가 거쳐 온 오르막으로 여인이 올라오는 것이 보였다. 별로 힘들이지 않고 올라오고 있는 여인의 손에는 조그만 보퉁이가 들려 있었다. 우리 곁을 지나갈 때 보니 홑두루마기를 입고 있었고 중년이었다. 좀 가무잡잡한 바탕에 특징이라고는 없는 얼굴이었고 누가 보아도 예쁜 구석이라고는 찾기가 어려웠을 것이다. 큰 도둑이 납치해 와서 강제로 유폐생활을 하게 된 미녀가 아닐까 하는 내 어설픈 동화적 환상은 순식간에 깨지고 말았다. 우리가 내려갈 내리막을 익숙하게 내려가는 것으로 보아 늘 산길을 다니는 것 같았다. 우리도 뒤따라 내려갔다. 지네실 신작로에 당도하기 훨씬 전에 여자의 모습은 벌써 보이지 않았다. 홑두루마기를 입은 것으로 보아 수복 직전 9월 하순쯤 되지 않았나 생각한다. 지금 생각해보아도 그 산속 평지 한

자락에 큰 기와집이 있고 사람이 살고 있었다는 것은 수수께끼다. 이처럼 그때 일을 적게 될 줄 알았다면 그 후에라도 한 번쯤 답사라도 하고 궁금증을 풀려 했을 것이다. 그러나 일자이후 그 산판에는 가본 적이 없다. 어쨌건 이 무렵까지 우리들의 땔감 채취 지게질은 계속되었고 그것이 끝날 즈음 욕각골 아저씨네 감나무집 한구석에는 우리가 지고 온 장작이 꽤 쌓여 있었다.

남 좋은 일만 시킨 지게질

시간을 건너뛰어야 하지만 얘기가 나온 김에 땔감 채취의 뒷얘기를 적어두어야겠다. 국군의 북진으로 수복이 되자마자 우리는 즉각 읍내 용산집으로 돌아왔다. 그러고 한참 지나서다. 장을 보러 왔던 욕각골 아저씨가 우리 집에 들른 적이 있었다. 얘기 끝에 산판 임자가 욕각골에 나타나서 자기네 산판에서 도둑맞은 장작을 도로 찾아야겠다며 집집을 다니면서 혹은 물어보기도 하고 은근히 현물을 찾는 눈치더라는 말을 하였다. 제일 위쪽에 자리 잡고 있어 감나무집까지는 찾아오지 않았지만 신작로 아래쪽에 와서 염탐을 한 모양이었다. 사실 욕각골 동네 사람이 산판의 장작을 져 오는 경우는 드물었다. 그러나 산판에 장작이 널려 있다는 것을 알려준 것은 동네 사람들이었고 주로 우리 같은 피란민들이 빼돌린 것은 사실이다. 당장 긴요한 처지도 아니었고 수복 이후 그런대로 한가하게 지낼 형편이 안 되었던 터라 부친은 사실 월동용으로 장만하게 한 땔감에 대해 별로 신경을 쓰지 않았다. 11월이 되어 가을도 저물어갈 무렵 이제 너희들이 여름에 장만한 땔감 장작을 가져와야겠다고 비로소 운을 떼었다.

부친은 두 바퀴 수레를 빌려 왔고 우리 형제는 부친과 함께 어느 날 아침 일찌감치 욕각골로 향하였다. 두 바퀴 수레는 앞장선 수레꾼이 수레 앞에 달린 수레꾼 자리 안으로 들어서서 손잡이에 연결된 새끼줄을 어깨 한쪽에 메고 끌고 가는 것이다. 부친이 수레꾼 노릇을 하고 우리 형제가 뒤에서 미는 일을 맡았다. 두 바퀴 수레는 지금 농촌에서도 용도 폐기되어 완전히 사라져서 찾아볼 수 없다. 그러나 1950년 당시만 하더라도 흔히 눈에 뜨이던 것이고 연탄이 보급되기 시작할 무렵에도 연탄 운반에 많이 활용되었다. 빈 수레라 하더라도 고갯길을 오르려니 적잖이 힘이 들었다. 욕각골에 당도해서 윗동네 올라가는 신작로에 수레를 세워놓고 우리는 아저씨네 감나무집으로 올라갔다. 마침 아저씨는 부재중이어서 아주머니에게 용건을 말하고 지게를 빌려 장작을 신작로로 날랐다. 그것만으로도 큰일이었다. 부친과 내가 부지런히 오르내려 일단 모두 두 바퀴 수레에 옮겨 실었다. 그리고 새끼줄을 가로세로 여러 번 단단히 묶어서 떨어져 내리지 않도록 하였다.

우리가 막 집을 향해 떠나려 할 때 난데없이 장죽을 손에 든 말쑥한 한복 차림의 남자가 나타나 길을 막았다. 흔히 중늙은이라고 부르는 연배로 보였다. 장작은 자기네 산판에서 나온 것이다, 이렇게 패놓은 장작은 이 근처에서는 자기네 산판밖에 없다, 그러니 자기 허락을 받지 않고는 장작을 여기서 내갈 수 없다며 중노인은 연신 손에 든 장죽을 앞으로 들이밀며 소리쳤다. 그 서슬이 너무나 당차고 퍼래서 부친은 뭐라고 맞대꾸조차 하지 못하였다. 대담배 장수연[1] 피울 때나 쓰는 것으로 알았던 장죽이 말싸움에서 무기 노릇을 할 수 있다는 것을 그때 처음으로 알게 되었다. 기선을 빼앗긴 데다 말주변도, 순발력도 없는 부친은 아이들이 여름철에 몇 개비씩 지게로 나른 것인데 이왕지사 이렇게 된 것, 너그럽게 보아달라고 사정을 하였다. 그러면서 생전 처음으로 아이들 데리고 수레를 끌고 왔는데 그냥 갈 수 없으니 적선하는 셈치고 보내달라, 어차피 이 장작을 여기서 처분할 수도 없지 않으냐, 큰 산판 주인이신데 장작개비 한 수레가 뭐 그리 대수냐며 간청하다시피 했다. 산판 임자는 물러서지 않았다. 더욱 언성을 높이고 눈을 부라리며 소리쳤다. 애초

---

1) 궐련卷煙과는 다른 봉지대 담배가 있었다. 장수연長壽煙은 일제 때 전매청에서 나온 봉지대 담배의 이름이다. 또 희연喜煙이란 것도 있었는데 해방 후의 것이 아닌가 생각하지만 자신은 없다.

부터 승부가 결정된 일방적 옥신각신이었다. 저런 입성을 한 위인이 과연 산판 임자일까 하는 의심이 생겼으나 잠자코 있을 수밖에 없었다. 잘못하면 본전도 못 찾을 것이고 사정을 봐달라고 간청하는 처지에서 발설해선 안 될 말이었다. 막막하고 난감한 상황이었다. 그때 윗동네에서 박 서방이 내려왔다. 그가 감나무 집 욕각골 아주머니의 수양딸 남편이고 동네에서 말발이 서는 이라는 것은 앞서도 얘기한 바 있다. 인민군이 들어와 저들 세상이 되었을 때 납작 엎드린 채 파도를 타지 않아 그는 수복 후 주눅 들지 않고 큰소리치며 지내는 형편이었다. 박 서방은 산판 주인과 면식이 있는 것 같았다. 옥신각신이 벌어진 이유는 불문가지라는 투였다. 부친과는 눈인사나 나누는 처지여서 건성으로 "안녕하세요" 하더니 산판 주인을 보고 말했다.

"이번엔 오래간만에 들르셨네요?"

"실은 몸살로 얼마 동안 누워 있었다우. 툭툭 털고 일어나니 다시 궁금해져 나와본 거요."

"철 바뀔 때인데 몸조심하셔야지요. 연세도 있으신데……."

"여름내 속을 썩었더니 그게 화근이었던 같아……. 단골 의원도 속이 허해서 그렇다고 합디다."

"여름내 속 썩인 사람이 어디 한두 사람인가요? 이제 좋은 세상 되었으니 몸이나 보하도록 하세요. 속 썩이지 말고."

이렇게 말하더니 박 서방은 부친을 향해 지금 이 장작이 문제

된 것 아니냐고 물었다. 알다시피 우리 가족이 윗동네로 피란을 왔다. 당신은 읍내 호암리에서 기거하고 집사람과 아이들만 여기 머물렀다. 아무래도 쉬 돌아가게 될 것 같지 않아 아이들이 겨울철 땔감으로 틈틈이 장작을 져 날랐다는 자초지종을 얘기하였다. 그리고 지금 산판 주인에게 사정사정하는 중이라고 덧붙였다. 박 서방은 다시 주인을 향해 말했다.

"보아하니 어린 학생들이 져 나른 것 같은데, 그때 내 것 네 것이 없는 세상이라고들 하잖았습니까? 물론 주인 입장에선 도둑맞은 것이겠지만 학생들이 돈벌이로 한 것도 아니고…… 다시 되돌려놓을 수도 없고 그렇다고 여기 이렇게 신작로에 놔두면 남아나겠어요? 적선하는 셈치고 그냥 넘겨줘요. 악한 끝은 없어도 착한 끝은 있다고 하지 않습니까?"

"내 것 네 것이 없다는 세상이 왔다고 이리 뛰고 저리 뛰고들 하는 사이 눈 뜨고 도둑맞았으니 기가 찰 일 아니오? 그게 분해서도 더욱 내 물건 내가 찾아야겠다고 나선 거요."

"아니 우리 동네에서 이리 뛰고 저리 뛴 빨갱이가 어디 있어요? 다친 사람도 하나 없었어요. 인심 좋은 산동네라고 소문난 것 아시잖아요? 그러니 인심 한번 쓰세요. 어린 학생들 봐서라도……"

박 서방의 뜻밖 응원에 고무된 부친은 호기를 놓칠세라 산판 주인에게 다시 매달렸다. 그는 바지 뒤 호주머니에서 지폐를 몇

장 꺼내더니 주인 손에 넣어주며 말했다.

"약소합니다. 이것이 가진 것 전부입니다. 혹시 후일 뵙게 되면 후하게 보답하리다."

"아니 이렇게 선심만 쓰면 난 어찌 살란 말이오? 산판 때문에 빚진 게 얼마인데……. 알겠소. 오늘은 내가 져드리리다. 병 끝이라 마음이 약해진 탓이니 오늘 재수 좋았다고 알아둬요."

"고맙습니다."

그러자 박 서방이 다시 한마디 거들었다.

"잘 생각하셨어요. 그러나 이 양반 입장에선 재수가 없었던 거지요. 가는 날이 장날이라고 이렇게 망보는 날 고개를 넘어왔잖아요? 허허허."

박 서방의 중재 덕분에 우리는 기세등등하고 완강했던 산판 주인의 양보를 얻어내었다. 그러나 하필이면 그가 오랜만에 들른 날 욕각골로 향했다고 생각하니 정말 재수 없다는 생각을 금할 수 없었다. 여름에 도둑맞았다는 장작을 얼마나 회수했는지 또 얼마 정도의 수입을 올렸는지는 알 길이 없다. 또 부친이 바지 뒷주머니에서 꺼내어 상납한 액수가 얼마나 되는지도 알 길이 없다. 부친의 평소 실력으로 보아 미미한 액수였을 것이다. 그러나 월급쟁이가 월급을 받지 못하고 이렇다 할 수입도 없었던 시절이니 많고 적음과 상관없이 대단한 지출이요 출혈이었음에는 틀림이 없다.

뜻하지 않은 첫 난관을 돌파하고 수레가 욕각골을 떠났다. 예상했던 일이지만 수레 밀기는 간단한 일이 아니었다. 우선 수레꾼으로 나선 부친이 안 해보던 일이어서 서툴렀다. 아무리 쉬워 보이는 일이라도 처음 해보면 만만치가 않은 법이다. 세게 밀면 수레꾼이 균형을 잡지 못하고 어어어 하고 소리를 쳤고 그렇다고 힘을 빼면 수레가 제대로 굴러가지를 못하였다. 욕각골서 마스막재까지는 이를테면 연습 과정이었다. 마스막재를 넘어서면 내리막길이다. 어어어 하는 부친의 간헐적인 혼잣소리는 그치지 않았지만 이럭저럭 우리는 안림리에 당도하였다. 수레를 멈추고 바라보니 저녁놀이 별나게 빨갰다. 하늘 반쪽을 온통 붉게 물들인 1년에 한 번 볼까 말까 한 찬연한 저녁놀이었다. 부친의 얼굴도 아우의 얼굴도 검붉게 물들었다. 그적의 푸른 가을 하늘이나 붉은 저녁놀이나 세세한 여름밤 은하수의 경이를 이제 다시 볼 수 없게 되었으니 겪어보지 않은 사람이 내 말을 곧이듣기는 어려울 것이다. 이제는 청산이 된 옛 붉은 산을 빼놓는다면 반도의 유구한 천연은 사람을 닮아서인가 오늘 쇠락의 내리막길을 구르고 있다.

용산 우리 집에 당도했을 때는 아주 어두웠다. 녹초가 되어서 저녁을 먹고 쓰러져 잤다. 그 이튿날에야 전날 운반해 온 장작을 뒤곁에 쌓아놓았다. 끌고 올 때는 그리 많아 보이던 장작이 막상 집 안에 정리해놓고 보니 얼마 되지 않았다. 잉어인 줄 알고 건져보니 붕어더라는 낚시꾼의 심정이었다. 초라한 장작더미를 바라보며 그래도 이게 어디인가, 애써 자신을 위로하였다. 그 후 우리는 이 장작을 겨울 강추위에 대비해서 때지 않고 아껴두었다. 추위가 오기 전인 가을 내내 검불을 땔감으로 썼다. 겨울로 접어들어서도 혹한이 계속되는 정월에 대비해서 아껴둔 것이다. 그러다가 1·4후퇴를 맞았다. 어느 날 갑자기 집을 떠나 당장 피란을 가라는 공고가 나붙었다는 소문이 돌고 읍내가 순식간에 피란민의 대열로 시장터처럼 붐볐다. 그길로 집을 떠났고 다섯 달 만에 돌아오니 당연히 장작은 그러께의 진눈깨비처럼 흔적 없이 사라지고 없었다. 무사히 목숨을 부지했고 살던 집이 그대로 서 있고 다시 평온을 찾았다는 것이 고마워 크게 개의하지 않았다. 아껴두었던 솜이불 사라진 것이 모친에게는 두고두고 아까운 모양이었다.

춘천이나 홍천에서 내려온 강원도 피란민이 우리 형제의 지게 노동 덕을 톡톡히 보았을 것이다. 우리 집에 들른 피란민만이 장작불 호강을 한 것인지 아니면 이웃에 들은 피란민들도 그 호강을 공유한 것인지는 알 길이 없다. 그러나 내게 가장 속상하게 여겨진 것은 집에 있던 책이 땔감으로 모두 없어졌다는 사실이다. 땅속에 묻어두었던 궤짝 속 일부만이 분서의 화를 면하였다. 제 물건처럼 아껴 썼다면 장작만으로도 한겨울 나기는 넉넉했을 터인데 소싯적 몽매한 꿈과 손때가 묻은 책마저 불살라

버린 것은 지금도 원망스럽다. 모친은 임자 있는 산판에서 남의 것 챙겨 온 장물이니 우리가 못 쓰고 만 것은 당연한 응보가 아니냐며 도통한 미얀마의 보살 같은 소리를 했다. 국군이 후퇴하고 세상이 바뀌고 난 직후 부친이 동료 교사의 빈집에서 찾아낸 좁쌀 되가웃을 나중에 돌려주면 된다면서 챙기는 것을 보고 떳떳하지 못한 짓인 것 같아 영 마음이 개운하지 못했다. 그러나 지네실에서 한참 떨어진 산판에서 짊어지고 온 장작에 대해서는 그런 느낌이 전혀 없었다. 우선 산과 같은 자연의 일부는 우리 모두의 것이고 따로 임자가 있을 수 없는 것 아닌가? 그런 생각이 무의식의 차원에 잠재해 있었는지도 모른다. 또 벼룩의 간을 빼 먹는 것과는 달리 부자의 재물만큼은 얼마쯤 빼돌려도 상관없다는 널리 퍼진 생각에 그적의 내가 은연중 전염되어 있었던 것인지도 모른다.

일제 말기 초등학교 상급반 시절에 송근 채취에 동원되어 하루돌이로 노력勞力봉사한 것은 여러 계제에 적은 바 있다. 채취한 송근이나 관솔은 충주 호암리 관줏골의 송근유 건류장乾溜場으로 날랐고 그곳에는 솔뿌리나 관솔이 산더미처럼 쌓여 있었다. 해방 후에도 그것은 오랫동안 남아 있었고 그것을 볼 때마다 소년 강제노동이 한갓 헛수고에 지나지 않았음이 상기되어 허망하고 억울한 생각이 들고는 하였다. 욕각골 시절의 지게질은 결코 강제노동이 아니었다. 또 겨울나기를 위해서 보람 있는 일을 하고 있다는 뚜렷한 자각도 가지고 있었다. 그래서 가슴 뿌듯했던 것도 사실이다. 그러나 그 여름의 자발적 노동이 아무 짝에도 소용없는 헛수고로 끝나고 남 좋은 일만 시켰다는 생각은 삶이 한갓 도로에 지나지 않는다는 엷은 허무감으로 이어지곤 하였다.

지금 옛이야기를 하면서 그 여름의 지게질과 산행이 그래도 신체 단련과 시련 대응능력에 도움이 된 것이 아니냐 하고 자신을 위로하고 있다. 당시엔 그렇게 생각할 여유가 없었지만 돌이켜보면 없었던 것보다 낫지 않으냐는 느낌이다. "삶이란 병정 노릇하는 것Life is being a soldier"이란 말로 스토이시즘의 요체를 정의하는 관점이 있다. 세상살이를 수자리살이로 파악하고 수용하는 것인데 내가 살아온 삶의 실감에 가장 근접한 것이 아닌가 생각한다. 모든 것을 스토이시즘의 훈련으로 생각하면서 스스로 위로받는 것이 내 노년이 지향하는 소극적 세계긍정의 방법이요 형식이 돼버린 것 같다.

시계는 자고 의사는 없고

처음 안질을 옮아온 것은 막내아우이다. 아직 우리가 윗동네 감나무집 근처에서 기거할 때였다. 그러니까 경작조합 창고를 전소시킨 폭격이 있기 직전이었다. 처음엔 눈이 붉어지고 눈곱이 끼는 정도였다. 당자도 크게 불편해하는 것 같지는 않았고 통증을 호소하는 법도 없었다. 그저 그러다 말려니 하고 있었다. 그러나 아우의 눈병은 쉬 가라앉지 않았다. 그러다 이웃에도 눈병 있는 이가 있다는 것을 알게 되고 그게 돌림병이라는 것도 알게 되었다. 그제야 감나무집 이웃에서 공동 샘을 쓰고 있다는 것에 생각이 미쳤다. 부랴부랴 수건을 삶고 아우가 쓰는 수건을 따로 하나 마련해주는 등 수선을 떨었다.

아랫동네로 방을 옮긴 후 얼마 안 되어서였다. 어느 아침 눈에 눈곱이 끼어 있음을 알게 되었다. 당시 우리는 거울 같은 것을 쓰지 않았다. 산골 동네에서 곁방살이하는 처지에 경대 같은 것은 불요불급한 사치품이나 진배없었다. 모친은 가끔 집에 들를 때나 머리 모양을 매만지지 않았나 생각한다. 어쨌거나 눈곱이 끼었다는 모친의 말을 듣고 난 후 어찌어찌 손거울을 구해서 내 얼굴을 보았다. 두 눈에 붉은빛이 아주 엷게 어렸다. 아이고, 나도 걸렸구나 하고 생각했지만 엷은 붉은색이어서 별로 걱정은 하지 않았다. 그러나 하루 가고 이틀 가니 붉은색이 점점 짙어져갔다. 눈곱도 여전하였다. 얼마쯤 긴장되었다. 당시 우리가 익숙하게 알고 있는 눈병은 다래끼 정도였다. 얼마쯤 불편하긴 하지만 눈썹을 한두 개 뽑으면 곧 낫는다는 속설이 있었다. 다래끼 난 적이 없어 그 진부를 확인해볼 기회는 없었지만 어쨌건 며칠 불편했다가 쉬 없어지는 것으로 알고 있었다. 이에 반해서 트라코마는 학교에서도 배운 것인데 오래 두면 실명의 위험성이 있다는 것을 들은 기억이 있었다. 식자우환이라고 그게 영 마음에 걸렸다. 그러나 별수가 없었다. 눈 붉어지는 병 때문에 실명한다는 말은 들은 기억이 없으니 낫기만을 기다릴 수밖에 없었다.

먼저 걸린 아우 역시 쉬 낫지 않았다. 그러나 내 눈의 붉은 기가 아우보다 한결 진하다는 모친의 말을 듣고 나니 불안해지기 시작하였다. 그럴싸해서 그런 것인지 실지로 그런 것인지 시력에도 약간 문제가 생기는 것 같았다. 이물감이 느껴지면서 눈이 영 편치를 못했다. 어디 깨끗한 옹달샘이 없을까? 깨끗한 물로 눈을 씻으면 낫지 않을까, 그런 생각이 났다. 골짜기가 꽤 큰 편인 성재 쪽으로 올라가보기도 했다. 계곡물이 있었으나 맑은 물이 솟는 샘 같은 것은 찾을 수 없었다. 흘러나리는 계곡물이 고여 있는 조그만 웅덩이가 있기는 있었다. 물은 맑아 보였으나 지난해의 낙엽이 떠 있기도 하고 미세한 벌레 같은 것이 활동하고 있었다. 그 웅덩이에 얼굴을 담그고 두 눈을 떴다 감았다 한들 무슨 소용이 있으랴. 혹 떼려다가 혹 하나 더 붙이는 격이 되지 않을까, 하는 생각이 들어 그러지도 못하였다. 그동안에도 하루돌이로 땔감 채취는 계속하고 있었다.

아마 9월 중순은 되었을 것이다. 아무래도 병원에 가서 의사한테 보여야 할 것 같은 생각이 들었다. 아우가 처음 눈병이 생겼을 때 걱정이 된 것은 사실이나 직접적인 불안을 느끼지는 않았다. 저러다 곧 낫겠지. 그러나 막상 내가 당하고 보니 불안감과 함께 초조한 생각이 들기 시작했다. 약도 쓰지 않고 이 산골에서 눈을 내버려두면 어떻게 되나. 그런 생각이 들면서 당장 병원에 가보자는 결심을 굳혔다. 그때껏 보고 들은 것으로 보아 눈병이란 것은 시간이 지나면 낫는 것이고 옛날 양의洋醫가 없던 시절에도 사람들이 멀쩡히 지내지 않았느냐고 모친은 말하였다. 그러면서 눈병보다 공습이 당장 더 무서운 것 아니냐고 말렸다. 공습을 만나느냐 면하느냐 하는 것은 그날 재수에 달렸지만 눈병은 재수에 따라 좋아지고 나빠지고 하는 것이 아니잖은가? 뿐만 아니라 의사한테 보여서 눈병의 실체를 알아두는 것이 나쁜 아니라 아우에게도 도움이 되지 않겠는가? 그렇게 생각하니 마음이 조급해졌다.

그 이튿날 새벽에 요기와 물로 배를 채우고 나는 읍내로 향하였다. 갠 날씨여서 공습의 가능성은 컸다. 집에 당도해서 일단 경대 거울로 내 눈을 살펴보았다. 흰자위가 완벽한 빨간자위가 되어 있었다. 색도 아주 진했다. 아니 더 진해진 것 같았다. 더럭 겁이 났다. 나는 곧 동인병원으로 향했다. 달리듯이 걸어갔다. 거리에는 사람이 보이지 않았다. 그래서 달릴 생각을 못 한 것이다. 조깅을 모르던 시대이니 빈 거리를 달리는 사람은 쫓기는 도둑이나 미치광이로 보였을 것이다. 동인병원은 읍내 한복판은 아니고 빙현 쪽으로 좀 비켜서 있었다. 가보니 문이 닫혀 있었다. 그제야 너무 일찍 오지 않았는가, 하는 생각이 들었다. 텅 빈 거리에서 혼자 서성거릴 수도 없었다. 곧장 집으로 향했다. 용산에 들어서니 그래도 사람의 모습이 보였다. 집에 가서 냉수 한 대접을 벌컥벌컥 마시고 큰대자로 방에 누웠다. 벽시계가 보였다. 시계는 자고 있었다. 날마다 밥을 주어야 하는 벽시계인데 밥 줄 사람이 없으니 그럴 수밖에. 새삼스레 몇 시나 되었을까, 하는 궁금증이 생겼다. 도대체 종잡을 수가 없었다. 시계 없고 병원 없는 세상에서 시계 있고 병원 있는 세상으로 돌아왔으나 병원은 닫혀 있고 시계는 잠을 자고 있었다. 세상이 온통 시계 없고 병원 없는 세상이 돼버린 것이다. 더럽다, 더러워. 제기랄. 나도 모르게 욕설이 나왔고 딱히 누구라 할 것 없는 대상에 대한 분노가 솟구쳤다.

바로 그때 비행기 폭음이 났다. 그러면 그렇지 무사히 넘어갈 리가 있나. 내 이럴 줄 알았다. 알고말고. 다시 누구라고 꼬집어서 말할 수 없는 대상에 대한 분노가 일었다. 모친 말을 듣고 가만히 있을걸, 잘못한 것 아닌가? 그러나 예상과는 달리 후속 폭음이나 기총소사 소리는 나지 않았다. 이러다가 왕창 쏟아놓겠지. 꼼수를 부리는 게 아닐까? 은근히 안심을 시켜놓고 되게 혼을 내주자고 작심한 것 아닐까? 정말 잘못 걸렸구나. 그러나 여전히 아무 소리가 들려오지 않았다. 폭격을 두려워하는 것인지 폭격을 기다리는 것인지 알 수 없는 심정이었다. 마당으로 나가 보았다. 비행기도 보이지 않고 폭음도 들리지 않았다. 폭격기가 읍내 상공을 날아간 것일 뿐이었다. 안도의 한숨이 나왔다.

다시 동인병원을 향해 집을 나섰다. 아까와는 달리 사람이 보였다. 우리 집 골목을 나서면 바로 개울이고 그 개울 제방 건너 편으로는 넓은 밭이 있었다. 그 밭에서 일하는 농부의 모습이 보였다. 멀지 않은 공간에 공습의 공포를 공유하고 있는 사람이 있다는 것이 든든한 안도감을 주는 한편으로 위험을 무릅쓰고 일하고 있는 당연한 사실이 어쩐지 비감을 안겨주었다. 밤 열시를 알리는 빈집의 벽시계 소리를 들었을 때 같은 비감이었다. 병원이 가까워져가도 내가 지나친 행인은 한두 사람에 지나지 않았다. 동인병원은 해방 전 초등학교 시절 귀앓이 때문에 다녀본 일이 있는 병원이었다. 그때만 하더라도 병원과 의원의 구별은 없었던 것 같다. 아프면 가는 곳이 병원이었다. 그리고 중학 시절 가래톳이 심해서 가본 적도 있었다. 동인병원의 의사는 정씨 성을 가진 이로 깔끔한 얼굴에 안경을 쓰고 있었다. 그런 옛일이 떠올랐다. 병원에 가보니 아까처럼 문이 닫혀 있었다. 문을 닫으면 요즘은 대개 날짜와 이유를 설명하는 글귀를 적어놓게 마련이다. 아무런 알림 표지도 없었다. 이웃집을 기웃거려보았다. 몇 집을 기웃거리다가 용기를 내어 대문이 열려 있는 집으로 들어가서 "계십니까" 하고 소리쳤다. 흔히 중늙은이라고 부르는 연배의 할머니가 부엌에서 나왔다. 병원이 환자를 받지 않은 지 오래되는데 의사가 어딜 갔다는 것 같다고 할머니는 알려주었다. 더 물어보아도 그 이상의 대답은 나오지 않았다. 자기도 모른다는 것이었다. 돌아가는 길에 다시 불특정 인물을 대상으로 한 분노가 생겼으나 기운이 없으니 노여움도 오래가지 못하였다. 이제 어떻게 하나? 혹시 몰라서 속보로 걸어서 집으로 돌아갔다.

살다 보면 절망감 비슷한 것을 겪게 마련이다. 큰 것도 있고 작은 것도 있고 깊으면서도 곧 담담해지는 경우도 있다. 빨간자위 눈을 하고 단신 마스막재를 넘어와서 닫힌 병원에 헛걸음을 두 걸음이나 하고 나니 맥이 빠지고 속상하기 짝이 없었다. 치열한 전투가 벌어지고 시퍼런 젊은이가 픽픽 쓰러지는 판국에 안질 때문에 절망감을 느꼈다고 하면 핀잔 받을 일이 될지도 모른다. 그러나 남의 떡과 행운이 커 보이듯이 내 고뿔이나 불운이 커 보였다고 해서 누가 내게 흰자위를 굴릴 수 있을 것인가? 한참 자기연민에 빠져 비참한 기분이 되어 있는데 대문에서 사람 목소리가 들렸다. 많이 들어본 목소리였다.

"유 선생님 계십니까?"

대문을 닫아놓고 있었던 참이어서 그랬는지 목소리가 다시 났다.

"유 선생님 계십니까?"

일부러 인기척을 내면서 서둘러 나가 대문을 여니 조용섭趙鏞涉 씨였다. 그는 몹시 반가운 표정을 지으며 춘부장 계시느냐고 물었다. 나는 손을 저었다. 그는 청각장애인이었다. "히야아" 하고 그만이 쓰는 감탄인지 탄식인지 모르겠는 기성奇聲을 내더니 말을 이었다. 학교로 찾아갔는데 안 계셔서 물어보니 아마 댁에 계실 거라고 해서 찾아왔다며 낭패라는 표정이었다. 나는 그를 들어오라 손짓하고 마루로 안내하였다. 방으로 들어가 종이와 연필을 가지고 나와 부친이 학교 가까운 호암리 변두리의 학부형 집에 기거하고 있다고 사실대로 적어 보였다. 그는 또 "히야아" 하고 특유의 기성을 내더니 몸을 일으켰다.

조용섭 씨를 처음 본 것은 해방 직후의 일이었다. 어느 날 그가 우리 집을 찾아왔고 말소리와 말투가 별난 데다 부친이 필담으로 응수해서 이상하게 여겨 청각장애가 있다는 것을 알게 되었다. 그의 부친 조명규趙命奎 씨는 충주 수리조합 이사로서 관개용으로 조성한 대형 저수지인 호암지 물가에는 수리조합에서 세워놓은 그의 송덕비가 있다. 조용섭 씨는 문학 애호가요 시골에서 드물게 보는 독서가였다. 장애가 있어 특기로 개발한 측면도 있겠지만 달필에 글솜씨가 있어 지역에서 나오는 각종 등사물 작성을 도맡다시피 한 적도 있었다. 그는 타고난 장애인이 아니었다. 청년 시절에 병후의 후유증으로 장애를 갖게 되었다는 것인데 그 병명이 무엇인지는 모르겠다. 청각장애인이 흔히 그렇듯이 자기 성량을 알지 못해 평소에도 아주 고성을 내었다. 옆방에서 하는 얘기를 빼놓지 않고 들을 수 있었던 것은 그의 고성 때문이었다. 실은 갈라진 쉰 소리를 크게 내니 귀에 거슬리는 파성破聲이었다. 중학 시절 같은 학교 상급반에 뒷날의 가수 채규엽蔡奎燁[2]이 있었는데 당시 음악 교사는 그의 가창력을 채규엽보다 한 수 위로 쳤다고 한다. 말하는 문맥으로 보아 자기가 여전히 미성인 것으로 알고 있는 것이어서 그를 볼 때마다 딱하고 안됐다는 생각이 들었다. 청각장애 말고도 목소리마저 망가졌다는 것은 가족들도 차마 일러주지 못한 것이리라. 해방 직후는 한글을 되찾은 감격시대여서 한글을 읽고 쓸 수 있다는 공통점 때문인지 그는 자주 우리 집을 찾아 부친과 필담을 나누었다. 그 후 지역 유지인 부친 조명규 씨의 주선으로 군청인가 어디인가에 취직이 되었고 그 때문인지 우리 집 쪽으로의 발걸

---

2) 위키백과에는 다음과 같이 적혀 있다. "채규엽蔡奎燁(1906년?-1949년 12월) : 일제강점기에 주로 활동한 성악가 겸 대중가요 가수이다. 한국 최초의 직업 가수, 대중가요의 시발점, 가요 가수의 제1인자 등으로 표현되기도 한다. 함경남도 함흥에서 태어났다. 1905년 또는 1906년, 1907년, 1911년에 태어났다는 설이 있는 등 출생 시기는 정확하지 않다. 원산에서 학교를 다녔다는 설과 경성에서 보성중학교를 졸업했다는 설이 있는 등 학창 시절에 대한 기록 역시 엇갈린다. (……)" 충북 출신의 조용섭 씨가 원산에서 중학교를 다녔을 리는 없으니 보성중학을 다녔다는 것이 맞으리라 생각한다. 또 조용섭 씨의 정확한 나이는 모르지만 같은 시기에 중학을 다녔다면 채규엽의 생년은 1911년설이 맞을 것 같다고 생각한다. 채규엽의 가요로는「명사십리」「북국 오천 킬로」등이 알려져 있다.

음이 아주 뜸해졌다. 사변 직전에는 어쩌다 거리에서나 만나본 정도였다.

대문가에 이르자 춘부장께 자기가 들렀다는 것을 전해달라고 하더니 내 눈을 똑바로 쳐다보고 "아이고, 눈병이 났네" 하고 그가 말했다. 그러면서 언제부터 그러냐고 물었다. 이제 꽤 된다고 적어 보였더니 그는 경험으로 미루어보아 결막염인데 걱정하지 말라, 시간 되면 낫는다고 덧붙였다. 그러나 안심시키기 위해 의례적으로 말한 그의 말이 도리어 내게는 영 께름칙하기만 하였다. 왜 하필 청각장애인에게 정식 병명을 듣게 되는가, 하는 생각이 들어서였다. 서둘러 돌아가는 그의 뒷모습을 보며 무슨 급한 볼일이기에 저렇게 서두르나 하는 생각도 들었다. 청각장애인이라 공습 때 소리를 듣지 못하니 얼마나 위험한가 하는 생각이 그제야 나면서 저이도 내 눈병을 헤어질 때나 알아보지 않았나 하고 미안한 마음을 달래었다.

머나먼 구름

다시 맞은 손님

조용섭 씨가 돌아가고 난 후 한참을 망설였다. 곧장 욕각골로 돌아가기에는 뭔가 아쉬운 느낌이 들었고 그렇다고 눌러 있으려니 언제 들이닥칠지 모르는 공습이 두려웠다. 그런데 마침 앞집의 염재만 집에서 인기척이 느껴졌다. 큰 소리가 나지 않더라도 빈집과 사람이 들어 있는 집이 단박에 구별되는 이상한 육체적 직관이라고나 할 감각이 당시에 발달했던 것이 아닌가 생각된다. 비상시의 위기 상황에 오랫동안 처해 있다 보니 은연중에 형성된 일종의 신체적 방위기제의 하나인지도 모른다. 담 모퉁이로 가서 염재만 이름을 불러보니 그의 모친이 방문을 열고 얼굴을 내밀었다. 전에도 말한 바 있지만 우리 집 앞쪽이 그대로

재만네 집에서는 뒤쪽이 된다. 재만네 집은 터가 아주 넓어서 우리 바로 앞쪽은 아주 너른 채마밭이고 집채는 왼쪽 한구석으로 비켜서 있었다. 재만 모친은 작은아들이 곧 돌아온다면서 우리 쪽 안부를 물었다. 경작조합 창고 공습 이후 식구가 모두 남산 밑의 일가 과수원으로 가서 지낸다며 며칠 만에 집에 들렀다고 하였다. 당시에도 충주에는 과수원이 많았는데 희성인 염씨 중에 과수원 임자가 있었고 바로 산기슭이라 거기 가서 신세 지고 있는 모양이었다. 얼마 후 염재만이 나를 부르는 소리가 들렸다. 마침 과수원의 낙과落果 얻어 온 것이 있으니 놀러 오라는 것이어서 곧장 그의 집을 향했다. 나를 보자마자 그는 놀라는 기색이었다.

"야, 너 지독한 눈병 걸렸구나! 언제부터 그러니?"

"한참 됐어. 우리가 피란 간 동네에서 돌고 있는 것 같아. 그런데 동네 사람은 별로 걸린 것 같지 않아."

"야, 나까지 겁난다. 병원도 문 닫고 말이야."

"그러잖아도 오늘 동인병원에 두 번이나 갔었다. 허탕을 쳤어."

"동인병원 문 닫은 지가 꽤 오래될걸. 그런 소리 들은 것 같아."

"다들 어디 간 거지?"

"군인들 치료하러 간 것 아닐까?"

"그건 그렇고 어떻게 돼가는 거냐?

"내가 그걸 어떻게 알아?"

"그래도 너네 형한테 듣는 소리가 있잖아? 또 계속 읍내에 있는 셈이고."

"별 신통한 소리는 없는 것 같아. 게다가 우리가 남산 기슭으로 간 후 우리 형도 집에 들르는 일이 거의 없어."

염재만은 조막만 한 낙과를 내게 권하였다. 맛은 들지 않았으나 흠집 난 사과도 사과는 사과였다. 염재만도 남산 기슭에 가 있어서 그런지 그전과 달리 새롭게 들려주는 얘기가 없었다. 다만 종씨인 과수원집과 사돈 되는 집안이 역시 피란을 와 있는데 정말 기막힌 미인이 하나 있다고 그는 말했다. 서울서 온 젊은 여성인데 자기가 여태껏 본 사람 가운데서는 최고의 미인이란 생각이 든다는 것이었다.

"너, 그 여자한테 반했구나. 말하는 품이……."

"아냐, 그런 거 아니야. 그게 말이 돼?"

"그럼 뭐야? 나는 남산 뒤에서 창피하게 눈병이나 치르고 있는데 넌 시세가 좋구나."

"그런 건 아니고……. 한 가지 이상한 점은 있어. 그 여자네 식구가 온 후 이상하게 과수원이 안전지대란 생각이 드는 거야. 저런 미인은 쉽게 위험에 빠지지 않을 거라는 생각이 들어. 그러다가 그 여자가 어디를 가서 과수원을 비우면 갑자기 여기도 안전지대가 못 된다…… 그런 생각이 드는 거야. 생각해보면 이치에 안 맞는 얘기지만 이건 확신 비슷한 느낌이야. 안도감을 주는 느낌 말이야."

"미인박명이란 말 못 들어보았어? 대단한 미인이라면 도리어 화를 끌어들이는 편이 아닐까? 그 여자 때문에 그 과수원이 도리어 위험지대가 되는 것 아니니?"

"이치로 그렇다는 것이 아니라 느낌이야. 강렬한 느낌이란 말이야."

이렇게 말하고 나서 한참 뜸을 들이더니 그가 덧붙였다.

"가령 과수원에 폭탄이 떨어져서 모두가 화를 당한다 하더라도 그 여자와 함께라면 별로 겁나지 않을 것 같은 느낌이 들어. 이게 제대로 내 감정을 표현한 것인지는 모르지만."

어쨌건 이 친구가 단단히 반했거나 무언가에 홀린 모양이군, 하고 속으로 생각했다. 나로선 얼마쯤 생소한 감정이요 또 설령 그런 생각을 가지고 있다 하더라도 남에게 털어놓지는 못할 것 같았다. 다시 한 번 무언가 내가 뒤져 있고 남 다 아는 것을 혼자 모르고 있는 것 같다는 느낌이 들었다. 뒷날 1960년대 말에 그가 『반노』란 문제소설을 써서 피소되었다는 소식을 듣고 제일 먼저 떠오른 것이 6·25 때 같이 나누었던 이 장면이었다. 그 나이에 걸맞지 않은 미인론을 펴 보여 나를 헷갈리게 했던 터이니 그런 색다른 책을 쓴 것이 아닌가 하는 생각이 들었던 것이다. 반드시 그의 말이 계기가 되어서가 아니라 터도 방도 마루도 넓은 그의 집에서 그와 함께 얘기를 나누다 보니 공습에 대한 두려움이 사라지고 어떤 안도감이 생겨났다. 설사 비행기가 내습한다 하더라도 그와 함께 그 넓은 집에 있는 한 위험이나 걱정이 없을 것 같은 낯선 안도감이었다. 그래서 그랬는지 별로 새로운 얘기가 없는데도 오랫동안 그의 집에 눌러앉아 있었다. 아침 일찍이 욕각골을 떠나온 터여서 어서 돌아가야 한다는 생각을 줄곧 하고 있었지만 선뜻 자리에서 일어서지를 못한 것이다.

나도 한번 그 여자를 보고 싶다는 호기심이 퍼뜩 들었지만 염재만에게 발설하지는 않았다. 보나마나 염재만의 허겁스러운 상상이 그려내고 덧칠한 미인도美人圖가 아닐까 하는 생각을 떨쳐내지 못하였다. 마침내 작별을 하고 나와서 우리 집 쪽을 바라보니 이상한 예감이 들었다. 무언가 인기척 비슷한 것을 느꼈기 때문이다. 무슨 부엌문 소리를 들었다거나 사람의 발소리를 들었다거나 한 것은 아니다. 그럼에도 무언가 달라졌다는 느낌이 들면서 궁금해졌다. 당초 염재만의 집에서 그대로 욕각골로 향할 생각이었지만 생각을 바꾸었다. 나는 골목을 돌아서 집을 향했다. 대문은 내가 집을 나올 때와 마찬가지로 닫혀 있었지만 무슨 인기척 비슷한 것이 난 것 같은 느낌이었다. 그리고 두려움 비슷하게 긴장이 되었다. 해는 아직 지지 않았지만 얼추 저녁때가 다 되어 있었다.

대문을 열고 집 안으로 들어선 나는 곧 부엌에 누군가가 있다는 것을 직감했다. 판자로 가려져 있는 샘 쪽을 판자 사이로 살펴보았다. 사람 기척이나 변화 같은 것은 없었다. 그전에 그런 일이 있었듯이 혹 인민군이 들어선 것일까? 그때는 집 안에 사람이 있는 것을 알고 밥을 지어달라고 여럿이 몰려온 것이 아닌가? 지금은 낌새로 보아 여럿이 들른 것은 아니다. 그러니 군인일 리 없다. 혹 도둑이 든 것일까? 먹을 것 없는 이가 빈집에 들어와서 뭔가 찾고 있는 것일까? 그럴 것 같지도 않다. 나는 마당을 질러가면서 일부러 헛기침 소리도 내보고 신발 끄는 소리도 내보았다. 그러자 부엌문이 살며시 열리면서 누군가가 얼굴을 내밀었다. 나는 화들짝 놀랐다. 얼굴 임자가 이종형姨從兄 되는 장재원張載源이었기 때문이다. 마음이 놓이면서 반가운 김에 어떻게 된 거냐고 물어본 것이 소리가 조금 컸던 모양이다. 종형은 집게손가락을 입에 갖다 대어서 조용히 하라는 신호를 보냈는데 얼굴은 빙그레 웃고 있었다. 반장난으로 그러는 줄 알았다. 본시 희멀끔한 얼굴이었는데 당시 누구나가 그렇듯이 얼마쯤 찌들고 또 햇볕에 탄 얼굴이었다. 그는 충혈된 내 눈을 보고 쯧쯧 혀를 차더니 손을 눈에 대지 말라고 일렀다.

국군이 충주를 비우기 직전에 본 뒤로 처음 대하는 터였다. 그동안의 세상 변천을 생각하면 참으로 오래간만의 만남이었다. 도대체 어떻게 된 셈인지가 궁금했지만 종형은 얘기는 나중에 하자며 우선 감자나 쪄 먹자고 하였다. 혹 먹을 것이나 반찬 같은 것이 없을까, 온 집 안을 암만 뒤져도 나오지 않는다며 그러니 우선 감자라도 쪄 먹고 허기를 채워야겠다고 서둘렀다. 지금 집에 아무것도 없을 거라고 하니 부뚜막 한구석에 있는 배낭을 열어 보이며 나도 나 먹을 것은 가지고 다닌다고 말하였다. 국방색 배낭 안에는 감자며 오이며 쌀 주머니 같은 것이 들어 있었다. 싸움이 터지기 전에도 시골에서는 밥 지을 때 껍질 깎은 감자알 몇 개를 얹어서 쪄 먹었다. 주곡인 쌀을 아끼는 방편의 하나였다. 그러지 않고 감자만을 삶아서 점심으로 때우는 경우가 있는데 그럴 적엔 삶아 먹는다고 했다. 종형은 이상하게 감자는 으레 쪄 먹는 것인 것처럼 말했는데 그 상황에서 그 어법이 묘하게 기억에 남게 된 것은 지금 생각해도 이상한 일이다. 별 볼 일 없는 것이 또렷이 기억되고 정작 중요하고 큰 것이 송두리째 잊히어 생각나지 않는 것은 인간사가 매양 그러하듯 인간 기억의 짓궂은 숨바꼭질이요 수수께끼라 하지 않을 수 없다. 보통 같으면 껍질을 벗겨서 삶아 먹는 것인데 그는 깨끗이 씻어서 껍질째 삶았다. 그만큼 빨리 먹고 싶어서였을 것이다. 풍로 숯불에 냄비를 얹어 삶은 감자의 껍질을 부리나케 벗겨 먹으며 그는 사실은 도망해 온 처지라고 털어놓았다. 조금 놀랍긴 하였으나 그런 일에 익숙해진 터였다. 병원을 다녀온 자초지종을 대충 얘기하고 나서 그렇다면 나도 욕각골에 가려는 참이니 함께 욕각골로 가자고 말했으나 종형은 고개를 저었다.

"도망 다니는 처지에선 될수록 남의 눈에 뜨이질 말아야 해. 그런데 욕각골 같은 산골에서는 단박에 남의 이목을 끌게 돼. 그러니 숨어 있는 것도 여기가 훨씬 낫단다. 오늘은 여기 이모 집에서 자고 갈란다."

그러더니 마치 남의 말 하듯이 덧붙였다.

"며칠 묵다 가게 될지도 모르지."

나는 아무래도 욕각골로 돌아가야 할 것 같아 마음이 쓰였다. 눈치를 챈 종형은 지금 급히 돌아간다 하더라도 마스막재를 넘을 때면 어두워질 것이다, 아무리 자주 왕래했다 하더라도 캄캄해서 산길을 가는 것은 위험하다, 그러니 오늘 밤일랑 나랑 함께 지내고 내일 일찌감치 가보려무나, 오늘은 공습도 없었으니 이모도 별 걱정은 안 할 거다, 가족과 떨어져 있어보는 것도 지금 같은 전시엔 좋은 훈련이 된다, 고 했다. 아닌 게 아니라 도망자가 된 사연이 몹시 궁금했고 또 마스막재를 넘어 캄캄함 속에 한센병 환자의 오두막을 지나갈 생각을 하니 은근히 켕기는 바가 있었다. 결국 그날 밤 종형한테서 그전 날 초등학교 시절에 그랬듯이 많은 얘기를 듣게 되었다.

머나먼 구름

이종형 장재원에 대해선 전작인 『나의 해방 전후』에서 비교적 소상히 적은 바가 있다. 그때는 본명을 밝히지 않고 자기 수채화 한구석에 서명하곤 했던 요운遼雲이란 아호로 지칭했었다. 내가 아는 사람 가운데서 가장 철저히 세속을 거부하고 반속反俗을 실천했던 기인이요 아웃사이더였던 그를 생각하면 노년에 이른 지금에도 가슴 한구석이 저려오는 느낌이다. 대체로 한자로 된 아호는 그 주인의 사람됨이나 성향을 잘 드러내주는 게 아닌가 생각한다. 시골 중학생 솜씨인 '머나먼 구름'을 뜻하는 요운이란 아호는 어쩌면 그의 명운命運을 극명하게 함의하고 정의하는 예고 지표가 되고 말았다. 구름은 헤르만 헤세가 사랑하고 보들레르의 「이방인」이 사랑하고 그 이방인을 사모했던 프랑수아즈 사강이 소설 『놀라운 구름』의 표제로 흠모의 정을 표했던 매임 없는 자유와 방랑의 표상이다. 그것은 또 자유방랑을 충동질하는 유혹의 표상이기도 하다. 매임 없는 자유와 굴레 없고 짐 없는 방랑의 전신적 강박적 추구가 세속적 실패와 사회적 도태라는 혹독한 대가를 치르게 된다는 것은 낭만주의 문학이 여러 수준에서 보여주고 있다. 이종형 요운은 내가 현실에서 만나본 그 전형적 사례였다. 그가 토끼띠임을 알기 때문에 아마도 1927년생이라고 이해하고 있다. 해방 당시 우리 나이로 열아홉이요 6·25 때 스물넷이 되는 셈이다.

나에게는 큰이모와 작은이모, 이렇게 이모가 두 분 계셨다. 작은이모부와 부친의 무기력한 헛수고 발품 행각에 대해선 이 회상기 첫머리에서 얘기한 바 있다. 큰이모부는 잘나가는 은행원이었다. 초등학교 취학 이전 증평에서 살 때 모친을 따라 충북선을 타고 50리 상거한 청주의 큰이모 댁을 방문한 적이 있다. 그때 생전 처음으로 걸어본 아스팔트길 끝자락에서 길을 바꾸니 큰이모 댁이 나타났다. 산을 옮겨놓은 듯 초목과 돌과 석등이 어울린 잘 가꾸어진 꽤 큰 정원이 있었다. 뿐만 아니라 순성이라는 이름의 부엌 아가씨가 있어서 큰이모의 지시에 따라 우리 모자를 정성껏 접대하였다. 어린 눈에도 우리 집과는 전혀 다른 별세계란 느낌이 들었던 것이 기억에 생생하다.

요운은 큰이모네 7남매 중 둘째였고 장남이었다. 그의 반속적 행로의 근원이 무엇인지는 파악하지 못하고 말았다. 중학교 진학 때 이모부는 상업학교 진학을 강권하다시피 했으나 그는 중학교 진학을 고집했다. 이모부의 희망에 따라 일단 청주상업학교 시험을 보고 합격했다. 그러나 희망한 청주중학 진학을 고집해서 결국 중학교로 진학했다. 시험 합격 이후 상업학교 입학수속을 의도적으로 늦추었다던가, 그래서 이모부의 눈 밖에 났다는 것을 얼핏 들은 일이 있다. 부자간에 전혀 대화가 없었다. 진로 선택 문제를 놓고 흔히 보이는 세대 간의 갈등을 드러내는 삽화이지만 그것은 원인이 아니라 이미 형성된 반속 성향의 결과였을 것이다. 청주중학 진학 후 그는 수채화 그리기에 열중했고 글씨와 그림에서 단연 두각을 나타내었다. 그러나 동급생들과 거의 대화를 하는 법이 없었고 상종을 하지 않았다. 그의 동급생이었던 이의 말을 들어보면 중학 때 별명이 '모쿠모쿠[黙黙]'였다고 하는데 그를 잘 드러내주는 별명이다.

그가 중학 상급 학년이 되었을 때는 2차 대전 말기로서 근로동원이라는 것이 거의 항상적인 행사가 되었다. 각급 학교에서 '근로봉사'란 말이 구호가 되었다. 징용으로 농촌의 노력가동勞力稼動 인구가 줄어들자 모심기나 벼 베기에 동원되는 것은 당연지사로 간주되었다. 그러나 비행장 건설이나 저들의 신사神社 건립을 위한 터 닦기에 동원될 경우에는 아예 현지에서 공동 숙박을 하면서 근로봉사를 해야 했다. 교련 시간 비중이 컸던 수업 시간보다 근로봉사 시간이 훨씬 많았다. 그럴 즈음 충청도 소재 중등학교에서는 충남 부여에 건립하려던 저들의 부여신궁神宮 건립 현장에 많이 동원되었다. 전쟁 말기 저들의 '다이혼에이 大本營[1]'를 부여로 옮길 구상을 했다는 말이 있었으니 부여신

---

1) 일본에서 전시나 사변이 있을 때 설치한 천황 직속의 최고 통수統帥기관으로 1893년에 제정되었다가 종전 후 폐지되었다. 태평양전쟁 중 일본 신문의 제1면 톱기사는 주로 이 다이혼에이 발표의 전황戰況 뉴스였다. 다이혼에이를 충남 부여로 옮긴다는 말이 수뇌부에서 기획된 것인지 일부 세력의 구상이었는지에 관해선 알 길이 없지만 그런 이야기는 많았다.

궁 건립 계획도 이와 무관하지 않았을 것이다. 만주 지역과 일본 본토를 총괄하는 본부 후보지로는 지리적으로 얼추 그 중앙부에 위치한 부여가 거론되었다는 얘기가 있었다. 그 진부는 알 수 없고 또 종전으로 부여신궁은 완공되지 못했지만 어쨌건 그 무렵에 종형은 학교에 가지 않았고 그것이 장기화되자 자연 중도퇴학이 되고 말았다.

　잘나가던 큰이모부는 빚보증 건으로 손재를 한 뒤 청주에서 황해도 사리원으로 단신 전근해 가서 근무 중이었고 이모는 노동만 시키는 학교에 무엇하러 가느냐는 아들의 말이 그럴싸해서 방임하였다. 이모부가 퇴학 사실을 알았을 때는 이미 때가 늦었고 집안은 이내 세거지世居地인 충주로 집을 줄여 이사를 하였다. 내가 이종형과 자주 접촉하게 된 것은 이때부터였고 해방 전후한 1년 동안 거의 매일처럼 접하게 되었다. 나보다 한 살 위이나 같은 학년인 아우가 있었으나 종형은 친동생보다 나에게 많은 얘기를 들려주었다. 해방이 되자 38선 이북인 사리원에 체재 중인 이모부를 만나러 두 번이나 38선을 넘어갔다. 안부도 전하고 생활비도 받아 오기 위해서였다. 두 번째로 갔을 때는 밤에 강도가 들어 금고를 털렸고 숙직실에서 자고 인근 여염집에 쥘을 붙여 식사 문제를 해결했던 이모부도 조사를 받아 이중으로 고충이 많았다는 얘기를 듣고 왔다. 결국 책임 추궁 끝에 권고사직을 당하고 얼마 후 아들을 뒤따라 영구 월남을 했다.

치안 혼란기여서 강도가 과연 순수 강도인지 당시의 지방 권력자들이 합작한 나누어 먹기 강도극인지가 분명하지 않다고 얘기하는 것을 종형에게서 들었다.

이미 50대로 들어선 이모부는 새로 취직할 계제가 되지 못해 문중이 많이 살고 있는 연수동連守洞으로 다시 이사를 해서 밭농사를 지었다. 정치정세의 변화로 완전한 신분 추락과 전형적인 구시대적 낙향을 경험하게 된 것이다. 중학 중퇴자인 종형에게도 적당한 일자리가 생길 리 없었다. 경제적 상황이 웬만하면 상경해서 공부를 계속하고 당시 비 온 뒤에 죽순 솟아나듯 한다는 대학문이라도 두드렸어야 할 것이다. 당자도 그런 뜻이 없었던 것 같고 집안에서 강력히 권면할 사람이 있는 것도 아니었다. 해방 직후 일본인이 남기고 간 서적을 어찌어찌 입수해서 판매하는 조그만 고서점이 흔했고 또 그런 고서점에서는 대본貸本도 하였다. 문학청년은 아니었으나 고서점에서 빌려다가 투르게네프의 『처녀지』 같은 것을 읽는 것을 본 적이 있다. 사회적 잉여인간으로 빈들빈들하다가 6·25 전해에 충주세무서에 서기로 들어갔다. 그러다가 6·25를 맞은 것이다. 해방 후 이사 가서 산 연수동은 충주읍에서 북쪽으로 한 3킬로 떨어진 곳으로 계족산으로부터 내려오는 야트막한 야산 아래로 동네가 형성되어 있었다. 거기서 다시 북쪽으로 2킬로 정도를 가면 목행리牧杏里가 나서는데 유명한 충주비료공장의 소재지였다. 충주비료공장은

자유당 시절인 1950년대에 미국 원조로 세워진 질소비료공장
으로 충북 괴산 칠성면의 수력발전소와 함께 미국 원조의 대표
적인 사례 구실을 했으나 1960년대에 요소尿素 비료공장이 건
설됨에 따라 경쟁력을 잃어 폐쇄하게 된다. 거기서 흘려보낸 폐
수 때문에 충주 탄금대 일대의 강바닥 돌덩이가 새까맣게 오염
되어 있는 것을 보고 동행했던 이와 함께 장탄식한 적이 있다.
충주댐이 생긴 요즘은 많이 달라졌을 것이다.

도망자가 되기까지

　인민군 진주 후에 이종형은 동네 인민위원회에서 일하게 되
었다. 연수동은 장씨 집성촌까지는 가지 않았으나 장씨 문중 집
안이 많았고 그들이 천거해서 자리에 앉게 된 것이다. 중학 시
절 수채화 그리기가 취미였던 종형은 글씨도 달필이어서 여러
모로 사무직으로는 적합했었던 것 같다. 청년들이 의용군이란
이름 아래 대규모로 전선에 투입되던 시절이었던 만큼 그것을
피하기 위해서도 동네 위원회에서 열심히 일하지 않았나 생각
한다. 그런데 8월 중순부터 특히 상부의 무리한 지령이 많아지
고 주민들을 부역賦役에 동원하는 일이 잦아졌다. 책임할당제가
생겨나서 일정 수의 주민 동원에서 성과를 내야 했고 동원의 빈

도가 잦아지면서 맡은 직책이 점점 어렵고 버거워지기 시작했다. 얼마 전에는 공습으로 파괴된 경경선京慶線[2) 복구 작업을 위해 연수동의 장정들과 동행해서 단양으로 떠나야 했다. 물론 내무서원의 주도하에 하는 일이지만 세부 전달사항을 전하고 그 결과를 보고하며 인원 점검하고 하는 일은 결코 용이한 일이 아니었다. 부역에 동원된 동네 장정들 중에는 엉뚱한 화풀이를 자기에게 하는 일도 있어 고충이 이만저만이 아니었다. 어쨌건 철도 복구 작업에 일주일을 보내고 나서 교대가 되어 연수동으로 돌아갔는데 부역에 동원된 장정 중에 30대 중반 이하에게는 의용군 지원을 권유해서 보고하라는 상부 지시가 떨어졌다. 지시 자체가 감당할 수 없는 성질의 것이지만 문제는 종형 자신도 의용군 지원이 불가피한 상황이 되었다는 점이었다. 가만히 당하고 앉아 있을 수 없는 처지인데 이번에는 엄정면 장정들의 철도 복구 작업에 동행하라는 지시를 받았다. 기회라 생각하고 단양까지 동행했다가 거기서 폭격 시간을 이용해 탈출해서 돌아왔는데 연수동 집엘 일단 들렀다가 이렇게 이모 집으로 들어왔다는 것이었다. 동네에 눌러 있다가는 아무래도 꼬리가 잡힐 것 같아서였다.

2) 지금의 중앙선이다. 그러나 해방 전에는 서울과 경주를 잇는대서 경경선이라 했다. 광복 후에도 오랫동안 경경선으로 통했다. 제천역과 영주역 구간 62.3킬로를 연결함으로써 경경선이 완결된 것은 1942년 4월 1일이다. 일본 패망 직전의 일이다.

대충 얘기를 듣고 보니 사태가 심상치 않았다. 처음엔 그저 도망쳐 온 것이라 생각했지만 알고 보니 발각되는 날에는 만만히 끝날 사안이 아니라는 공포심이 생겼다. 종형은 여러 가지 소문이 돌고 있으나 사실은 북측에서 퍼뜨리는 선전에 지나지 않으며 사실 인민군이 고전하고 있다고도 말했다. 제공권을 완전히 빼앗기어 가령 철도보급선이 완전히 구실을 하지 못한다고 했다. 그러면서 복구 작업 차 따라갔던 단양 현장에 관한 설명도 하였다. 폭격은 선로만 겨냥한 것이 아니라 철교 등을 주요 목표로 삼고 있다. 선로 정도는 단시간 내에 복구 가능하지만 철교의 경우엔 일부만 파괴하더라도 복구가 어렵다면서 철도 복구 현장의 상황을 들려주기도 했다. 처음엔 폭격을 피해서 주로 새벽녘이나 저녁때를 활용했으나 다급해지자 워낙 무서운 사람들이라 철야로 파괴 부분을 목재와 석재 등을 활용해서 이어놓으면 다시 비행기가 와서 파괴해버린다. 타격의 정확도가 놀랄 만큼 높다. 그러니 어떻게 버티어갈 수가 있느냐는 것이었다. 그러면서 가령 작업 중 공습이 있어 노무자들이 터널 안으로 피하는 경우가 있는데 그럴 경우 전투기가 급강하해서 용하게 터널 입구 안으로 기총소사를 가하고 기관포를 퍼붓는다고도 했다. 태평양전쟁에서 일본이 형편없이 패배한 것도 미군 쪽의 막강한 화력과 공군력 때문인데 무기나 물자나 모든 면에서 미국을 당해낼 수 없을 것이라고도 했다.

상식적으로 생각할 때 파괴된 부분을 복구함에 있어 시멘트와 콘크리트 사용이 필요할 텐데 어떻게 단시간 내에 처리하는 것인지 궁금해서 물어보았던 기억이 있다. 소상한 설명이 있었지만 잘 납득이 되지 않았고 이해되지 않는 부분은 따라서 기억에 남아 있지 않다. 다만 그 설명 과정에 '무서운 사람들'이란 말을 연거푸 하였기 때문에 그것이 묘하게 기억에 남아 있다. 나중 부친한테 들은 얘기에서도 똑같이 '무서운 사람들'이란 말이 나왔기 때문일 것이다.

이보다 훨씬 뒤의 일이지만 9월 말 수복이 된 후에 중학교 얘기를 들은 적이 있다. 북쪽 군대 진주 후 저들 세상이 되고 나서 몇몇 교원들이 충주중학교를 떠났다. 제일 먼저 역사 담당이었던 이묵영 선생은 요즘 말로 하면 충주군의 장학사 비슷하게 영전해 갔고 이어서 한희요 교장도 교육장 비슷한 자리로 영전해 갔다. 그 후 남아 있는 교원들이 호선해서 학교 인민위원회 위원장과 부위원장을 뽑아 그들이 사실상 교장 교감 역할을 하였다. 지리 과목 담당의 조익선 선생이 위원장을 또 영어 과목 담당의 젊은 김용수金龍樹 선생이 부위원장을 맡았다. 그러나 어쩐 일인지 얼마 안 가 진용이 다시 바뀌었는데 무언가 상부의 눈 밖에 난 탓이라고 추정된다. 새 위원장은 6·25 나던 해 봄에 새로 부임한 김 모 선생인데 그 전에 서울사대부중에서 가르쳤다고 첫 시간에 말한 기억이 있으나 이름은 생각나지 않고 충주군의 주덕면 아니면 이류면 출신이란 것만은 들은 기억이 난다. 그런데 9월 들어 얼마가 지났을 때 맥고모자에 검정 고무신을 신고 얼굴이 까맣게 글은 남자가 충주중학교에 나타나 이제부터 자기가 교장이라며 임명장인가 신분증을 보여주었다. 중키에 안경을 쓰고 있었고 초라한 행색이었다. 그는 즉각 직원회를 열어 자기가 평안남도 안주 농업중학교 교감으로 있다가 충주중학 교장 발령을 받아 그 먼 길을 도보로 헤쳐 왔다고 자기소개를 하였다. 모두들 속으로 경악했고 부친도 그런 얘기를 하면서 "정말 무서운 사람들"이란 말을 몇 번인가 되풀이했다. 부친에게서 직접 들은 몇 안 되는 정치적 발언의 하나인데 이종형에게서 들은 소리이기도 하기 때문에 더욱 또렷이 기억에 각인되지 않았나 생각된다.

'무서운 사람들'이라고 거푸 말하면서 정작 그가 하는 일도 '무서운 짓'이 아닌가, 하는 생각이 드는 것은 어쩔 수 없었다. 앞으로 어떻게 할 것이냐는 물음에 좀 더 궁리를 해보아야겠다고 말하는 종형은 그러나 나중에 들은풍월을 따르면 돌아가지 못할 강을 건넜다는 느낌을 주었다. 내가 불안해하는 것을 눈치챈 탓인지 괜히 잘못 끌려갔다는 정말 험한 꼴을 당한다며 피할 데까지 피해보다가 정 안 되면 그때 가서 지원해 가면 될 것이라고 말했다. 근로동원이 지겨워서 학교를 무단히 중퇴한 이는 별로 없었다. 배짱 있게 학교를 그만둔 그로서는 그때까지 잘 견디어

낸 셈이었다.

오이 하나 들고

이튿날 깨어보니 이른 새벽이었다. 종형은 그 전날 도망쳐 오기까지의 행보가 고되었던 탓인지 아직도 곤히 자고 있었다. 잠이 달아나버려서 다시 잠이 들 것 같지가 않았다. 이왕 깨었으니 일찌감치 욕각골로 돌아가야겠다는 생각이 들었다. 보나 마나 모친의 걱정이 대단했을 것이고 역정깨나 냈을 것이었다. 고슴도치도 제 새끼는 함함하다고 한다는데 자식을 끔찍하게 생각지 않는 어미가 어디 있을 것인가? 그러나 어려운 집안의 어머니일수록 못난 자식에 대한 기대와 걱정은 크게 마련이다. "쌀을 가마니로 들여놓고 살면 소원이 없겠다"고 입버릇처럼 말했던 모친도 예외는 아니었을 것이다. 아주 어릴 적 모친은 귀이개로 후벼낸 내 귀지를 내 목에 부비며 "정신 밝아라, 정신 밝아라" 하고 주문처럼 외우곤 했다. 그것이 심심풀이로 만들어낸 모친 창제의 자가용 주문인지 아니면 우리 고향 쪽에 널리 퍼져 있던 수상한 전래주술傳來呪術의 일환인지는 헤아릴 길이 없지만 아마 후자일 개연성이 높다. 고령자가 되면서 나이에 비해 기억력이 좋다는 덕담을 더러 들었는데 그럴 때 혹 모친의 주문이 효력을 발휘하는 것이 아닌가, 하고 혼자 속으로 웃은 적이 있다. 자식 부모 사이에 갈등이 있을 경우 "내가 너를 어떻게 키웠는데" 하고 윗대에서 배신감을 표명하는 것이 소설에서나 방송극에서나 상투적인 장면이 되어 있다. 그렇게까지는 직설적이 아니지만 뒷날 어떤 문제로 대립이 생겼을 때 모친이 넌지시 협박을 가하지 않은 것은 아니었다. "너희들이 잠잘 때 머리맡으로 다니지 않고 꼭 다리께로 다녔으며 너희들이 쓰다 버린 공책이나 종이는 어떤 일이 있어도 변소 휴지로는 쓰지 않았다." 그러니 난리통 하룻밤의 무단 외박이 은근히 마음에 걸린 것은 당연한 일이었다.

뒤꼍으로 가서 샘물을 한 대접 들이켰다. 물배를 채운다고 흔히 말했는데 그것은 현대의 의학상식으로도 몸에 이롭다고 되어 있다. 부엌을 지나다 부뚜막을 보니 종형의 배낭이 눈에 뜨이었다. '내 먹을 것은 내가 가지고 다닌다'고 했던 그 배낭이다. 전날 본 대로 오이 몇 개가 눈에 띄어 그중 하나를 꺼내어 깨끗이 씻었다. 지금 생각해보면 그 여름에 가장 많이 먹은 것이 자주감자와 오이가 아닌가 싶다. 자주감자에 비하면 오이는 값비싸고 요긴한 귀물이었다. 잘 씻기만 하면 생으로 먹을 수 있고 간단히 몸에 지닐 수가 있고 또 요기가 되었기 때문이다. 뒷날 어쩌다 해삼을 먹게 되면 꼭 그 여름의 귀물이었던 오이 생각이 나곤 했다. 해삼은 영어로 '바다오이'란 뜻의 sea cucumber이다. 껍질이 우툴두툴한 데서 오는 시각적 연상 때문에 생긴 이름일 것이다. 그러한 어사 매개 없이도 오이와 해삼의 공동 연상은 직접적이고 자연스러운 일이기 때문일 것이다. 어쨌건 오이 하나를 훔쳐 간다는 것, 만사형통을 바란다고 연필로 적은 쪽지를 곤히 자고 있는 종형의 머리맡에 놓아두고 집을 나섰다.

종형의 배낭에서 빼 들고 온 오이 하나를 마스막재에서 먹어 치우고 욕각골에 도착했을 때 식구들은 아침을 먹고 있었다. 예상한 대로 모친은 이런 수가 어디 있느냐며 안도 섞인 노여움을 토로하였다. 동인병원 문이 닫혀 있어서 허탕을 쳤다고 사실대로 말하자 "그래 내가 뭐라고 하던?" 하고 눈을 흘겼다. 사실은 연수동 재원 형이 느닷없이 나타났다고 놀래주어서 예봉을 피하고 나서 그가 도망쳐 온 자초지종을 들은 대로 얘기했다. 천생 부잣집 도련님이라며 평소 종형을 감싸고돌던 모친은 성품이 진중하니 생각을 많이 하고 결정한 것이겠지만 세상에 어두운 편이어서 걱정된다고 말했다. 그러면서 종태 어머니의 수양사위인 박 서방도 얼마 전에 단양에 부역을 갔다 왔는데 공사 중에 여러 번 공습을 당해 혼이 난 모양이더라고 덧붙였다. 이대로 가다가는 자기 또래들도 언제 의용군으로 나가게 될지 모른다고 하더라고도 했다. 그러면서 난시엔 식구가 같이 있어야 하는 것인데 연수동 너희 이모도 걱정이 많겠다고 하면서 앞으로 다시는 어제처럼 어미 속을 태워서는 안 된다고 경고를 했다.

그 후에도 나의 안질은 쉽게 낫지 않았다. 먼저 발병하였던 아우가 다 나은 뒤에도 빨간자위는 여전하였다. 동네에 눈병이 돌았다고는 하나 내가 보기에는 눈병 앓는 동네 사람은 많지 않았다. 우리 식구 가운데서도 나와 막내아우만이 걸린 것이다. 그것이 조금은 창피스럽게 느껴지면서 은근히 부아가 났다. 더 많이 걸렸어야 한다는 것이 아니라 무언가 나의 불찰 때문에 걸린 것이 아닌가 하는 자책감을 떨쳐버리지 못했기 때문이다. 그러는 사이에도 하루돌이로 지게질은 계속하였고 또 지게질을 하지 않는 날에는 도토리를 따러 다녔다. 큰 상수리나무가 남아 있지 않아서 조그만 유목에 달려 있는 것을 노렸지만 성과를 낼 수는 없었다. 그만큼 인근 산야는 황량하고 피폐하였다. 질질 끌던 나의 유행성결막염은 수복이 되기 직전에야 완쾌가 되었는데 그때엔 눈꺼풀을 비롯해 눈 가장자리에 시커멓게 자국이나 있었다. 수복 후에 그 때문에 많은 인사를 받았다. 어떻게 된 거냐고 물어보는 경우가 많았다. 동생도 그렇지는 않았는데 그 이유는 알 수 없었다. 면역에 대한 개인차 때문에 안 걸리고 넘기기도 하고 가볍게 넘어가기도 한 모양이라고 생각할 수밖에 없다. 그러니까 운이라는 말이 생겨나고 가장 자주 쓰이는 기본 단어의 하나가 된 것일 터이다. 안약 한 방울도 넣지 못하고 한 달 넘게 끌면서 자연 치료가 된 것이지만 그간의 고충이나 불안 감은 당한 사람이나 절실한 것이다. 지금 생각하면 영양상태가 좋지 않았던 것도 지긋지긋 질질 끌게 된 이유가 될 것 같다. 눈가의 검은 흉터는 몇 달 후에나 완전히 가셨는데 그 후 다행히도 그 때문에 시력이 나빠지지는 않았다. 혹 30대 후반부터 시작된 시력 약화의 원인遠因이 되었는지는 모른다.

흔히 전쟁, 하면 전투와 전사와 부상만을 생각하는 경향이 있다. 그것은 화끈하게 처절하고 화끈하게 비통한 국면이지만 은근히 사람을 골탕 먹이는 고약한 국면도 한두 가지가 아니다. 전쟁터에 나갔다가 사지는 멀쩡하게 돌아왔지만 속으로 골병이 든 경우도 헤아릴 수 없이 많다. 부수적인 재난이 많은 사람을 파국으로 몰아넣고 전도양양한 젊은이를 맥없이 쓰러트린다. 가난도 마찬가지다. 굶주림만이 가난의 특징이라고 생각하는 경향이 있다. 그러나 가령 가난에서 유래한 영양부족이 많은 유위한 젊음들을 폐결핵으로 피 토하며 쓰러지게 했다는 것은 쉬 상상되지 않는다. 그런 맥락에서 상상력의 교육이야말로 교육의 핵심이 되어야 한다는 생각이 드는데 우리 처지에서는 아직 머나먼 구름 같은 얘기라 하지 않을 수 없다.

산등성이의 남향 참호

변소에서의 귀띔

9월 중순쯤 되었을 것이다. 아침저녁으로 선선해지더니 이내 선선한 기운은 냉기 비슷하게 변하고 있었다. 아무래도 산골 동네여서 계절의 변화가 한결 또렷했던 것 같다. 폭격은 쉬 끝날 것 같지 않고 싸움이 곧 끝날 것이라는 기대나 전망은 이제 그 누구도 입에 올리는 사람이 없었다. 들려오는 소리는 모두가 흉흉한 소식뿐이었다. 욕각골에서는 40대의 욕각골 아저씨마저도 동원되어 단양을 다녀온 처지였다. 그도 철도 복구 작업에 동원되었던 것이다. 날씨가 선선해지면서 겨울나기가 우선 걱정이라고 어른들이 말했다. 싸움이 그나마 여름에 벌어졌으니 망정이지 만약 지금이 겨울철이라면 이 고개 위에 얼어 죽은 시체가 숱하게 널려 있을 것이라고 하는 초로의 말을 마스막재에서 들은 일이 새삼스레 머리에 떠올랐다. 그런 상상을 못해본 터라 듣고서 그냥 그런가 보다 했지만 이제 그런 무서운 사태가 실현되는 게 아니냐 하는 상습적이고 항상적인 불안감이 생겨났다.

그러는 한편으로 무서운 사람들이란 얘기가 여기저기서 공공연히 나돌기 시작했다. 처음엔 새로 들어온 점령군이 민심 얻기에 급급해서 무리수를 두지 않으려 애쓴 편이었고 주민들 쪽에서도 몸조심하느라 새로 득세한 쪽에 대해서는 숫제 입을 봉하고 있었다. 그러나 그러한 전환기의 눈치놀음이 끝나가자 수군수군하는 소리가 조금씩 대담해지기 시작하였다. 일깨나 할 만한 장정들을 모조리 징용으로 또 병정으로 끌고 가던 일정 말기[1]와 뭐가 다르냐는 소리가 들려오기 시작했다. 아니 왜놈들보다 한 술 더 뜨는 것 아니냐는 말도 들려왔다.

"일정 때도 공출 때문에 혼이 났지만 그래도 왜놈들은 감자알을 세거나 낱알을 세기까지는 하지 않았지요. 그런데 이제는 목표량을 채워야 한다면서 감자 한 알 보리쌀 한 톨을 헤이면서

---

1) 지금 공식적으로는 일제강점기라는 용어를 쓴다. 그러나 대개 일정시대, 일제시대라고 말하는 것이 오랜 관행이었다. 그 시절을 살았던 사람들의 경우에 그랬다. 해방도 마찬가지다. 광복이 공식 용어이지만 일반적으로 해방이란 말을 썼다. 당대 재현의 시도가 목표이니만큼 당시에 쓰던 말을 그대로 쓰려고 한다.

따지려 드니 정말로 무서운 사람들이오. 보통내기들이 아니야. 별종이야" 하고 박 서방은 터놓고 말하였다. 그가 어느 편에 서 있느냐 하는 것은 일찌감치 눈치챈 바 있었다. 인민군이 진주한 후 얼마 안 되어서 한때 내주었던 춘천을 포위한 국군이 인민 군을 박멸했다는 소문을 들려준 적이 있다. 당시에 반신반의했 고 지금도 뜬소문을 조금 부풀려서 전한 것으로 알고 있지만 그의 입장은 분명하였다. 그 후 한동안 조심하는 것 같았는데 단양으로 철도 복구 부역을 다녀온 후 거기서 들은 소문들을 혼자서만 알아두기가 아까웠던지 슬슬 토로하기 시작하였다. 문경으로 넘어가는 이화령에는 죽어 넘어진 북쪽 군대의 군마軍馬 시체가 늘어져 있고 폭격을 받고 움직이지 못하는 소련제 탱크는 국도를 따라서 여기저기 흉측하게 드러나 있다는 것을 목격자에게 직접 들었다고도 했다. 저들이 퍼트린 소문과는 달리 초장부터 고전을 한 것이라고 하면서 겉으로 큰소리 뻥뻥 치고 있지만 인민군 쪽 사정이 말이 아닌 모양이라고도 하였다. 무서운 사람들이란 말에는 모여 있는 얼마 안 되는 동네 사람들도 모두 맞장구를 쳤다. "갈수록 태산이라더니 점점 더 무서워진다"는 소리도 나왔다. 모두 어둡고 그늘진 표정이었다. 징용과 공출로 고생한 일정 말기와 빗대는 얘기가 나오면 "아, 지금이야 비상시니까 그렇지 싸움은 이제 곧 끝나게 돼 있어요" 하는 판에 박힌 말투로 저쪽 역성을 들던 목소리도 이제는 들리지 않았다.

무언가 달라지고 있다는 낌새가 느껴졌다.

그런 나날이 계속되면서 9월도 하순으로 접어들었다. 어느 날 해 질 녘에 부친이 잡곡이 든 배낭을 지고 다시 마스막재를 넘어왔다. 저녁을 대충 마치고 나서 부친은 그날 있었던 일을 들려주었다. 그해 봄 충주중학을 그만두고 상경한 영어 담당의 고성진高成鎭 선생이 맥고모자와 운동화의 허술한 차림으로 중학교 교무실엘 들렀다. 교무실엔 교사들이 예닐곱 명 앉아 있었는데 한두 사람을 제외하고는 대부분이 구면이었다. 키가 크고 눈이 좀 튀어나온 듯한 느낌을 주는 고 선생은 얼굴도 여위고 피로한 기색이 역력하였다. 서울에서는 양식 구하기가 아주 힘들어 고향인 문경聞慶으로 내려가는데 아무래도 이전의 동료들이 궁금해서 학교엘 들렀다고 그는 말했다. 동료의 안부를 묻고 학교에 나오지 않는 이들에 대해서도 물어보았다. 대충 인사가 끝나자 그는 어차피 가야 할 길이니 조금이라도 더 가야겠다며 일어섰다. 그가 눈을 끔쩍끔쩍하면서 어떤 신호를 보내고 있음을 부친은 눈치챘다. 그가 일어나서 변소 쪽으로 가자 부친도 슬며시 그 뒤를 따랐다. 변소에 들어서서 단둘만이 있음을 확인한 고 선생은 조그만 소리로 말했다. 미군이 인천에 상륙했다는 것, 서울로 진격해 올 것이 뻔해 싸움터가 될 서울을 황급히 빠져나왔다는 것, 그러니 그리 알고 조처를 취하라는 것, 군인 교체기에 희생자가 많이 나니 각별히 조심하라고 그는 말했다. 애기를 끝내자 그는 서둘러 훌쩍 길을 떠났다는 것이었다.

그러면 여기는 어떻게 되는 것이냐며 모친이 물었다. 부친은 생각했던 것보다는 일찍 우리가 집으로 돌아갈 수 있을 것 같지만 언제가 될지는 알 수 없으니 이런 말 함부로 하지 말라고 일렀다. 그러면서 요긴한 소식을 알려준 그를 끼니 한번 대접 못하고 그냥 보냈으니 참 이놈의 세월이 한심하다고 덧붙였다. 휴전이 되고 내가 서울 가서 공부하게 되었을 때도 부친은 고 선생 얘기를 하면서 인연 있는 사람은 언젠가는 다시 만나게 마련이니 혹 만나게 되면 꼭 고마움 잊지 않고 있다고 전하라고 일렀다. 부친으로서는 극히 드문 일이었다. 부자간에 대화가 많지 않았고 더욱이 그런 속 얘기를 하는 적이 드물었기 때문이다.

고 선생 얘기를 듣고 퍼뜩 떠오른 것은 그가 사변 전 수업 시간에 들려준 경험담이었다. 깨끗하게 목욕을 한 뒤 곱게 간 연필심 흑연 가루를 등에 바른 뒤 뢴트겐 사진[2]을 찍어 일제 말기에 학병을 피했다는 것이다. 그러면서 혹시 너희들도 써먹을 때가 있을지 모르니 잘 기억해두라고 덧붙였다. 그러면 폐결핵 환자로 위장이 되었던 모양인데 좀처럼 들을 수 없는 성질의 얘기여서 오래 기억에 남아 있었던 것이다. 고 선생이 유독 부친에

---

2) 지금 엑스레이라고 하지만 사변 전만 하더라도 뢴트겐 사진이라 했다. 말의 변천도 다채롭고 빠르다.

게 신호를 보내고 변소에서 새 소식을 귀띔해준 것은 모든 교사들을 믿을 수는 없고 조백투白의 부친이 비교적 연만한 편이어서 믿음이 갔기 때문이라고 생각한다. 혹은 한구석에 움츠리고 있는 이전의 말석 동료에 대한 동정심 때문이었는지도 모른다.

충주중학에서 고성진 선생에게 3학기 동안 영어를 배웠다는 것은 『나의 해방 전후』에서도 적은 바 있다. 그러나 당시의 학기 변경으로 실제로 배운 것은 1949년 4월에서 1950년 5월까지 1년간에 지나지 않는다. 그는 일본의 야마구치[山口]고등학교 입시에서 두 번이나 낙방했다는 자랑스럽지 못한 과거를 수업 중에 실토하면서 실패자의 속 쓰린 열의로 열심히 공부하라고 힘주어 말하곤 했다. 일본 고등학교 수험을 위해 공부했다는 메들리A. W. Medley의 『삼위일체 영어』를 소개해주었는데 제대로 갖춘 수학·영어 교사를 만날 수 없었던 전시하의 시골 고교에서 그 책을 통해 영어의 기본을 익혔기 때문에 고 선생은 여러 모로 잊히지 않는 교사로 남아 있다. 그러나 고 선생을 뵐 기회는 영 만들지 못하고 말았다. 1970년대 중반에 상경해서 서울살이를 하게 되면서도 늘 쫓기듯이 황망히 살아온 처지여서 선생을 우정 찾아뵙는 일은 꾀하지 못했던 것이다.

최근에야 고 선생의 신상에 대해서 조금 알게 되었다. 백석 연구가로 알려진 『백석 시의 물명고物名攷』와 『백석 시 바로읽기』의 저자 고형진 교수와 얘기하는 자리에서 그가 문경 출신임을 알게 되고 혹 고성진이란 분을 아느냐고 물어보았다. 알고 보니 같은 문중으로 6촌간의 아주 가까운 사이였다. 1980년대 초 소위 신군부가 집권한 직후에 미지의 학생으로부터 전화를 받은 바 있다. 고려대 대학원 학생으로 시인 백석을 공부하려고 하는데 그의 「남신의주 유동 박시봉방」 시편 출처가 어디인가 하는 것이 궁금해서 전화했다는 것이었다. 나는 사실대로 6·25 전 을유문화사에서 나온 『학풍』이란 잡지 창간호라고 일러주고 이름을 알아두었다. 그 후 그때의 대학원 학생이 백석 전문가로 성장한 것이다. 1961년 5·16 직후에 발표한 어떤 에세이에서 이 작품을 전문인용하고 거론했으나 당연히 시인 이름은 밝히 지 않았고 또 출처를 밝히는 성질의 글도 아니었다. 아마 그 작 품을 거론한 최초의 사례라 생각되는데 그 때문에 전화를 받게 된 것이다. 당시에 대면할 기회가 있었다면 고성진 선생을 찾아 볼 기회가 생겼음 직한 일인데 그러지 못한 것이 지금 몹시 아 쉽게 생각된다. 알고 보면 세상은 좁고 몇 다리만 거치면 이래 저래 다 아는 사이다. 고 선생은 생각보다 으리으리한 집안 출 신이었고 부친은 6·25 때 북으로 납치되어 가 겨울에 세상을 떴다고 한다. 고 선생은 나중 일급 호텔에서 근무하였고 물론 오래전에 작고하였다. 늙는다는 것은 어려서부터 알던 이들의 수효가 막무가내로 줄어드는 것이기도 하다. 저 독일의 안톤 슈 나크가 뛰어난 명문에서 간과하고 빠트린 우리를 슬프게 하는 것들 중의 하나가 아닌가 한다.

산등성이의 남향 참호

부친이 다녀간 후 얼마 안 되어 육각골 아저씨와 이웃 장정들이 다시 부역에 동원되었다. 단양을 다녀온 후 얼마 되지도 않은데 또 가게 되니 속이 편할 리가 없었다. 나중에 들으니 이번엔 마스막재 넘어서 왼편 남산 산등성이에 참호를 파게 한 것이었다. 마스막재로 오는 신작로 쪽에 가깝게 가로로 길게 파는데 사람이 들어서면 배꼽까지 오게 깊이 파게 한 것이다. 왜 갑자기 참호를 파게 하는지는 구체적으로 밝히지 않고 있을 수 있는 반동 게릴라의 공격에 대비해서 파두는 예비 조처라는 투로 말했다는 것 같다. 산등성이의 맨땅을 파는 것이기 때문에 결코 쉬운 일이 아니었으나 충주 안림리의 장정들도 동원하여 교대로 반나절씩 이틀 걸려서 일단락을 지었다. 동네 사람들은 거기다가 왜 참호를 파는지 알다가도 모를 일이라고 투덜거렸다. 공습에 대비하는 것이 아닌 것만은 분명하다고들 말하였다. 고성진 선생이 귀띔해준 소식을 알고 있었기 때문에 이것은 분명 남에서 진격해 오는 국군과 대적하기 위해서일 것이라고 우리 집에서는 쉽게 추정하였다. 그러면서 저렇게 준비하는 것으로 보

아 이번에는 간단히 넘어가지는 않을 것이라는 새로운 불안감
이 생겼다. 충주 읍내가 치열한 전투장이 될 것이라는 전망이
다시 우리 마음을 무겁게 하였다.

그 뒤 더 잦아진 공습은 이러한 전망을 거의 확신으로 굳혀
주고 있었다. 지상군이 진격해 오기 전에 일단 수비군의 거점을
확실하게 무력화하자는 것이라는 것은 쉽게 추정되었기 때문
이다. 어느 날 둔중한 비행기의 폭음이 들려왔다. 그때쯤엔 그
것이 대형 폭격기의 폭음이라는 것을 우리는 소리만 듣고도 알
아맞힐 수가 있었다. 이어서 역시 대형 폭탄의 폭발음이란 것을
추정케 하는 폭발음이 연이어 들려왔다. 8월 중순에 있었던 연
초경작조합 창고 폭격 이후 최대의 공습임이 분명했다. 폭격 시
간도 꽤 길었다. 며칠 뒤 수복이 되고 나서 집으로 돌아갔을 때
이 폭격의 비밀을 알게 되었는데 그것은 결과적으로 보면 어이
없는 성질의 것이었다.

우리 집은 충주 읍내의 외곽으로 읍내 중심부에서 동남쪽에
있는 용산리에 있었다. 우리 집에서 골목을 나서면 대림산에서
내려오는 개울이 있고 그 개울 위에 속칭 용산다리라는 콘크
리트 다리가 있다. 용산교龍山橋라 새겨진 표지가 있는 수안보
와 문경으로 이어지는 국도상의 다리이다. 수복 직전의 폭격은
이 국도상의 교량 파괴가 목표의 하나인 것이 분명했는데 미수
로 그쳐 있었다. 이 다리를 중심으로 약 15미터 혹은 20미터 떨

어진 곳에 거대한 원형의 구렁이 대여섯 개가 새로 생겨나 있었다. 다행히도 인가는 다치지 않았고 한길 한 모서리나 하천 제방이나 논바닥에 폭탄이 떨어진 것이다. 구렁은 용산다리를 완전히 포위하고 있는 형국인데 용하게도 다리를 맞히지는 못했다. 사실 이론상으로 보면 축구에서 골대를 맞히기란 골을 넣기보다도 훨씬 어려운 일로 생각된다. 그럼에도 특히 우리 편의 선수가 뛰고 있을 때면 결정적인 순간에 골대를 맞고 돌아오는 공이 빈번하니 안타까운 탄성이 안 나올 수가 없다. 아마 용산교 파괴를 의도한 폭격기의 폭격 당사자도 골대만 맞고 돌아오는 축구 경기의 공격 팀처럼 안타까운 느낌을 금할 수 없었으리라. 그러나 이 다리가 무사했기 때문에 그 이듬해 1·4후퇴 때 수많은 경기도와 강원도의 피란민들이 큰 불편을 면제받았던 것은 사실이다.

미수로 그친 용산교 파괴와 관련하여 내가 지금껏 불가사의하게 생각하는 것은 그때 공습의 여파로 폭탄의 파편 하나가 우리 집 방 안에 있는 책을 뚫고 지나갔다는 것이다. 그것은 채희순蔡羲順의 『동양사개설』이란 당시로서는 얼마쯤 두꺼운 책이다. 그 책을 뚫고 지나간 흔적이 역력하여 책 표지와 책 페이지에 상처가 나 있었는데 도대체 어디서 날아와서 어떻게 스쳐 간 것인지 짐작이 가지 않았다. 파편의 행방도 분명치 않았고 그밖의 다른 파편 흔적은 없었다. 아무 일도 없었지만 폭격 당시

집 안에 있었다면 필시 어딘가를 다쳤을 것이라는 생각이 들었다. 이 책을 기억하는 것은 순전히 그 관통상 때문이요 출판연도나 됨됨이나 별로 아깝지 않은 것이었지만 이 책 역시 1·4후퇴 때 집을 비운 사이 분서의 화를 면하지는 못했다.

이때 생겨난 거대한 구렁들은 1·4후퇴 때까지 그대로 남아 있었다. 석 달 동안 매일처럼 그 구렁들을 본 셈인데 인간 도로의 표상처럼 생각되곤 하였다. 당시 공격을 담당한 폭격기는 상대 항공기는 물론이요 대공포화의 방해도 없었기 때문에 저공비행을 하면서 여유 있게 폭탄 투하가 가능하였다. 그럼에도 맞히지를 못하고 변죽만 울리고 말았으니 훈련받은 인간과 정밀기계의 통합된 노력은 얼마나 부질없는 헛수고로 끝난 것인가! 그것은 남산 한쪽 등성이에 파놓은 참호도 마찬가지다. 참으로 다행스럽게도 깊이 파놓은 그 참호는 영영 무용지물이 되고 말았다. 그러나 국도를 내려다보는 산등성이에 파놓은 참호는 그곳에만 있는 것이 아니었다. 충주, 장호원, 이천, 광주 할 것 없이 신작로를 따라서 도처에 참호가 파여 있었다. 1953년에서 1957년까지 충주와 서울 사이를 버스로 자주 왕래하였다. 휴전이 되고 나서 몇 년이 지나서도 국도 변의 야산에 파놓은 참호는 그대로 남아 있었다. 버스를 타고 가다 보면 산등성이에 파놓은 참호가 가로로 뻗어 있는 것이 선명하게 보였다. 누런 혹은 붉은 흙이 드러나 있는 횡선橫線이 바로 참호의 표지였다. 충주의 경우로 미루어보아 그것은 단시일 내에 동시에 이루어진 것이다. 인천 상륙작전 직후 국군 진격에 대비해서 저들이 파놓은 것이다. 인력 동원과 작업 수행에 있어서 저들의 효율적 추진력은 대단하였다. 작업에 동원되어 혹사당한 주민들에게 그만큼 무서운 사람들로 저들이 각인되어 있는 것은 당연하다.

1950년대 중반에 충주에서 버스로 서울을 가자면 여섯 시간이 걸렸다. 완행버스여서 장호원, 이천, 광주 정류소에서 쉬면서 승객을 혹은 내리게 하고 혹은 새로 받고 하였다. 그적의 버스는 펑크를 내지 않고 무사히 목적지에 도착하는 일이 드물었다. 도중에 펑크가 나면 승객이 모두 내리고 운전수가 타이어를 교체한 뒤 출발하는 게 보통이었다. 버스를 타고 가면서 국도변 야산 등성이에 남향으로 파놓은 참호 표지를 바라보며 국토의 상흔이 참 오래도 간다는 생각을 했다. 지금 고속버스로 한 시간 30분이면 충주에 갈 수 있다. 우리 동년배들도 60년 전의 참호를 기억하는 사람은 거의 없고 상기를 시켜도 복원 못하는 사람들이 많다. 무서운 사실도 세월 앞에서는 모두 지워지는 것 같다. 무서운 사실이 지속적으로 새로 생겨나기 때문만은 아닐 것이다. 용산교 파괴에 실패해서 생긴 거대한 구렁들은 그 이듬해 말쯤이 되어서야 겨우 메워졌다는 것을 덧붙여둔다. 모두 인간 도로의 슬픈 기표들이다.

돌아온 국군

동네 주민들이 참호 부역에 동원된 지 얼마 되지 않아서다. 아침 일찍이 와자지껄한 소리에 잠이 깨었다. 국군이 돌아왔다는 소식에 집집마다 밖으로 나와 웅성거렸다. 본시 산골 동네 사람들은 아침 일찍 일어난다. 일찍 자고 일찍 일어나라는 학생용 권고사항을 이들은 옛적부터 지켜왔다. 해돋이에서 해지기로 끝나는 하루의 과정을 자연의 리듬에 맞추어서 살다 보니 그리될 수밖에 없다. 고성진 선생의 귀띔을 전해 듣고 머지않아 집에 가리라는 것을 예상했지만 그 꿈이 이렇게 빨리 성사되리라고는 생각지 못하였다. 한차례 풍파를 겪고 나서야 이루어지리라, 우리 집에서는 생각했었다. 그런데 이렇게 빨리 그날이 오다니! 의심쩍어할 사이도 없이 마스막재에도 벌써 군인이 와 있다고 동네 아저씨들이 말하고 있었다. 어느 사이에 감나무집 올라가는 길 첫 번째 집 헛간 벽에는 '환영! 국군 용사 만세!'란 붓글씨가 쓰인 문종이가 붙어 있었다. 신작로에서도 볼 수 있는 위치였다. 들으니 감나무집 수양사위인 박 서방의 작품이었다. 대세 영합을 재빠르게 한다는 느낌보다는 평소의 그다운 언동이라는 생각이 들어 자연스럽고 장해 보였다. 순간 이제 지긋지긋한 공습도 없어져 집으로 돌아갈 수 있고 그것이 확실하다는 벅찬 감격이 가슴을 쳤다. 솔직히 다시 대한민국이 제자리를 되찾았다든가 드디어 침략군을 물리쳤다든가 하는 '공식적' '애국적' 감회는 전혀 들지 않았다. 공습의 공포 없이 집에서 살 수 있다는 것만으로 충분히 벅찼던 것이다. 해방 당시 전쟁이 끝났다는 소식에 이제 그 지긋지긋한 솔뿌리 캐기나 방공호 파기를 안 해도 된다는 생각에 가슴이 벅찼던 것과 비슷하였다.

당장 집으로 돌아가자는 말에 모친이 괜스레 서두를 필요가 없다고 막고 나섰다. 국군이 다시 돌아왔다 하더라도 엊그제까지 저들의 세상이었는데 아직 안심할 단계가 아니니 며칠 기다려 동정을 살피고 나서 돌아가도 늦지 않다는 것이다. 이렇게 세상이 바뀔 때야 말로 진중하게 처신해야 한다고도 일렀다. 할 수 없었다. 아침을 먹고 나서 마스막재나 가볼까 생각했으나 국군이 와 있다는 말이 생각나 마음을 바꾸었다. 대개 선봉부대가 사납다는 말을 들어왔고 마스막재까지 올라와 있다면 어쩐지 선봉부대일 것이라는 막연한 생각이 들었기 때문이다.

감나무집 뒤쪽의 산을 올라가보기로 했다. 그날따라 하늘이 기막히게 파랬다. 이제는 볼 수 없는 그적의 전형적인 가을 하늘이었다. 기분이 좋으니 기운도 나서 쉽게 능선에 도달했다. 능선에서 내려다보는 충주 읍내는 아무 일 없다는 듯이 평온해 보였다. 그것이 야릇한 비감을 자아내었다. 세상이 바뀌고 내가 사는 고장에 평화가 왔는데 왜 읍내는 아무런 변화의 낌새도 보이지 않는 것인가? 저리 무심할 수 있는가? 저리 태평할 수가 있는가? 그것은 몹시 부당한 일인 것처럼 생각되었다. 기막히게 푸른 하늘만이 그날을 축복하는 듯이 여겨졌다.

들뜬 오후를 어떻게 지냈는지는 생각나지 않는다. 저녁이라 부르기엔 아직 이른 늦은 오후였다. 갑자기 천지가 진동하는 폭음 소리가 나고 집이 흔들린다는 느낌이 들었다. 그 울림도 오랫동안 퍼져갔다. 그것은 공습 때 읍내에서 나는 폭발 때의 소리와는 비교가 안 되게 크고 우렁찼다. 긴장을 하고 기다렸으나 후속 폭음은 없었다. 그것은 단발성 폭음으로 끝났다. 그럴수록 궁금증과 불안감이 더해갔으나 해소할 계기는 생기지 않았다. 후퇴하는 인민군이 화약고를 폭파했기 때문이라는 소문은 그 이튿날에야 쫙 퍼졌다. 관개용 대형 저수지인 호암지를 충주 읍내 한복판에서 가려면 사직산 옆으로 난 도로를 따라가게 마련이다. 빙현을 지나 옛 일본 신사 자리를 지나면 오른편으로 밭이 있고 조그만 동산이 있다. 그 뒤쪽에 도로에서는 잘 보이지 않는 곳에 외딴 건물이 있고 그것이 화약고라고들 했다. 거기에 비치된 화약을 도망치던 인민군이 폭파한 것이다.

아침에 마스막재까지 국군이 올라왔는데 늦은 오후에야 화약고가 터졌다는 것은 얼마쯤 의아하게 생각될지 모른다. 그러나 인천 상륙 이후 승세를 탄 우리 국군은 곳에 따라서는 국도를 군용차를 타고 올라오는 것이 그대로 탈환과 수복으로 이어지는 경우가 많았다. 후퇴하기에 정신이 없었던 북쪽 군인들은 부대도 흩어져서 제가끔 각자 도생을 꾀하는 판국이었고 국군은 큰 저항 없이 요충지대를 장악하였다. 그러다 마지막 순간에 변두리에 잠복해 있던 저쪽 요원들이 화약고를 폭파한 후 도망친 것이라는 게 당시에 떠돌던 얘기였다. 돌이켜보면 화약고 폭파와 천지가 진동하는 폭발음은 적어도 충주 지역으로서는 단기간의 피점령 기간의 종언을 고하는 확실한 신호였다. 일자이후 충주 지역의 주인이 바뀌는 불상사는 다시는 벌어지지 않았다.

어느 도로아미타불

  흔히 연말이 되면 다사다난한 한 해였다고 말한다. 다사다난하지 않은 한 해가 있어본 적이 있는가? 그러나 다사다난한 하루도 있는 법이다. 그리고 그렇지 않은 날도 허다하다. 그러고 보면 이 말은 하루나 한 주 단위로 써야 실감이 가고 관형어로서의 적정성을 갖게 되는 것이 아닌가 생각한다. 국군이 올라왔다는 소식을 접하고 화약고가 폭발한 날이야 말로 우리에겐 더없이 다사다난한 하루였다. 다 늦은 저녁에 이모네한테 들른 모친은 이모네 집이 폭격에 주저앉았다는 소식을 접한 것이다. 아무래도 오래갈 것 같으니 좀 더 널널한 집을 구하자고 해서 우리가 신작로 아래쪽으로 옮겨 온 뒤에도 작은이모네는 애초에 정했던 감나무집 이웃에서 머물러 있었다. 부친이 호암리 학부형 집에 퀸을 붙여 옮겨 갈 무렵 이모부도 충주농업학교 근처 봉방리에 퀸을 붙여 기거하고 있었다. 봉방리는 넓은 들판, 정확히 말해서 논바닥 사이에 있는 인가로 된 조그만 마을이다. 따라서 읍내에서 서북쪽으로 꽤 떨어져 있는 들판이어서 폭격의 위험이 거의 없었다. 욕각골과의 거리도 15리가 넘으니 이모부가 욕각골에 들르는 일도 드물었고 무소식이 희소식이란 말로 서로를 위로하는 처지였다. 젖먹이 막내를 포함해서 열 살 아래짜리가 다섯이나 달려 있는 데다가 몸이 강건한 편이 못 되는 동생이 안쓰러워 모친은 틈나는 대로 가서 얘기도 나누고 집안일을 거두어주기도 했다. 그런데 이모부가 그날 저녁에 축 늘어져 욕각골에 들른 것이다.

현장에 있었던 모친 말에 따르면 거의 넋이 나간 듯이 보이는 이모부는 집에 들어서자마자 흑흑 느끼기 시작했다는 것이다. 이모가 다가가 어쩐 일이냐고 채근하자 이모의 손을 잡고 한마디 "집이 폭격 맞았소" 하고는 더 잇지를 못했다. 이모 내외는 손을 잡고 울기 시작해서 목불인견이더라고 모친은 말했다. 조금 지나서 이모의 채근에 세 집이 폭삭 주저앉았는데 바로 옆집은 말짱하다고 해서 다시 이모가 흐느끼기 시작했다. 아이들도 덩달아 울기 시작해서 온 집안이 난리였다. 말릴 엄두도 나지 않는 데다 위로할 말도 없어 한참 후에 "사람 안 다친 게 다행이지. 그것만 해도 어디냐. 집은 새로 지으면 되는 거고" 하고 말했다. 그러나 그런 말이 통할 리 없었다. 또 입에 올리면서도 그것이 얼마나 무력한 소리인가는 말하는 당자도 모를 리 없었다. "사람 안 다친 게 다행이지" 하는 것은 그저 슬픔에 동참한다는 뜻일 수밖에 없었다. 집이 폭격 맞은 것은 그러니까 용산교 폭격이 있던 날의 일이었다. 충주 시내에서 충주역으로 가자면 속칭 '대수정다리'라는 다리를 건너가야 한다. 용산다리와 마찬가지로 대림산에서 흘러오는 개울물 위에 놓인 콘크리트 다리이다. 이 다리도 공격 목표였으나 파괴하지 못하고 인근의 제방과 주택이 애꿎은 피해를 입었는데 하필이면 그중 하나가 이모네 집이었다. 이모부는 그날로 사태를 파악했지만 좋은 소식도 아니고 며칠 묵혀두었다가 수복이 되고 나서 욕각골에 들러 이모에게 알린 것이었다.

초등학교에 들어가기 전 모친을 따라서 기차로 청주에 가서 이모 혼인식에 참석한 적이 있다. 우선 큰이모네 집에 갔는데 모친은 먼저 식장으로 가고 나는 한참 뒤에 이종누이를 따라 식장에 갔다. 꽤 오래 걸어서 도착한 장소가 어디인지는 모르지만 사람이 제법 많이 모여 있었다. 뒷자리에 앉아 있었기 때문에 신랑 신부의 모습은 보지도 못하였다. 그런데 주위에서 "신랑 참 미남인데. 미남자야" 하는 소리가 났다. 나는 나보다 한참 손위인 이종누이에게 "미남이 뭐냐"고 물어보았다. 누이는 손가락을 입에 갖다 대면서 조용히 하라고 일렀다. 식이 파한 후 돌아가는 길에서도 다시 물어보았다. 누이는 아주 잘생긴 남자라는 뜻이라고 말해주었다. 그뿐이었다. 그러나 그 얘기는 자연스레 이모를 포함해 가족들의 귀에 들어갔고 신랑의 미남 됨과 그 객관적인 확인을 증명할 수 있는 삽화를 마련해준 꼬마를 일자 이후 작은이모는 각별히 대해주었다.

　모친은 7남매 중 여섯째였다. 딸 4형제 중 첫째는 20대 초에 병사했고 따라서 나는 본 적이 없다. 그래서 둘째 딸이 큰이모인데 학교를 다니지 않았고 앞서 얘기한 이종형 요운의 생모이다. 집에서 못 가게 하면서 대문까지 걸어 잠그는 것을 개구멍으로 빠져나가 보통학교를 나왔다는 모친이 그다음이다. 바로 위 동기同氣의 선례에 따라 막내인 작은이모는 보통학교를 나왔고 이어 경성사범학교 여자 연습과演習科를 나와 청주에서 초등학교 교사로 근무하였다. 중학생 때 작은이모가 내게 앨범을 보여준 적이 있다. 해방 전 이왕직李王職[3]에서 해마다 각 도에서 여교사 한 명씩 모두 열세 명을 선발하여 일본 여행을 시켜주었다. 작은이모가 충북에서 뽑혀 일본 여행을 하는 도중에 찍은 사

진 모음이었다. 젊은 날의 작은이모는 갸름한 계란형 얼굴의 준準미인이었고 서서 찍은 단체사진에서는 키가 가장 큰 편이었다. 생각건대 그때가 한국 인구에 다섯 명을 기여한 뒤 심장마비로 4·19 나던 해 쉰이 채 안 된 나이로 세상을 뜬 작은이모의 전성시대가 아니었나 생각한다. 누구의 것이건 요약된 사람의 일생은 대체로 우리를 슬프게 한다.

작은이모부는 창씨 성이 구니하라[國原]였으니 극소수의 명군名君과 수다한 암군暗君을 배출하고 망국의 길을 가는 데 큰 몫을 한 전주 이씨 가문 출신이다. 왕족이랍시고 오기는 살아서 일제 말기에 나라의 근본을 뜻하는 구니모토[國本]니 뭐니 하고 창씨한 것을 알고 그 주제파악 결여에 혀를 찬 적이 있다. 조실부모한 이모부는 일본으로 건너가 고학으로 주오[中央]대학 상과를 나왔다고 하는데 사각모를 쓰고 단정한 복장으로 찍은 사진을 보면서 어릴 적의 나는 멋있다고 속없이 선망했지만 세속을 거부하던 이종형은 악의 없는 코웃음을 쳤다. 고학생 시절의 모습을 잘 찍어두었어야 하는 것인데, 하고 아쉬운 듯이 말하기도 했다. 귀국하고 나서 식량영단에 취직했고 이어서 혼인을 하게 된다. 나중 이모에게 들으니 주례가 조선어학회장을 지낸 이극로李克魯 박사였다 한다. 당시의 일반적 관례를 따르면 신랑 신부 모두 만혼이었는데 혼인하면서 이모는 교직을 떠났다. 해방 직전에 이모부는 충주로 전근하였고 읍내에서 방을 못 구해 한참 떨어진 달천의 농가에서 셋방살이를 하였다. 그때 가본 적이 있다. 시골 농가의 한 칸 방을 빌려 살고 있었는데 그 구차한 옹색함이란 이루 말할 수가 없었다. 내가 들어갈 공간도 없어서 이종동생 둘을 데리고 철둑길을 따라 산책을 갔다 온 기억이 있다. 해방 후 식량영단은 해체되었고 이모부는 한참 후에 충주농업영어 교사로 부임했다. 그러다가 6·25를 맞은 것이다. 6·25가 나기 한 해쯤 전에 가까스로 집을 장만했는데 그 집이 완전히 결딴난 것이니 결혼 10년 만에 어렵사리 장만한 집을 날린 셈이었다. 둘이서 손을 잡고 울더라는 말을 듣고 문득 떠오른 것은 달천 농가에서 셋방살이하던 시절의 구차하기 짝이 없는 모습이다. 도로아미타불, 그 시절로 다시 돌아간 것이나 진배없었다.

누워 있는 몸뚱이

그 이튿날 아침 감나무집 옆의 이모 있는 데를 가보았다. 이모는 눈이 퉁퉁 부어 있었고 이모부도 퀭한 눈이 아주 빨갰다. 나는 뭐라고 말할까, 인사말을 준비하기는 했으나 도무지 말이 되어 나오지 않았다. 오랜만에 보는 이모부에게 재원 형이 도망을 와서 용산 우리 집에 숨어 있었는데 그 후 어찌 되었는지 모르겠다고 엉뚱한 소리를 했다. 읍내는 어떠냐고도 물었다. 이제 확실하게 우리 세상이 된 것 같다고 이모부는 맥없이 말했다. 날아간 집 한 채가 다시 그를 완전히 혼이 나간 패잔병으로 만들었다는 느낌이 들었다. 뭐라 말하고 그 난감한 자리를 떴는지는 도무지 기억에 없다.

그날 오후 모친이 말렸지만 나는 단신 욕각골을 떠났다. 평화를 되찾은 것이 분명한데 산골에 남아 있다는 것이 영 갑갑해서였다. 한센병 환자가 사는 오두막을 지나 마스막재에 이르니 군인의 모습은 보이지 않았다. 큰 신작로를 따라서 고개를 내려갔다. 안림리에 있는 큰 느티나무에는 종이에 그린 반듯한 태극기가 붙어 있었다. 오래간만에 보는 태극기에 가슴이 뭉클하였다. 아! 태극기도 살아 돌아왔구나! 그것은 처음 경험하는 감정이었다. 국군이 돌아왔다는 소식을 들었을 때와도 또 달랐다. 태극기를 처음 본 것은 물론 해방 직후의 일이다. 처음엔 모퉁이에 4괘四卦 없이 한복판에 홍청紅靑 동그라미만 있는 태극기였다. 곧 4괘가 그려진 태극기가 나왔다. 어린 마음에 검정색으로 된 4괘가 도무지 마음에 들지 않았다. 나중에 배운 어휘를 빌려서 말해본다면 심미적으로 흑색 4괘에 거부감을 느꼈던 것이다.

1948년 정부 수립 이후 대한민국 상징 선택이 이루어진 시기에도 태극기, 무궁화, 애국가가 모두 마음에 들지 않았다. 몇 해 사이 시각적으로 많이 익숙해진 것이 사실이요 또 무궁무진한 철학적 의미를 누누이 들어온 것이 사실이나 흑색 4괘는 여전히 본때 없어 보였다. 도무지 매력이 없었다. 만국기를 보아도 제3제국의 흑색 卍표를 제외하고서는 흑색 채용의 국기는 별로 없지 않은가? 무궁화란 상징 선택도 그랬다. 무궁화 삼천리라 하지만 무궁화는 면사무소나 경찰서 앞뜰에나 서 있지 「고향의 봄」에 나오는 살구꽃이나 진달래처럼 도처에서 볼 수 있는 것이 아니지 않은가? 일인들이 뽑고 해쳤다손 치더라도 식민지주의자들의 박해로 곧 눈에 띄지 않을 정도라면 그 꽃은 벌써 나라꽃으로서 결격사항이 있는 것이 아닌가? 가령 잉글랜드인들이 에이레의 클로버나 스코틀랜드의 엉겅퀴를 없애려 한다 하더라도 그것이 가능하겠는가? 애국가 가사의 그 구식 변사辯士 흐름의 수사는 또 어떤가? "대한사람 대한으로 길이 보존하세"라니!! 고전적 격조는 아니더라도 최소한 고졸古拙한 맛이라도 있어야 하는 것 아닌가? 유치한 시절 당시의 상징 선택에 대한 나의 심미적 저항은 완강하고도 지속적이었다.

그런데 동네 어귀 느티나무 고목에 살아 돌아온 태극기를 보고 가슴이 뭉클해지고 저려온 것은 어인 까닭인가? 그것은 상황이 변하고 내가 변한 탓이었을 것이다. 울분과 분노와 불안과 공포의 지겨운 나날을 보낸 뒤 돌연히 마주친 구질서의 상징은 동시에 안온한 유년과 고향의 표상으로 다가온 것이기도 하였다. 물론 그것은 순간적이요 일시적인 것이기는 하다. 그러나 잔잔한 호수에 던진 팔맷돌의 여파가 일시적이라 하더라도 분명 어떤 변화가 일어났듯이 그때의 감격이 내게 어떤 변화를 일으킨 것만은 확실하다. 우리 상징 선택의 구체에 대한 내 유보감은 여전하지만 그것은 적극적 거부감이 아니라 절제된 미흡감이라 할 성질의 것이다. 상가나 빈소에서 통곡하는 조객들이 요즘에는 드물지만 그전엔 많았다. 가까운 친척이나 친구 사이가 아닌데도 눈물을 펑펑 쏟는 경우가 허다했다. 고인의 죽음보다도 억압된 자기설움을 그 참에 표출하듯이 태극기는 하나의 계기일 뿐 자기연민을 포함해 축적된 감정이 자연스럽게 회오리친 것일지도 모른다.

그전과 달리 여기저기 길 가는 사람들이 보였다. 안림리에서 신작로를 따라 걷다가 과수원을 지나 논둑길로 접어들었다. 논둑길에는 연보라 쑥부쟁이가 여기저기 피어 있었고 가끔 연분홍 코스모스도 보였다. 한참을 가다 보니 논둑길 바로 옆 절반쯤 노래진 벼가 서 있는 논바닥 한구석에 무언가 검은 것이 눈에 뜨이었다. 가까이 가보고 기겁을 하였다. 인민군 복장의 몸뚱이가 반듯하게 누워 있는 것이 아닌가? 겁이 났다. 황급히 그 자리를 떠났다가 한참 만에 다시 가보았다. 꼼짝 않고 있는 것으로 보아 분명 시체였다. 소총이나 수류탄 같은 무기는 보지 못한 것으로 기억한다. 흘낏 보고 말았지만 몸뚱이의 임자는 젊은이였다. 공포감과 연민감에 가슴이 뛰어 급히 그 자리를 다시 떴다. 어떻게 그리되었는지는 분명치 않지만 군인들이 전투 중

죽을 때 앞으로 넘어져 죽는 것이라고 알고 있었다. 그런데 논둑 길 바로 옆 논바닥에 있는 내가 본 최초의 군인 시체는 반듯하게 누워 있었다. 그리고 확실한 것은 아니나 두 무릎을 세워놓고 있는 것 같았다. 어찌 된 것일까? 혹 부상당한 채 쫓기다가 기진하여 논바닥에 반듯하게 누워 죽음을 맞은 것일까? 알 수 없는 일이었다. 국군이 들어온 직후의 일이고 근처에서 총격전이 있었다는 말은 나중에도 듣지 못하였다. 단독 시체이고 또 썩는 내가 나지도 않았다. 소속 부대가 흩어지고 각자도생을 꾀하던 병사 중의 하나가 부상 끝이 아니면 기아로 탈진하여 풀벌레 소리 가득 찬 남쪽 땅 논둑가의 논바닥을 최후의 침상으로 삼은 것이 아닐까? 그의 부모를 비롯한 가족이나 친지들이 그가 거기서 삶을 끝낸 것을 영구히 알지 못하리라 생각하니 처연한 기분이 들면서 남의 일이 아니라는 생각이 간절해졌다.

전후의 청년시대에 『독일 전몰학생의 편지』나 『머나먼 산하』 『들어라 바닷소리』와 같은 일본 전몰학생의 수기나 편지를 읽게 되었다. 『독일 전몰학생의 편지』는 1차 대전에 참전했다가 전사한 독일 학생의 편지를 프라이부르크대학 교수 비트코프가 엮은 것이다. 그 책을 읽은 일본 전몰학생이 참호 속이나 촛불 아래에서 괴테나 횔덜린을 읽는 독일 학생들을 말하면서 그들의 시체 속에서 발견한 수기에는 적을 비방하는 문구가 없었다는 점을 들어 탄복하고 있는 것이 기억에 남아 있다. 상관의 명령으로 상관들의 죄목을 뒤집어쓰고 처형된 어느 학생은 일본 간부 군인들이 전 국민 앞에서 배를 가르는 심정으로 사죄하고 여생을 사회봉사에 바쳐야 한다고 처형 전야에 적고 있는 것도 기억에 생생하다. 그런 수기를 읽으면서 떠오른 것이 수복 직후의 고향 논바닥에서 본 반듯하게 누워 있는 청년 시체였다. 어쩐지 그 몸뚱이의 임자가 꼭 학생일 것이란 근거 없는 확신 같은 것이 생겨나서 그 죽음을 더욱 처연하게 만들어주었다.

난생처음으로 전사자의 죽음을 목도하고 돌아가는 길 내내 심란하였다. 자꾸만 남의 일 같아 보이지 않아서. 오래전에 폐허가 된 연초경작조합 창고 자리를 지나 용산 골목으로 들어섰다. 전과 달리 사람의 왕래가 보여 정말 평화가 왔다는 느낌이 들었다. 우리 집 골목이 다가오면서 용산교 이쪽저쪽으로 나 있는 커다란 구렁들이 보였다. 앞당겨서 적은 바 있는 그 구렁들이다. 골목으로 들어서니 벌써 피란처에서 돌아온 집들은 표가 났고 사람 사는 동네라는 실감이 들었다. 집으로 들어섰다. 부엌을 지나 뒤꼍을 가보아도 아무런 변화의 낌새는 없었다. 방으로 들어갔다. 좀 누워야겠다 생각하고 요를 꺼내서 폈다. 쪽지가 보였다. "이틀 동안 푹 쉬었다 간다. 또 보자." 반듯하고 예쁜 연필 글씨였다.

그까짓 석 달을 못 참아

무장 군인의 내방

그 이튿날이 되자 한낮에 부친이 배낭을 짊어지고 호암리 우거에서 돌아왔다. 오후에는 모친도 동생들서껀 욕각골에서 돌아왔다. 공습의 위험이 없고 저쪽 사람들이 완전히 충주를 비웠다는 것이 분명해졌으니 더 이상 집을 떠나 있을 이유가 없었다. 이제는 다시 집을 비워둘 일이 없겠지, 하며 모친은 앞날에 대해 낙관적으로 말하면서 집 안 정리를 시작했다. 우리 동네 이웃 사람들이 저마다 피란지에서 돌아와 우리 골목 안도 다시 석 달 전의 모습을 되찾은 듯이 보였다. 그러나 어쩐지 썰렁한 냉기가 돌고 찬바람이 불어닥친다는 느낌이 드는 것은 어쩔 수 없었다.

개울가에서 우리 골목으로 들어서면 일곱 번 꺾어 가야 골목을 나서게 된다. 그 세 번째 굽이에 있는 집에는 유경규柳競圭라는 문패가 달려 있었다. 다섯 번째가 우리 집이어서 한 집 건너 이웃인 셈이다. 유경규 씨는 부친보다 시너 살 아래인데 부친을 보면 늘 '종씨'라면서 살갑게 대하였다. 집안 계보를 따르면 버들 유柳씨는 본시 차車씨에서 분파되어 나왔다고 한다. 신라 말년에 국사범으로 몰린 차씨가 황해도 구월산에 숨어 지내면서 유씨로 변성명해서 살았고 그가 문화 유씨의 시조라는 것이다. 구월산이 황해도 문화군에 있기 때문에 문화 유씨이고 하필 버들 유씨로 고친 것은 그 모친이 버들 양楊씨여서 그리되었다 한다. 어쨌거나 지금도 종친회는 차류종친회車柳宗親會로 되어 있고 본이 다른 유씨끼리는 물론이고 차류씨도 혼인을 하지 않는 것으로 돼 있다. 붙임성이 없는 부친은 종씨란 말을 쓰는 법이 없었지만 인사는 깍듯이 하면서 다정하게 지나는 처지였다. 유경규 씨를 우리 집에서는 오쟁이 아버지라 불렀는데 남매 중 막내인 아들의 이름이 오쟁이였기 때문이다. 자손이 귀한 집안인데다가 몇 번 참척을 당한 적이 있어 명이 길라고 오쟁이라는 아명을 붙인 것이라 하였다. 맏이가 딸이었는데 6·25 전에 강물에서 변을 당했다. 건져 온 어린 딸의 익사체를 안방에 놓아두고 부인이 한여름에 계속 장작불을 때어서 이웃 사람들을 안타깝게 한 적이 있었다. 익사체의 몸을 덥히면 살아날 수 있다는 속신이 있어서였는데 딸을 잃은 후에 내외가 모두 웃음기를 잃고 얼굴에는 근심이 가득해 보였다.

그런 유경규 씨가 다저녁때 우리 집에 들렀다. 부친과 오랫동안 수군수군하면서 얘기를 나누었다. 그가 돌아간 뒤에 들으니 인민군 진주 후에 저들에게 협력한 사람들을 처벌한다는 얘기가 돌고 있고 그도 협력한 축에 속하기 때문에 서로 들은 바와 불안감을 나눈 것이었다. (그때는 아직 부역附逆이란 말이 등장하기 전이었다.) 전매청이란 데서 사실상 한 일은 없고 훈련을 나오라 해서 가끔 나가서 방공훈련과 직장 단위 제식훈련을 받은 것이 전부였다고 한다. 사실 여름 한철은 특히 전매청으로서는 일감이 없는 시기이기도 한 모양이었다. 그는 원격지 부역賦役에 동원되는 것을 피해서 이리저리 잘 빠져왔는데 막상 저들이 도망쳐버리니 또 새 걱정거리가 생겼다고 한탄을 하더라는 것이다. 몇 번의 참척으로 말미암아 재앙에 대해서 각별히 취약한 팔자가 아닌가, 하고 생각하게 된 그는 이번에도 사태가 만만치 않다는 예감을 떨치지 못했던 것 같다. 삶에서 몇 해 선배이긴 하지만 비슷한 처지의 부친은 당신도 협력자에 대한 조처가 있을 것이란 얘기는 들은 바 있다는 것을 털어놓았다. 그러나 벌써 몇 번 불행을 겪었으니 이번에는 저쪽에서 미안해서라도 피해 갈 것 아니겠느냐며 위로가 될 수 없는 위로의 말로 그를 다독거렸다는 것이 모친이 내게 들려준 사후 설명이었다.

그 이튿날 오전이었다. 우리 집에 난데없는 무장 군인이 나타났다. 반듯한 군복과 군모와 군화 차림의 당차 보이는 청년인데 장총을 들고 있었다. 처음 군복에 놀랐으나 아는 얼굴이어서 안도했다. 충주중학교에 주둔했던 국군이 새벽 철수를 감행한 직후 폐기물과 잡동사니로 가득 찬 운동장에서 그것을 뒤지고 있던 젊은 교사와 상급생이 있었는데 그적의 상급생이 군인 복장으로 나타난 것이다. 마침 부친은 앞마당 담장 밑에서 풀을 뜯고 있었다. 그는 나보다 1년 위 상급반이었고 부친이 그 반 담임이었음을 나중에 알게 되었다. 그는 부친에게 다가가 거수경례를 붙이고 "선생님, 안녕하셨습니까?" 하고 인사를 하였다. 부친도 반색을 하면서 그의 손을 잡고 어서 들어오라고 방으로 안내하였다. 시골 중학교에서 상급생에겐 깍듯이 경례를 붙여야 하는 시절이었고 이러한 상하관계는 특히 학년 차가 적을수록 엄격하였다. 바로 아래 학년이 가장 만만했기 때문이다. 나는 안면이 있는 그에게 대충 인사를 하고 뒷전으로 물러났다. 처음엔 구두끈을 푸는 것이 마음에 걸리는 듯 가봐야 할 데가 있다고 주저하던 그도 이내 부친의 재촉에 따라 방으로 들어섰다. 부친이 어떻게 된 것이냐며 군복을 입게 된 사정을 묻자 그는 간단히 경위를 들려주었다.

충주중학교에 잠시 주둔했던 부대가 남으로 후퇴한 바로 이튿날 그도 영어 교사이던 김형철 선생과 함께 남으로 향했다.

문경에 이르러 김 선생은 고향 가까운 안동 쪽으로 가기 위해 예천 쪽으로 빠지고 자기는 계속 국도를 따라 남하해서 대구까지 가게 되었다. 대구 접경 지역에도 대포 탄환이 떨어지는 지경이 되자 거리에서 청년들을 마구 징발해 갔고 그때 현지 입대하게 되었다. 그러나 입대한 후 곧 북진이 시작되어 큰 위험 겪지 않고 돌아오게 되었다면서 이렇게 뵙게 되니 감개가 무량하다고 털어놓았다. 말솜씨가 정연하고 또 마음에서 우러나오는 소리라는 느낌이 들었다. 그러면서 "그동안 고생 많으셨지요?" 하고 그는 물었다.

"고생이랄 꺼야 무어 있나? 고생이라면 또 안 한 사람이 어디 있겠나? 이렇게 반듯한 군복 차림의 모습을 보니 정말 반갑고 믿음직스러운 느낌이네."

부친은 평소 그렇듯이 느린 어조로 말을 이어가더니 한참 머뭇거리다가 다시 이었다.

"실은 그동안 학교에 나가서 소위 협력이란 것을 했다네. 수업을 한 것은 아니지. 알다시피 그 판국에 학교에 나오는 학생이 어디 있겠나. 그냥 나가서 써내라는 것 써내고 들으라는 '교양'을 받고 손을 들라면 들고 그랬다네. 실습지에서 채소도 가꾸고……. 이렇게 나라를 위해 총을 들고 싸운 모습을 보니 솔직히 부끄럽고 면목이 없네. 정말이야. 앞으로 다시는 면목 없는 짓은 하지 말아야겠다는 생각이 간절해지네. 이 주책없고 못

난 선생을 용서해주게나. 부탁일세."

잠시 침묵이 흘렀다.

"⋯⋯선생님, 그런 말씀을 왜 하십니까? 왜 저에게 그런 말씀을 하세요? 그런 얘기 들으려고 제가 찾아온 것 아닙니다. 안부가 궁금해서 들른 것이고 선생님 이렇게 여전하신 것 보고 참 다행이란 느낌입니다."

"⋯⋯."

"저⋯⋯ 실망했습니다⋯⋯. 선생님은 이런 분이 아니셨습니다, 제가 생각하는 선생님은요. 선생님을 꼭 뵙고 싶어 엄정면 저의 집에 들르기도 전에 찾아온 것입니다."

민망해서 그 이상 더 듣고 있을 수가 없었다. 나는 슬며시 윗방을 빠져나와 대문 밖으로 나와버렸다. 열여덟 중학생 말이 마흔다섯 교사의 말보다 더 당당하고 조리 있고 이치에 맞는 소리였다. 어느 하나 틀린 말이 없었다. 입에 발린 소리도 없었다. 교사와 학생의 위치가 완전히 뒤바뀌어 있었다. 세상에 이런 봉변이 어디 있으며 이런 수모가 어디 있을 것인가? 이렇게 답답할 수가 있나? 부친에 대한 원망과 혐오감이 몰려오면서 덩달아 분하고 창피하고 이루 말할 수 없는 모욕감을 느꼈다. 한참 개울가를 쏘다니다가 돌아오니 군인의 모습은 보이지 않고 부친이 마루에 앉아 멍하니 남산을 바라보고 있었다. 나중에 알게 된 문자를 빌리면 무연無然히 바라보고 있었다. 순간 연민감이 뒤섞인 맹렬한 혐오감을 다시 느꼈다. 자랑스럽지 못한 아버지의 아들이 감수할 수밖에 없는 속상한 슬픔에 익숙해 있었지만 그것이 가지가지 새로운 얼굴로 다가온다는 사실이 겹으로 마음을 상하게 했다.

지금의 시점에서 냉정히 돌아볼 때 부친의 말은 진심이었다고 생각한다. 죄인으로서의 자의식이 방어기제로 작용하여 군인이 되어 돌아온 학생에 대해 조금쯤 과한 저자세가 되었다는 흠은 있어도 그 발언의 진정성을 부정할 수는 없다고 생각된다. 한편 학생의 진정성은 한결 순수한 것이었다. 남행 직전에 학교에서 본 적이 있는 담임 교사의 안부가 궁금해서 그의 말마따나 엄정면 집에 가는 것을 젖혀놓고 들른 것인데 선생은 자기 앞에서 조국에 대한 충성맹세 비슷한 것을 털어놓지 않는가? 자기를 무슨 수사요원으로 생각하는 것 아닌가? 내가 그따위로밖에 비치지 않는단 말인가? 자기의 참뜻이 제대로 이해받지 못하고 있다고 생각하고 그 나이에 걸맞게 먹은 마음을 그대로 쏟아낸 것이라 생각한다. 사실 그의 눈에는 '협력' 같은 것이 큰 문제가 되지 않았을 것이다. 그저 무사함의 기쁨을 나누고 싶었을 뿐이었고 담임에 대한 충정을 표시하면서 사선死線을 넘어온 자기의 건재도 알리려 했을 뿐이었을 것이다.

뒷날 그의 이름이 이승주李承周이고 모범적인 우등생임도 알게 되었다. 북진 후 어느 시기에 학생 신분 군인이 원하는 경우

귀휴歸休를 허용했고 그때 그는 귀가를 선택하였다. 따라서 휴전 후 재복무한 뒤 만기제대를 했고 대학 졸업 후엔 당시 을지로1가에 있던 국립중앙도서관에서 사서로 근무하였다. 사서 시절의 그를 우연히 거리에서 만난 적이 있다. 그는 몹시 반가워하며 저녁이나 함께하자고 나를 불고기집으로 끌고 갔다. 사는 형편과 집안 얘기를 물어보며 여러 가지로 격려를 해주었는데 융통성이 없을 정도의 고지식하고 성실한 인품을 그때 확인하였다. 꼭 내가 치러야 할 것 같은 느낌이 들어 동작을 취했더니 무슨 소리냐며 어서 빨리 서울로 올라오고 그리되면 그때 한번 크게 내라고 어깨를 쳤다. 그것이 몇 번 소매를 스쳤을 뿐이지만 잊지 않고 있는 그와의 마지막 만남이 될 줄은 전혀 생각지 못하였다. 어찌 된 경위인지 그는 1970년대 말인가 1980년대 초에 미국 버지니아주로 이민을 갔고 새천년 들어서 한참 있다가 세상을 떴다는 소리를 들었으니 "거하게" 복수할 기회를 영영 놓치고 만 셈이다. 충심으로 아쉽게 생각한다. 이러한 소소하나 간곡한 회한이 산재해 있는 것이 바로 우리네 사람살이다.

아주 사소한 사건이 무시로 떠오르면서 잊히지 않는 경우가 있다. 수복 직후 군인 복장으로 내방해서 부역 죄인인 부친을 무안하게 만든 학생 이승주와의 대화가 내 삶에서는 그 대표적인 사례의 하나가 된다. 직접적인 관련이 없는 경우에도 스스로 연관이 지어지면서 상기되고는 하였다.

내가 화려한 색상을 잘 쓰던 이대원李大源 화백의 이름을 처음 접한 것은 중학 시절의 일이다. 1946년에 나온 김동석 수필집 『해변의 시』 목차 끝에 '장정 이대원'이라 적혀 있었다. 그의 이름을 기억하게 된 것은 모두 대여섯 개의 서재 그림인 삽화가 인상적이어서라기보다 당시 내가 김동석의 팬이었기 때문일 것이다. 그만한 문장력을 보여준 사람이 없었다고 생각했던 것이다. 1980년대 후반쯤 어떤 계제에 이대원 화백을 뵙게 되었다. 중학 시절 알게 된 이름의 주인공을 거의 40년 만에 대면하게 된 것이 신기하고 놀랍게 생각되었다. 뵙기는 처음이지만 김동석의 『해변의 시』에서 처음 성함을 접했다고 사실대로 말했다. 그러나 화백의 반응은 너무나 뜻밖이었다. 반가워하기는커녕 긴장된 표정이 되면서 "김동석은 모르는 사이이고 박문서관 주인 노성석盧聖錫이 대학 동창이여서 그의 청으로 삽화를 그리게 된 것"이라고 말하는 것이 아닌가! 순간, 큰 실수를 저질렀구나, 하는 생각이 퍼뜩 들었다.

해방 직후의 몇 해 동안 김동석은 평론가로서 사나운 활약을 했고 당대의 쟁쟁한 좌파 이론가로 알려져 있었다. 출간 후 얼마 되지 않은 사르트르의 『실존주의는 휴머니즘이다』를 영어 번역으로 읽고 혹독한 비판을 가한 것은 그의 일면을 잘 보여준다. 이 화백에게는 좌파와 연관된 기억하고 싶지 않은 개인사적 사안이 있는 것이 아닌가, 아니면 좌파와의 연좌적 관련을 깨끗이 지우려는 과민성 방위기제가 작동하는 것이 아닌가, 그런 생각이 들었다. 김동석과 노성석은 경성대학 동기로서 서로 친분관계가 있었던 모양으로 김동석의 글에도 그에 관한 얘기가 나온다. 당시의 경성대학은 일본인 학생이 많았고 따라서 소수파인 한국인 학생 사이에는 각별한 유대관계가 있었던 것으로 알고 있다. 그런데 삽화를 대여섯 점이나 그려준 책의 저자를 몰랐을 리가 없다. 지난날의 사상 탄압이나 과도한 연좌적 인간관계의 추궁이 이대원 화백 같은 사회의 중추적 인물까지 과민반응하게 만든 것이라는 생각이 들면서 생각난 것도 수복 직후 부친과 이승주의 대화 장면이었다. 직접적으로 관련이 없는데도 수시로 그 장면을 상기하곤 했으니 60여 년 전의 상황을 생생하게 기억할 수 있는 것이 아닌가 생각한다. 되풀이해서 자동적으로 머릿속 기억의 필름이 휘휘 돌아간 것이다.

그까짓 석 달을 못 참아

얼마 되지 않아 부역附逆과 부역자란 낯선 새 공식 용어가 등장하게 된다. 모든 부역자는 자술서를 쓰고 자수하라는 공고문이 읍내 게시판에 나붙었고 입소문도 파다하였다. 적극적인 협력자들의 대부분이 "36계의 줄행랑이 제일"이란 속담을 실천에

302

옮긴 뒤의 일이다. 자술서를 제출하는 곳은 대한청년단으로 되어 있었다. 전국적 조처는 아니고 충주 지역에서 대한청년단이 그 일을 자임하고 나선 것이라 생각한다. 당시 대한청년단 지역 책임자는 김기철金基喆이었다. 대한청년단 충주 지부장이라는 직함을 갖고 32세의 젊은 나이로 제헌의원에 당선된 그는 2년 임기가 끝나는 6·25 직전에 치러진 5·30선거에서 낙선하였다. 무소속의 조대연趙大衍 후보에게 참패한 것이지만 차점도 하지 못했다. 부역자 처리를 자임하여 정치적 입지를 넓히려는 의도였다고 생각되는데 그것이 현지 경찰 당국과 어떤 조정 과정을 거친 것인지의 여부는 역시 알 길이 없다. 다만 부친이 자술서라는 공들인 작문을 대한청년단 쪽에 제출하고 자수한 것만은 확실하다. 불과 100일 사이에 내용은 판이하나 "관대한 처분을 빕니다"란 취지만은 동일했을 자술서 혹은 자서전을 두 번이나 작성했으니 재물 없는 초로初老[1] 졸장부의 심정도 자못 착잡하고 참담했을 것이다.

　날짜는 헤아릴 길이 없지만 어느 날 오전에 작은이모부가 우리 집에 들렀다. 폭격으로 집이 폭삭 망가져 갈 곳이 없게 된 이모부는 가족을 데리고 내 외가에서 처가살이를 하는 처지였다.

---

1) 초로는 늙기 시작하는 시기를 뜻하지만 40세를 가리키는 별칭이기도 하다. 후자의 뜻으로 쓰이는 경우가 많다. 옛날에는 마흔이면 노인이었다.

부친을 만나러 온 것인데 부재중임을 알고 한껏 풀 죽은 모습의 이모부는 행방을 알려주면 찾아가보아야겠다고 말했다. 모친이 나서서 나보고 사택촌에 가서 부친에게 알리라고 일렀다. 무슨 볼일이 있는 것은 아니고 몇 사람이 모이기로 했다는 귀띔을 들었던 모양이다. 충주중학교 인근에 여섯 채의 신축 사택이 있었다는 것은 위에서도 적은 바 있지만 거기서들 모이는 모양이었다. 나는 사택촌으로 향했다. 묘하게도 사택촌에서는 세 집이 남하 혹은 은신을 했고 세 집이 잔류 부역을 하였다. 향리 산골에서 시종 은신하고 학교에는 얼굴도 내비치지 않은 강康 선생은 돌아왔으나 나머지 두 집은 소식만 알려왔을 뿐 아직 돌아오지 않은 채였다. 잔류한 집의 주인들은 모두 행방을 감춘 터였다. 시종 은신했다 돌아온 연만한 강 선생을 위로도 하고 함께 얘기를 나누자는 취지의 모임임을 나중에 알게 되었다. 다시 자술서를 작성하게 된 처지에 서로 정보도 교환하고 살 궁리를 찾아보자는 속셈도 있었을 것이다. 내가 강 선생 댁에 당도해보니 마루에 여럿이 둘러앉아 있었다. 대부분 부역 교사들이었다. 주인, 조익선, 김용식金鏞植, 이름을 잊어버린 김 선생, 부친 등이 앉아 있고 영어 담당의 백준기白駿基 선생이 신을 신은 채 마루에 걸터앉아 있었다. 아마 거기에 뒤늦게 당도한 모양이었다. 낮은 목소리로 얘기하는 소리가 났는데 얘기를 도중에 끊는 게 뭣해서 한옆에서 용건을 전할 기회를 엿보고 있었다. 그러는데 갑자기 백준기 선생이 벌떡 일어나 좌중에다 대고 큰소리로 일갈하였다.

"아니 그래 그까짓 석 달을 못 참아 부역을 한단 말이오? 3년도 아니고 겨우 석 달을? 쯧쯧쯧. 그게 말이 됩니까?"

그의 호령에 좌중의 반역 죄인들은 모두 꿀 먹은 벙어리가 돼버렸다. 그의 고압적 일갈이 누구 얘기 끝에 나온 것인지는 알 수 없다. 몸 둘 바를 모르는 반역죄인들 한옆에 서서, 한 변변치 못한 죄인의 역시 변변치 못한 2세二世가, "아니 석 달이 될지 3년이 될지 30년이 될지 어떻게 압니까? 누군 하고 싶어서 부역했습니까? 그게 말이 됩니까?" 하고 격하게 속으로 항변하고 있음을 그는 꿈에도 생각하지 못했을 것이다. 더구나 그로부터 60년후 소수 청중을 향한 자기의 직설적 발언이 고스라니 실명實名과 함께 기록되리라는 것은 더더욱 생각하지 못했을 것이다. 무장 군인 이승주 때와는 달리 그때는 백 선생에 대한 격렬한 반감 때문에 부친에 대한 부정적 감정은 작동할 여지가 없었다. 어쨌건 용건을 전하고 돌아가는 길 내내 마음속의 회오리를 잠재울 길이 없었고 일자이후 백 선생은 내가 가장 경멸하는 동포 중의 한 사람으로 내 마음속에 굳건히 자리 잡고 말았다.

중학 2학년 때 백준기 선생한테 영어를 배웠다. 열의 있는 교사는 아니었으나 자기 몫은 충실하게 다하는 평균적 교사였다. 가르치는 것이 싫증 나면 칠판에 영어 단어를 판서하고 뜻을 알면 빵을 사준다며 2학년 학생이 모를 만한 단어만을 골라 나열하곤 하였다. 재주가 많아서 졸업반 송별회 같은 학교 행사가 있으면 소장한 바이올린을 가지고 나와 솜씨를 자랑하기도 했다. 오드웨이의 「여수」나 토셀리의 「세레나데」가 단골 레퍼토리였다. 충주 용산 2구 한길가에 있는 텃밭이 넓고 사법서사 사무소 간판이 달린 꽤 큰 한옥이 그의, 아니 그의 부친의, 집이었다. 경성사범학교 연습과를 나온 그는 해방 전 청주의 초등학교에서 가르쳤다. 동료였던 작은이모의 말을 따르면 그 시절에도 영어 단어를 칠판에 써가며 영어 공부하는 것을 은근히 과시했다고 하는데 어쨌건 그 독학 실력으로 해방 후 영어 교사가 된 것이다.

청주교대에서 가르치던 시절 백 선생을 만나게 되는 일이 종종 있었다. 그러나 수복 직후의 경험 때문에 최소한의 의례적 인사를 나누는 것 이상으로 더 가까이하고 싶어지지 않았다. 의도적으로 그런 것이 아니라 마음이 내키지 않아 그렇게 된 것이다. 영어 과목을 중시하지 않은 사범학교에서 배운 영어를 독학으로 마스터했다는 자부심과 이른바 '세계 명곡'을 바이올린으로 연주할 수 있는 능력이 웬만한 동포는 무시할 수 있는 권리를 부여했다는 젊은 날의 잠재적 우월감을 버리지 못한 것으로 생각된 탓도 있었다. 변변한 영어 책을 제대로 통독한 것이 없다는 사실에 전혀 무심한 이에게 경의가 생기지 않은 것 또

한 부정할 수 없다. 1980년대 초에 뜻하지 않게 백 선생의 전화를 받았다. MBC에서 「나의 존경하는 스승」인가 하는 짤막한 연속물을 내보낸 적이 있다. 그 프로에서 중학 1학년 때 담임이었고 서당 공부 이외의 학력이 전무했던 이백하李栢夏 선생 얘기를 했다. 그 프로를 보고 반가웠다며 "혹시 또 그런 기회가 있다면 내 얘기도 좀 해주게" 하고 백 선생은 농담 비슷하게 덧붙였다. 당시 그는 충북 어느 고등학교 교장으로 재직 중이었다.

수복 직후의 백 선생 발언은 당시 남하했다 돌아온 사람들이 대체로 느꼈던 감정을 여과 없이 드러낸 것이라 생각된다. 남행길에 오른 이들은 그들대로 고생이 이만저만이 아니었을 터이고 전황의 진행도 극도의 불안감을 안겨주었을 것이다. 거기서 유래하고 축적된 울분을 부역 동료들에게 발산한 것일 터이다. 그러나 중학생의 눈에도 그것은 헌병이나 경찰관은 모르지만 교사가 동료에게 할 소리는 절대 아니었다. 표피적 현실 파악의 천박성보다도 역지사지하는 심성의 전면적 결여가 문제다. 백 선생의 반응은 또 부역자를 바라보는 이승만 정부의 공식 태도와도 동일한 것이다. 자기반성 없는 당시의 기계적 획일적인 부역자 처리는 이승만 정부의 중요 실정失政의 하나이며 공적에 비해 응분의 평가를 받지 못하는 이유의 하나가 되어 있다고 생각한다. 국민을 지켜주지 못하고 적절한 초기 대응을 하지 못한 데 대해 국민에게 사과와 위로의 말을 건네고 소수 극렬파極烈派

를 제외한 부역자에게 사면령을 내렸어야 한다고 생각한다. 그랬다면 억울한 사람과 불만 세력의 수효도 현격하게 줄고 국민의 지지도도 현저하게 높아졌을 것이다. 그릇 큰 선각자이고 먼 앞날을 내다보는 현실적 통찰력을 갖춘 인물임을 인정하는 것과 심정적으로 공감·지지하는 것은 별개의 문제라 생각한다.

궁극적으로는 문체가 문학의 영혼이라 생각한다. 문장이 조잡하거나 영혼 없는 글을 읽어내는 끈기를 끝내 개발하지 못하고 말았다. 우선 불결한 느낌이 들어 읽지 못한다. 그럼에도 지리멸렬하고 적정치 못한 단어 배열로 일관된 책을 통독하고 깊이 공감한 적이 있다. 학생 시절에 읽은 유병진柳秉震 판사의 『재판관의 고민』[2]이 그것이다. 우리에게도 이런 인물이 있구나! 없는 것이 아니구나! 감동하면서 읽었다. 행위 당시 행위자

---

2) 『재판관의 고민』은 1952년 대구에서 간행되었다. 1957년 2월에 서울 고시학회에서 나온 2쇄는 모두 186페이지이다. 저자 유병진은 서울지방법원 부장판사, 홍익대학 강사로 소개되어 있다. 1952년 1월 3일에 대구 객사客舍에서 적은 서문격인 「이 작은 책을 내놓으면서」에 보이는 다음 대목은 이 책의 성격을 잘 드러내고 있다. 틀린 것도 그대로 둔 채 인용해본다. "과혹過酷한 법에 비등된 여론, 그 법은 가차 없는 중형重型 내지 극형極刑을 요구하였고 여론 그것은 부역자는 종자種子를 말리워버린다고 웨쳤다. 그 어마어마한 법과 여론, 그러한 험악한 분위기 속에서 나의 부역자 재판은 시작되었던 것이다. 그러나 위의 사색의 결론은 나로 하여금 그 환경에 휩쓸리지 못하게 하였던 것이다. 즉 그 법은 현실을 무시한 것이요 그런 까닭에 어떠한 부면에 있어서는 본법이 도리어 민족을 해친다고 보았으며 그 여론조차 흥분에 싸인 과혹한 부르짖음이라고 결론지음과 동시에 나아가서는 나는 이것을 광정匡正하여야 한다고 단정하였던 것이다." 이 책의 표제는 '법관의 고민'이라고 하는 게 좋겠다는 생각을 학생 때도 하였다.

308

에게 적법한 행위를 하는 것이 기대되는 기대가능성 이론이 있다. 그것이 없으면 행위자를 비난할 수 없고 범죄가 성립되지 않는다는 게 핵심이다. 이 이론을 간접 적용하여 다수 부역자에게 무죄를 선고한 자초지종이 적혀 있다. '부역행위특별조치법'이나 '비상사태하의 범죄처벌에 관한 특별조치령'이 워낙 중형주의 일변도여서 법관으로서의 고민이 많았다는 점을 밝히면서 자기 판결의 정당성을 변호하기 위해서 쓴 것이라고 할 수도 있다.

가령 초등학교 졸업이 학력 전부인 나이 만 14세 4개월의 소년이 인민군 진주 이후 저들의 내무서內務署에 근무하면서 서원들에게 도움을 주고 동네 거주 우익 인사의 가옥을 안내하여 그들을 살해하게 했다는 죄명으로 기소되었다. 어느 날 파출소 앞을 지나가는데 내무서원이 나와서 "너 똑똑하게 생겼는데 여기 와서 심부름을 해라" 해서 청소와 심부름을 했으며 두세 명의 집을 가르쳐주었을 뿐 살해하게 하지는 않았다는 게 소년 피고의 진술이었다. 유죄인 경우 10년 이상의 중형이 선고되는 상황이다. 그는 고민 끝에 무죄를 선고했다는 등의 구체적 사례가 적혀 있다. 뒷날 그는 진보당 사건[3] 1심에서 조봉암의 간첩죄

---

3) 진보당은 1956년 11월에 창당되었고 다섯 가지 강령을 내세웠는데 그중 4항은 "평화적 방식에 의한 조국통일의 성취를 기한다"고 되어 있다. 이 평화통일론이 문제가 되어 1958년 1월 조봉암 이하 당 간부가 모두 체포되고 당은 2월에 해산된다. 1심에서 조봉암을 제외한 당 간부 전원이 무죄 판결을 받았다.

를 인정치 않고 보안법 위반만 적용하고 나머지 열일곱 명에게 무죄를 선고해서 널리 알려지게 된다. 반공청년들이 법원과 그의 집 앞에서 성토 시위를 벌이고 당사자는 형사부에서 민사부로 자리를 옮겼다. 애석하게도 그는 1960년대 중반 50대 초반의 젊은 나이로 세상을 떴다.『재판관의 고민』을 읽으면서 백준기 선생의 일갈 장면이 생각난 것은 당연하다. 그에 대한 나의 부정적 감정이 그래서 더욱 굳어진 것인지도 모른다.

비명에 간 사람들

비슷한 시기에 모든 학생들은 사범부속국민학교로 모이라는 연락을 받았다. 당시 충주중학교는 미군이 들어 있어 교현동에 있는 부속학교로 모이라 한 것이다. 본시 일본인 아이들이 다니던 '혼마치本町국민학교'가 해방 후 신설된 충주사범학교와 그 부속국민학교로 쓰였다. 사범학교는 용산리의 경작조합 맞은편에 신축 중이었으나 공습으로 미완성 건물이 송두리째 못 쓰게 된 참이었다. 부속학교에 가보니 강당에 학생들이 꽤 모여 있었다. 학년별로 줄지어 서게 하였는데 그 모임을 주관한 것은 상급반이었고 주로 6·25 전에 우익 학생으로 알려져 있던 이들이었다. 제일 먼저 지시한 것은 지난 3개월간 자신이 한 일을 가감 없이 솔직하게 적어서 그 이튿날 제출하라는 것이었다. 다시 말해서 학생용 자술서를 내라는 것이다. 때가 때이니만큼 모두들 자술서를 써낸 것으로 알고 있다. 나도 사실대로 욕각골로 피란 가 있었다는 것, 두어 번 학교에 가본 적이 있다는 것, 결막염에 걸려 오래 고생했다는 것, 산판에서 장작을 져 날랐다는 것 등을 적어서 제출했는데 그것이 나중에 어떻게 되었는지는 알 수 없다.

학생 소집을 했으니 자술서 제출 이외에도 무엇인가 명분이 있어야 했을 것이다. 아마도 그런 이유 때문에 대한민국 국민으로서의 소양과 사명감을 기른다면서 헌법 강의를 했다. 그것을 담당한 것은 대학 신입생인 윤중호였다. 그는 단상에서 헌법의 첫머리 부분을 읽고 복창을 시키고 그다음 해설을 가하였다. 대한민국의 영토 부분을 읽는 대목에서 "한반도와 그 부속도서島嶼"를 "한반도와 그 부속도여"로 읽었다. 당시는 국한 혼용이었기 때문에 섬[嶼] 자를 잘못 읽은 것이다. 아니 대학생이 도서도 모르다니! 하고 생각했기 때문에 모든 것이 어수선하던 그 시절의 헌법 강의를 기억하고 있을 것이다. 한 이틀 나가다가 더 나가지 않았으니 그 모임이 어떻게 끝났는지는 생각나지 않는다. 학교 강당에는 지하실이 있었다. 수복 이전에 열성적으로 활동을 한 학생들을 가두어두고 심문도 하고 구타도 했다는 얘기가 있었는데 내 자신이 직접 목격한 것은 없다. 물론 보통 학생에게는 지하실 접근이 허용되지 않았을 것이다. 열성적으로 활동했다는 것이 구체적으로 무엇을 뜻하는가, 하는 것도 일정치는 않을 것이다. 학생들의 경우 범학생 좌파 조직에 가담하여 회의에 참석하고 야간 시위에 참여해서 함성을 지르고 또 우익 학생 잡아들이고 연고지에 가서 갖가지 지시사항을 독려한 것이라 생각되는데 직접 경험이 없어 세목은 잘 알지 못한다. 또 학교 안의 조직에서 각 학년 책임자나 간부로 이름이 오른 학생들이 열성 활동자에 포함되어 있었을 것이다. 충주 지역의 각종 기관장이나 과거의 지방 유지들의 자녀가 부친의 '죄과'를 속죄하고 가족의 불이익을 면하기 위해 열성을 가장한 경우가 많았다는 것도 기억해두어야 할 것이다. 그러한 동기에서 의용군을 지원한 후 도망쳐 온 사례도 적지 않다.

오랜만에 모이다 보니 동급생들은 자연히 친구의 동정에 관해서 들은 얘기를 나누게 되었다. 그림을 잘 그리고 미술반 학생이었던 백승천이 의용군에 갔고 그밖에도 이진규李晉圭가 갔다는 얘기가 돌았다. 당시 우리 학년은 만 16세나 17세가 다수파여서 특별히 자원하지 않는 한 가지 않아도 되었고 거리에서 붙들려 갈 정도의 몸집은 아니었다. 그러나 지역에 따라 사정이 달라서 획일적으로 말할 수는 없을 것 같다. 길거리에서 끌려갔다가 도망쳐 나온 감곡甘谷 출신의 동급생도 있다. 위 두 사람 중 백승천은 영영 돌아오지 않았고 이진규는 반공포로 석방 때 돌아와서 우리보다 훨씬 늦게 학교를 졸업하게 된다. 한편 세상을 뜬 교사나 상급생 얘기도 돌았다. 생물 담당의 유동렬 선생이 학생 손에 화를 당했다는 말은 그 전에도 들은 바 있었다. 그러나 이제는 사범학교 강습과 학생이 중학교 근처의 남산 범바위 밑에서 죽창으로 살해했다는 얘기가 구체적으로 나왔다. 배운 교사를 직접 처치하기가 뭣해서 중학교 학생이 사범학교 학생에게 청부 살해를 시켰다는 설이 유력하다. 생활지도 담당이어서 좌익 학생들을 다루었기 때문에 이들이 주동적으로 일을 저질렀다는 얘기도 따라붙었다. 부인의 성은 오씨였는데 평생 재혼하지 않았다는 얘기는 나중에 들은 바 있다. 한편 충주농업학교의 체육 담당 남봉우南鳳祐 선생은 호암지 연못가에서 역시 학생들이 총으로 살해했다는 것이 정설이다. 그도 생활지도 담당이어서 화를 입은 것이다. 그해 육군사관학교 합격생이었던 박우필朴愚弼은 사관학교를 지원했다는 단 한 가지 이유로 역시 학생들 손에 피살되었다. 양복점 주인의 아들이었던 그는 준수한 얼굴에 걸음걸이가 천생 훈련받은 군인 같아서 기억에 남아 있다. 이들은 모두 인민군 진주 후에 희생된 이들이다. 세상모르는 어린 학생들이 자기들이 하는 일이 무어인지 명확한 자각도 없이 허황된 영웅심리로 저지른 일인데 수복 후에 일어난 박창래 사건도 당시의 상황을 극명하게 시사해준다고 할 수 있다.

광복 직후 초등학교 시절에 들은 말에 "어깨"[4]란 말이 있었다. 힘깨나 쓰고 주먹질을 잘해서 거리를 주름잡는 불량배 비슷한 이를 가리키는 말로 알고 있었다. 6·25 전 충주에는 "털보" "야마" "가와" "고부" "아라야마"라고 호칭되는 학생 어깨들이 있었다. 깡패라기보다는 요즘 말로 하면 일탈 학생이란 정도의 뜻으로 어깨란 말을 쓴 것이다. 털보를 제외하면 모두 일어에서 나온 것인데 실제 본인의 성에서 따온 것이기도 하고 별명으로 붙인 것이기도 하다. 위에 적은 이들은 충주농업학교 학생이었는데 그 밖의 중학교나 사범학교의 이런 어깨들이 수복 후 모여서 학생자치회 비슷한 그룹을 형성하고 석 달 동안 적극적으로 활동한 좌익 학생들을 수소문해서 잡아들이기도 하고 놓치기도 하였다. 충주중학교에선 백승빈, 김달진, 김용래 등이 그 추적 대상이었다는 게 들은 소문이다. 한참 그러고 있을 즈음에 박창래朴昌來가 나타난 것이다.

박창래는 6·25 전에 좌익 학생으로 알려진 사범학교 학생이

---

4) 한글학회에서 펴낸『우리말 큰사전』에는 "어깨"란 말 뜻풀이의 넷째 항목에 "깡패"를 보라고 적혀 있다. 기억에 틀림이 없다면 그 무렵 어깨와 같은 뜻으로 "가타"란 말도 흔히 썼다. "어깨에 힘을 준다, 힘이 들어간다"는 말이 있고 그것이 일본어에서 나온 것으로 보아 아마도 일본어에서 나온 용법이 아닌가 생각되는데 정작 일본어 사전에는 "肩かた"란 말에 그런 뜻이 적혀 있지 않다. "어깨"란 말이 먼저 있었고 그 다음에 일어 "가타"를 썼을 개연성을 완전히 배제할 수는 없지만 우리말 사전이 어원에 대해서 함구하고 있는 것은 우리 문화 역량의 빈곤을 말해주는 것이다. 어원 설명이 있고 최초의 용례가 나와 있어 읽기가 재미있는 우리말 사전이 어서 빨리 나와야 한다고 생각한다.

었다. 몸이 날래고 무술 실력도 있고 해서 그쪽의 대표 학생으로 간주되었다. 그런 그가 군복을 입고 총까지 들고 충주에 나타났다. 자기 말로는 미군 부대에서 군속으로 일한다고 했다는데 전에 그와 대립관계에 있던 학생들이 가만히 두고 보지를 않았다. 즉시 잡아들여 헌병대에 넘겼는데 그 후 행방불명이 되었다는 것이 당시의 소문이었다. 전환기에 이래저래 화를 당한 사람이 많아서 별 관심을 모으지 못한 것은 당연한 일이다.

박창래의 모친은 교현동 거주의 무녀巫女였다. 자기 아들이 무고하게 변을 당했다고 직감한 그녀는 그 후에도 계속 범인 찾기에 나섰다. 아들 친구들을 일일이 찾아다니면서 아는 바 없느냐고 캐물었다. 여러 가지 정황증거로 보아 진상을 알고 있을 것이라고 추정되거나 아들의 행방불명에 관련됐음 직한 인물들을 일일이 찾아다니며 추궁도 하고 호소도 하였다. 마침내 3인의 학생이 안림리의 공동묘지에서 자기 아들을 총으로 살해했다는 사실을 인지하게 되었다. 당시 공동묘지에서 시체를 처리했다는 인부의 말을 듣게 된 것이다. 거기에 이르기까지 망자의 모친이 쏟아부은 정성은 상상을 초월한 것이었다. 그녀가 그 사실을 알게 된 것이 언제인지는 분명치 않다. 어쨌거나 그녀는 3인을 걸어서 1950년대 말에 고소를 제기했다. 그러나 이런 경우 흔히 그렇듯이 10년 전의 일인 데다가 수복 직후 혼란기의 일이어서 우선 수사 당국이 수사에 열을 올릴 리 없었다. 지목된 당사자들은 그저 알아볼 일이 있어 박창래를 만나 동행을 요청하고 함께 갔는데 도중에 갑자기 달음박질쳐 도망치는 바람에 동작이 날랜 그를 따라잡지 못했으며 그 후 보지를 못했다고 입을 맞추었다. 결국 증거 불충분으로 유야무야되고 말았다. 당시 박창래 모친은 군 수사기관에도 탄원서를 내어서 특무대 본부에서 조사해 보고하라는 지시가 충주 파견 요원에게 내려왔다 한다. 그러나 얼추 심증은 가지만 이렇다 할 증거가 있을 리 없었다. 이럴 때 흔히 그렇듯이 시체 처리를 했다는 인부도 말 바꾸기를 하고 말아 사실 확인이 불가능하다는 보고를 내는 것으로 사실상 종결 처분이 되었다 한다. 군 복무를 육군 특무대에서 마친 고등학교 동기생이자 미학과를 다닌 「광복 20년」의 방송작가 김교식金敎植에게 직접 들은 얘기이다.

박창래의 경우 중고생 수준에서의 유치한 대립관계로 말미암아 희생된 사례다. 사실 그가 지은 죄는 없다. 6·25 전 좌익 학생이었다 하더라도 그가 범법 행위를 했다면 당시에 처벌을 받았을 것이다. 6·25 이후 점령군에게 협력하려면 고향에서 할 것이지 외지로 가야 할 이유가 없다. 군복까지 입고 등장했다면 그의 말대로 미군 부대에서 일했다는 것이 사실일 것이다. 그런데 오래전의 유치한 적대관계와 사사로운 감정 때문에 끌고 가서 린치를 단행한 것이다. 좌우익 학생 간의 격렬한 대립과 암투는 정부 수립 이후 승패가 결정되자 진정되었고 6·25 직전에는 소멸되다시피 하였다. 위험천만한 조처를 두고 어린애에게 총을 맡기는 일과 같다는 말들을 흔히 한다. 그러나 10대 후반 의 젊은이도 덩치 큰 어린애나 같다. 그들이 총을 갖고 있고 기회가 주어질 때 어떤 일이 벌어지나 하는 것은 박창래의 죽음이 잘 보여준다. 전쟁 통의 위험을 잘 넘기고 고향에 돌아오자마자 끔찍한 최후를 맞았으니 참으로 반어적이다.

「모란이 피기까지는」의 시인 김영랑은 9·28 수복 직후 거리에 나갔다가 유탄에 맞아 세상을 떴다고 한다. 공보처의 국장직을 맡기도 했던 그는 석 달 동안 잘 숨어 지내다가 수복 소식에 감격한 나머지 성급히 거리로 나왔다가 참변을 당한 것이라고 듣고 있다. 이렇게 유탄으로 희생된 이가 적지 않을 것이다. 수복의 감격을 너무 일찍이 공개적으로 표출하는 바람에 희생된 사람들도 많다. 충북 괴산군 감물면甘勿面의 정재갑이란 충주농업학교 학생은 인민군이 패주한다는 것을 알고 즉시 친구와 함께 태극기를 그리고 "국군 환영!!"이란 글씨를 써서 동네 요소요소에 붙이고 있었다. 마침 지나가던 인민군이 이를 보고 총격을 가해 참변을 당했다. 북으로의 패주가 산발적으로 진행 중인데 너무 서두르다가 일을 당한 것이다. 이것은 감물면 출신의 동기생인 안병찬에게 들은 얘기다.

이러한 희생자 이외에도 북으로 가는 대열에 끼어 간 학생들 얘기도 듣게 되었다. 6·25 전 음악반을 조직해서 방과 후에 합

창 연습을 지휘한 상급생이 있었다. 6학년의 홍기연과 5학년의 유중현이 그들이다. 하도 성화를 하는 바람에 나도 3학년 때 한번 참가한 적이 있으나 멘델스존의 「오 종달새」 한 곡을 함께 배우고 나서 빠져버렸다. 방과 후에 꼬빡꼬빡 남아서 연습하는 것이 귀찮아 핑계를 대고 나온 것인데 빠져나오기도 쉬운 일이 아니었다. 그만큼 그들은 열성이었다. 학교에서 시키는 것도 아닌데 자신들의 취미로 음악반을 조직하고 지도를 한 것이다. 장신의 홍기연은 제창 지휘하는 것이 멋있게 보였다. 전쟁이 나자 이번에는 학교 밖에서 비슷한 일을 한 것이다. 자연 그쪽 행사에 많이 도움이 되었고 그쪽 노래를 가르치는 데 한몫을 했다. 처음부터 그쪽으로 경도된 것은 아니고 노래 때문에 그리된 것이라는 게 다수 의견이었다. 홍기연은 북으로 가는 중에 총상으로 세상을 떴다는 소식을 그 아우에게 들은 바 있는데 1970년 대의 일이다. 유중현의 뒷소식에 대해선 들은 바 없다. 내가 개인적으로 알게 된 1년 위인 변종우卞鍾宇도 그때부터 모습을 감추었으니 필시 북으로 가는 대열에 끼어 갔을 것이다. 그는 학생연맹 모임에 참가해서는 안 된다는 것을 내게 개별적으로 설득한 좌파 학생이었으나 공부를 잘하는 우등생이기도 하였다. 그의 뒷소식은 들려온 바 없었다.

그리던 하늘은 아니러뇨

합장일랑 말아라

알고 보면 세상은 좁다. 한 다리 건너 다시 두 다리만 건너면 다들 아는 사이가 된다. 이번에 다시 한 번 그것을 통감하였다. 전번에 학생 손에 비명으로 간 한 사례로 충주농업학교의 남봉우 선생 얘기를 적은 바 있다. 그런데 최근 그 유족을 통해 불행의 자초지종을 비교적 소상하게 알게 되었다. 흔히 말하는 6·25의 상처가 얼마나 깊고 다양한 것인가를 보여주고 있고 기록으로 남기는 의미도 있어 전해 들은 대로 적어두려 한다. 6·25 당시 남봉우 선생 일가는 농업학교 사택에 살고 있었고 학교 사택은 열한 채가 있었다 한다. 아무래도 전황이 불리해지는 쪽으로 가자 남 선생은 부인과 자녀 3남매를 충북 음성에 있는 처가로 보냈다. 오랫동안 생활지도 주임을 맡았으나 6·25 나던 해에 교무주임이 된 그는 학교일 정리할 것이 있다며 충주에 남아 있었다. 인민군의 진격 속도가 빨라지자 일단 음성으로 갔으나 전선은 벌써 음성을 지나 남쪽으로 이동해 있었다. 남선생은 사정을 알아보기 위해 충주로 돌아와서 칠금리에 있는 믿을 수 있는 제자를 찾아 나섰다가 곧 붙잡히게 되었다는 것이 나중에 알려진 사실이다.

남편으로부터 아무런 소식이 없자 부인 정인순鄭寅順 여사가 충주로 나왔다. 충주농업학교에서는 한갑수 선생이 인민위원장직을 맡고 있었던 것 같다. 부인은 우선 한갑수 선생을 찾아가 남편의 행방에 대해서 물어보았다. 처음엔 걱정할 것 없다면서 안심을 시켰는데 나중에는 벌써 청주로 넘어가서 자신도 모른다고 말했다. 아무런 단서도 찾지 못해 다시 찾아가 물어보니 "이렇게 자꾸 찾아다니면 오히려 당사자에게 해롭다"며 역정까지 내었다 한다. 그러니 다시 찾아가 물어볼 처지도 못 되었다. 처음엔 상황이 그리 나쁘지 않아서 안심을 시킨 것으로 생각되는데 태도가 달라진 것이 모든 것을 알고 난 뒤에 직접 알려주지를 못하고 얼버무린 것인지의 여부는 알 길이 없다. 부역 교사인 한갑수 선생은 충주에 과수원을 가지고 있었고 1950년대 말에는 충북 도의원으로 일하기도 했다. 보신 때문에 부역하기는 했으나 지방 재력가이자 유지였던 그가 적극적으로 협력한 것이 아닌 것만은 분명하다.

수복이 되고 나서 충주경찰서에서 연락이 왔다. 경찰서에는
수복 직후 실종신고를 해놓은 처지였다. 두 처남과 열세 살 장남
이 경찰서를 찾았다. 거기서 남봉우 선생을 직접 처형했다는 충
주농업학교 학생을 만날 수가 있었는데 그는 유병대 내무서장의
지시로 자기가 남 선생에게 총을 쏘았고 시체도 그 자리에 매장
했다고 말하였다. 또 그 장소가 호암지 연못 근처의 구렁이었다
고 진술했다. 곧 그곳을 파보았는데 열대여섯 구의 시신이 묻혀
있었고 이미 부패가 심해서 누가 누구인지 분간할 도리가 없었
다. 부인은 매고 있던 혁대를 근거로 해서 남 선생 것이라고 생
각되는 시신을 수습해서 선산에 안장했다. 현장에는 부인, 두 처
남, 어린 아들이 입회하였다. 당시 그 학생을 통해 남 선생이 칠
금리에서 붙잡힌 후 하루 정도 유치장에 있다가 바로 처형되었
다는 것도 알게 되었다. 처형을 지시했다는 유병대도 충주농업
학교의 교사였다. 6·25가 터지기 직전에 부임해 왔는데 처와
두 아들이 있었다. 큰아들은 전처의 소생이었고 아주 어린 작은
아들은 후처 소생인데 이 후처는 충주여자중학교의 가사家事[1]
교사였다. 어떠한 경위로 그가 학교에서 내무서로 전근해 간 것
인지에 대해서는 많은 다른 것과 함께 지금으로서는 알 길이 없

---

1) 가사과는 요즘의 가정家政과에 해당한다.

다. 그는 당연히 수복 직전 월북하였다.

　남봉우 선생은 충북 청주 남일면 소재 의령宜寧 남씨 집성촌 출신이다. 청주중학을 나온 후 부친의 명으로 의과계의 상급학교 시험을 치렀으나 성공하지 못했다. 음악이나 스포츠 쪽으로 재주를 보인 터라 적성에 맞지 않아 본인 자신이 별로 입시 준비에 열의를 보이지 않아 크게 낙망하지도 않았다 한다. 낭인생활과 우여곡절 끝에 역시 부친의 의사에 따라 충주군 앙성의 강천초등학교와 음성 수봉초등학교 교사로 근무하다가 해방 이후 충주농업 체육 교사로 부임하게 된다. 운동에 소질이 있고 특히 축구를 잘해서 충북 대표팀 선수를 지내기도 했는데 3번을 달고 백을 보았다. 그것이 계기가 되어 충주농업의 체육 교사가 된 것인데 바이올린과 아코디언도 잘 켰고 실을 뽑는 새 제사기製絲機를 만들어 특허를 받은 것도 있었다. 사변 전부터 교장으로 있었고 남 선생을 초빙해 온 박성범朴聖範 교장은 남봉우 선생 유족의 처지를 딱하게 여기고 교사용 사택에 머무르게 할 수는 없어 전부 여섯 채가 있었던 학생 기숙사 중의 한 칸에 유가족이 머물도록 배려를 해주었다. 그 덕에 오랫동안 집 걱정은 하지 않아도 되었다.

　1951년 가을 연례행사인 충주고와 충주농고의 친선 축구경기에서 예년과 달리 충주농고가 패배를 하였다. 충고 선수들이 거친 경기를 하는데 심판이 이를 묵과해서 부당하게 패배한 것이라고 농고 선수들이 이의를 제기하며 난동을 부렸다. 마땅히 학생들을 진정시켰어야 할 박 교장이 나서서 학생 편을 들며 은근히 선동을 해댔다. 농고 학생들이 돌을 던지며 충고 학생 집결장소로 진격해 오는 바람에 충고 학생들은 돌을 피해서 도망을 쳐야 했다. 불시에 당한 것이어서 반격할 틈도 없이 학생과 교사가 거의 1킬로 정도 도망쳐서 삼원초등학교까지 이르렀다. 그제야 투석과 추격이 뜸해져서 양쪽 교사들이 나서서 일단 휴전이 된 일이 있었다. 그때의 거동으로 보아 박성범 교장은 교사로서의 기본 자질이 없는 위인으로 치부하게 되었고 그러고 보니 그의 복장이나 코밑의 수염이 꼭 기생오라비 같다는 생각을 하게 되었다. 이번에 그가 남 선생 유족에게 보여준 배려에 관한 얘기를 듣고 사람에게는 누구나 장단점이 있고 한 모서리만 가지고 판단해서는 못쓴다는 생각을 다시 하게 되었다. 난시에 희생된 교직원의 유족에게 최소한 주거 장소는 제공해주어야 한다는 생각을 한 그의 의협심이, 불법적 난동을 통해 패배자에게 울분의 배출구를 열어주자는 파격적 언동과, 같은 뿌리에서 나온 것이 아닌가 하는 생각이 들어서였다. 사실 사람의 장단점이란 것은 모두 같은 뿌리에서 나온 상이한 줄기인 경우가 많다

졸지에 가장을 잃은 유족이 그 후 가파른 삶을 살았을 것은 불문가지다. 남봉우 선생의 부친 남상범南相範 씨와 그 부인도 1·4후퇴 직후 세상을 떴고 남봉우 선생의 막내 또한 1·4후퇴

피란 중에 아버지와 할아버지의 뒤를 따랐다. 부인 정인순 여사가 가사 도우미와 바느질 품팔이를 비롯하여 온갖 궂은일을 도맡아 해서 어린 남매를 키웠다. 그 과정에 남 선생의 옛 친구나 제자의 도움도 컸다. 1년에 한 번 쌀 한 가마를 꼬박꼬박 도와준 은인도 있었다 한다. 다행히 남매가 모두 명민해서 어려운 가운데도 아들 기영基英은 서울대학 지질학과를 나와 경북대학 교수로 있다가 호주의 지질 연구소에 자리를 얻어 1971년 한국을 떠났다. 딸 미영美英은 숙대 국문과를 나왔고 『동아일보』 신춘문예 동화부문에서 당선되어 동화작가로 활동하는 한편 한국교육개발연구원에서 장기간 근무해서 국어교육연구실장을 역임한 바 있다. 현재는 한국독서개발연구원장으로 일하고 있다. 부인 정인순 여사는 2014년 우리 나이 백하나로 세상을 떴고 말년 이태 동안은 인지장애에 걸려 있었다. 인지장애가 오기 전 부인은 딸에게 말했다. "혁대로 미루어보아 너희 아버지려니 생각하고 시신을 수습해서 선산에 모시긴 했지만 무언가 의지를 하려고 서두르는 마음이 앞서서 그랬던 것이 아닌가, 하고 생각한 적이 많다. 아무래도 자신이 없고 아닌 것 같다는 생각이 든다. 그러니 나 죽은 뒤 합장合葬일랑 말아라. 생판 남일지도 모르거든." 사실상의 유언이 된 셈인데 그 얘기를 듣고 마른가슴이 찡해오는 것을 어쩔 수 없었다.

이메일로 전해 들은 남기영 씨의 경험담도 그렇다. 충주농업학교는 봉방리라는 논바닥으로 된 동네 한가운데 서 있었다. 시내에서 완전히 동떨어져 있고 당시엔 인가도 주위엔 없었다. 그런 농업학교 바로 옆의 사택에서 살았기 때문에 동네엔 친구가 많을 수가 없었다. 부친을 죽음으로 몰아넣은 것이 분명한 유병대 선생의 아들이 한 살 위였고 함께 삼원초등학교를 다녀서 친하게 지냈다. 6·25 이후 그의 부친이 월북한 후 만날 기회가 없었다. 그런데 1961년 봄에 서울 동숭동 교정에서 그를 먼발치로 보았다. 처음엔 긴가민가하였다. 몇 차례 보고 나서 틀림없이 그라는 확신을 갖게 되었다. 그가 구내식당에 앉아 있는 것을 보고 용기를 내어 다가가 그의 이름을 불렀다. 그는 처음 몹시 당황해하였으나 전혀 모르는 사람처럼 굴면서 자기가 그 이름의 주인이 아니라고 딱 잡아떼었다. 갑자기 무서워지면서 그 후 그를 만나게 될까 겁이 났다. 학교 가기가 도무지 싫어져 겸사겸사 앞당겨 자원입대하였다. 그의 모친은 "너희들이 잘되는 것이 복수하는 것이다. 딴생각은 말아라"라고 늘 말했다 한다. 그는 유병대 선생 아들 이름만은 절대 밝히지 말아달라고 내게 당부하였다. 가해자의 아들도 희생자의 아들도 윗대의 업고業苦를 이어받아 서로 다른 아픔과 은폐된 기억을 안고 산 것이다. 남 선생 장남이 굳이 남쪽 바다 끝의 호주 땅으로 이민을 간 것도 소년기의 악몽과 그 여진餘震에서 벗어나려는 심층적 충동 때문이 아니었을까 하는 생각이 드는 것을 어쩔 수 없다. 전쟁의 상흔이란 지극한 상투어로 일괄 처리하는 그 시대 불행의 세목은 이렇게 모질고 한없이 다양하다.

하마터면 죽을 뻔

수복이 된 후 한 3주는 되어서다. 고향인 단양에서 석 달을 보내고 돌아온 윤상호尹相鎬를 동네 골목에서 만났다. 그는 염재만과 함께 있었다. 단양 대강면 출신인 윤상호는 우리와 한 학년이기는 했으나 나이는 네댓 살이나 위였다. 그는 조부의 엄명으로 열아홉 되던 중학 2학년 때 도둑장가를 들었다가 나중에 들통이 나서 한동안 학급에서 놀림감이 되고는 하였다. 신부는 시집살이를 시키고 본인은 그의 형 집에서 학교를 다녔다. 염재만의 집에서도 불과 50미터 정도밖에 떨어져 있지 않은 곳이었다. 몇 해 후 충주전매서 서장을 지낸 그의 가형 윤상배尹相培 씨와 얼굴이 똑같은 데다가 뒷모습도 비슷해서 뒤에서 보면 형제의 분간이 가지 않았다. 그러나 나이 차이가 많아서인지 그는 자기 형을 몹시 어려워하였다.

서로 할 얘기가 많은 터였지만 마침 형님 심부름 갈 일이 있다면서 저녁에 다시 만나자고 윤상호가 말하였다. 염재만이 자기 집에서 만나자고 해서 그리하기로 하였다. 저녁을 먹고 염재만 집에 들르니 윤상호가 벌써 와 있었다. 단양 고향집에서 겪은 일들을 얘기하느라 한참 열을 올리고 있었다. 대강면에서 오랫동안 이장을 지낸 적이 있는 그의 부친 때문에 그의 집안은 한동안 어려움에 빠져 있었다. 그러나 동네에서 인심을 잃은 일이 없는 데다가 인품이 무던하다는 호가 난 터라 별 탈 없이 넘겼다 한다. 그의 부친 인품도 인품이지만 동네 인심이 좋아서 그리된 것이리라. 그런데 문제는 수복 직전에 일어났다. 윤상호는 체격도 좋고 키도 큰 데다가 나이도 스물하나가 되었으니 의용군으로 데려가기에는 아주 십상인 처지였다. 처음엔 이리저리 피했으나 날이 갈수록 죄여오는 압력을 피해내기가 어렵게 되었다. 대강면은 윤상호 집안의 세거지로 누대가 거기서 살아온 처지였다. 대강면의 지리를 자기 집 앞마당처럼 꿰뚫고 있던 완고한 그의 조부는 저녁나절 좀처럼 찾기 힘든 구석진 암굴로 손자를 데리고 가서 난리가 끝날 때까지 숨어 있으라고 엄명하였다. 손자의 거처를 아무도 모르게 직접 당신이 데리고 갔고 또 필요한 돗자리나 홑이불은 손자가 지고 가게 하였다. 생고구마나 복숭아를 비롯해서 인절미와 꿀과 물통까지 장만해서 일단 며칠간은 견딜 수 있는 채비가 되어 있었다. 입구를 밤에 막아두라고 싸리 망태기까지 준비를 해 갔다. 조금만 올라가면 조그만 샘도 있다며 새벽녘에 길어다놓으라고 일렀다.

"앞으로 이 굴 안에 틀어박혀 있어라. 괜히 갑갑하다고 들락

날락하다가는 사람 눈에 띄어 당장 동네에 소문이 난다. 그러니 한밤중에 나와서 잠시 바람을 쐬거나 변을 보는 것은 괜찮지만 꼼짝 말고 죽어지내라. 자주 들르면 안 되니 사흘에 한 번 내가 들러 먹을 것을 갖다주마. 동네에는 인민군을 따라갔다고 소문을 내놓으마. 이 세상에 공것은 없는 법이다. 살기 위해서는 죽어지내야 한다. 명심하여라."

이렇게 엄포를 놓고는 마음을 굳게 먹으라며 몇 가지 세목을 일러주었다. 바깥에서 소리가 나더라도 내다보거나 나오지 말 것, 그럴 일이야 없겠지만 혹 사람 눈에 뜨이는 경우엔 몸에 폐질이 있어 조부의 처방으로 여기서 액땜을 하고 있다고 말하라는 것, 그리고 손바닥 문지르기, 손으로 발바닥 문지르기, 누워서 두 다리 번갈아 들어 올리기를 하라는 것이었다. 심심하면 속으로 천까지 세고 다시 세기 등을 하라고도 일렀다. 먹는 것이 부실하니 속이 허하겠지만 참아야 한다, 얼굴이 수척해지면 도리어 발명하기가 좋다고 하면서 참고 견디다 보면 또 수가 생기는 법이라고 이르고 자리를 떴다.

산속 골짜기 한구석으로 나 있는 암굴은 사람이 일부러 만든 것처럼 아늑하였다. 조부가 어려서부터 알고 있었다는 이 암굴은 평퍼짐한 바위 위에서 발을 구르면 아래에서 울리는 소리가 났다. 그래서 알게 된 것인데 세심하게 살피지 않으면 입구 비슷한 좁고 트인 공간은 쉬 눈에 띄지 않았다. 조부가 이른 대로 엎드린 채 다리 부분부터 굴속으로 집어넣어 뒷걸음으로 굴로 들어갔다. 호랑이가 그렇게 뒷걸음으로 호랑이굴로 들어가는데 혹시 있을 공격에 대비하기 위해서라 하였다. 암굴은 세 사람 정도가 나란히 누워 있을 수 있는 공간인데 어른이 앉아도 바위 천정에 머리가 닿지 않을 정도의 높이였다. 돗자리를 깔고 누우니 어릴 적 숨바꼭질하던 생각이 나면서 다시 숨바꼭질을 하는 그 느낌이 괜찮았다. 그러나 밤이 되어서 가끔 새소리 같기도 하고 짐승 소리 같기도 한 소리가 들려와 으스스한 기분이었다. 싸리 망태기 틀어막은 곳을 다시 신이나 운동모자로 가려놓았다. 쉬 오지는 않았으나 잠이 들었다. 잠이 깨자 우선 배가 고팠다. 밖을 내다보니 새벽녘이었다. 꿀물을 타 먹고 복숭아도 먹고 생고구마도 먹어서 시장기를 채우고는 조부가 지시한 대로 발바닥도 문지르고 누워서 다리운동도 하였다. 소변이 마려워 밖으로 기어 나와 볼일을 보고는 다시 뒷걸음으로 토굴 속으로 기어 들어갔다. 그러나 갑갑하기 짝이 없었다. 사람이 골짜기를 무단히 지나다닐 리도 없으니 바깥에 나가서 바람이라도 쐬는 것이 낫지 않은가? 그러나 살기 위해서는 죽어야 한다는 조부의 말이 생각났다. 꾹 참았지만 또 핑곗거리가 생겼다. 이번엔 뒤가 마려운 것이다. 할 수 없이 밖으로 기어 나와 부리나케 뒤를 보고 나서 나무와 풀로 대충 덮어놓았다. 다시 기어 들어갔다.

그 이튿날 저녁 때 조부가 또 주먹밥과 개떡과 찐옥수수를 날

라다주었다.

"사흘에 한 번 들른다 생각했는데 영 궁금해서 견딜 수가 없더구나. 그래 어디 지낼 만하더냐? 갑갑하고 답답하겠지. 그러나 어쩌겠느냐. 뻔히 알면서 몸 다치러 싸움터로 갈 수는 없지 않느냐? 이 할아비 말 허술히 듣지 말고 그저 꾹 참고 수양을 하거라. 참고 견디는 것이 제일로 큰 수양이다. 알아듣겠니? 네 식구 생각해서라도 마음 단단히 먹고 참고 있어라. 또 오마."

이렇게 말하고 헛기침을 한 뒤 조부는 10리가 넘는 산길을 되돌아갔다.

암굴 속에 갇혀 있기는 날이 갈수록 익숙해지는 것이 아니라 점점 더 갑갑해졌다. 하루 이틀도 아니고 언제까지 이렇게 굴 속에 누워 있어야 하나? 이러다가 생병 나는 것 아닌가? 앉았다 누웠다 해볼수록 초조한 생각이 들면서 좀이 쑤셨다. 그러나 집안 식구도 모르도록 고령의 조부가 직접 데리고 와서 이르는 말을 거역하기는 어려웠다. 갈등 속에서 이제 닷새째가 되었다. 저녁 무렵이면 조부가 주먹밥을 싸 들고 들를 법한 날이었다. 조부가 들고 올 먹을거리가 궁금해지면서 기다려졌다. 그런데 웬일까? 배가 쌀쌀 아파오더니 뒤가 마렵기 시작하였다. 아직 한낮이어서 바깥출입하기에는 적당한 시각이 아니었다. 그러나 아무래도 안 될 것 같아 마음을 다잡고 암굴 밖으로 나가서 뒤를 보았다. 설사였다. 물배도 채울 겸 괜히 궁금해 골짜기 샘물을 많이 마셔서 설사를 만난 모양이라고 생각했다. 뒤를 보고 일어서다가 인기척이 나서 쳐다보니 바로 20미터 정도의 골짜기를 예닐곱 명의 군인이 질러가고 있었다. 간이 콩알만 해졌다. 인민군 복장이었고 그들이 얼추 북쪽을 향해 가고 있음은 분명해 보였다. 본시 그곳은 사람 왕래가 잦은 통로가 아니었다. 병사들이 길을 잃었거나 일부러 질러간다고 택한 것임이 분명하였다. 그런 생각이 번개처럼 머리를 스쳐갔다. 그러나 그것도 순간이었다. 저쪽에서 먼저 알아보고 그중의 하나가 다가왔다.

"동무, 거기서 무엇 하고 있소?"

"……."

"동무, 무엇 하는 사람이오?"

"……네, 학생입니다."

당황해서 처음엔 대답이 나오지 않았고 다음엔 목소리가 떨려 나왔다. 그러는 사이 앳된 얼굴의 병사는 주위를 꼼꼼히 살폈다. 그의 눈길을 따라 살펴보다 가슴이 쿵 내려앉았다. 며칠 동안 암굴을 기어서 들락날락한 탓인지 표가 나 있었다. 전에는 주목하지 못했는데 성긴 잔디의 눌린 자국이 눈에 들어왔다. 게다가 노란 옥수수 알갱이마저 흩어져 있지 않은가? 앳된 병사는 즉각 암굴 입구 쪽으로 다가가더니 몸을 굽혀 그 안을 좌우로 살펴보았다. 단박에 그는 모든 것을 파악한 모양이었다.

"동무, 따라오시오."

그를 따라가는 수밖에 없었다. 일행이 서 있는 지점에 이르자 앳된 병사는 일행 중 나이가 지긋해 보이는 이에게 보고하듯이 말했다.

"변장하고 숨어 있는 국방군이 틀림없습니다. 저 안에 있는 굴을 확인했습니다."

"아닙니다! 국방군 아닙니다. 전 학생입니다."

그는 힘을 다해서 상급자에게 말했다. 그러나 앳된 병사는 비웃듯이 말했다.

"변장한 국방군이 아니고 학생이라면 왜 여태껏 의용군으로 지원하지 않았단 말이오? 혹 의용군 나갔다 도망친 거 아니오? 둘 중의 하나이니 처치하고 가야 할 것 같습니다. 얼굴이 창백한 것으로 봐 오랫동안 숨어 있었던 게 분명합니다."

그는 나이가 지긋해 보이는 상급자 앞으로 다가가 크게 절을 하고 호소하였다.

"저는 정말로 학생입니다. 여기서 10리 정도 떨어진 마을에 살고 있습니다."

그러자 앳된 병사가 소리쳤다.

"닥쳐! 거짓말 마! 둘 중에 하나야. 숨어 있는 국방군이거나 의용군 도망자거나. 안 그러면 왜 여기서 숨어 있는가 말이다. 당장……."

그러자 상급자가 나지막한 소리로 윤상호를 향해 말했다.

"얘기를 계속해보라우."

순간적으로 그는 해야 할 얘기를 생각해내었다. 자기는 3대 독자 외아들인데 오래전에 부친이 돌아가고 지금은 조부모 밑에서 살고 있다는 것, 어떠한 일이 있더라고 절손이 되어선 안 된다며 조부가 이리 데리고 와서 숨어 있으라고 해서 숨어 있다는 것, 갑갑해 미칠 것 같아 몇 번 나가려고 했으나 조부는 "성姓을 지고 저승 가는 것처럼 큰 죄가 없다"며 어떻게든 살아서 손을 이어야 한다고 윽박지른다고 하소연을 했다. 여기서 10리 정도 되는 마을에 가 조부를 만나보면 정말임을 알게 될 것이라고도 했다. 앳된 병사는 계속 무서운 눈길로 자기를 노려보고 있었다.

"두어둬. 갈 길이 바쁘니 출발해!"

상급자의 말이 떨어지자 앳된 병사는 실망을 감추지 못하고 원망과 혐오의 눈길을 상급자와 윤상호에게 번갈아 보냈다. 상급자의 등을 향해 그는 깊은 절을 하면서 "고맙습니다. 평생 은혜를 잊지 않겠습니다" 하고 외쳤다.

저녁에 들른 조부는 그날 낮에 있었던 일의 자초지종을 듣더니 말했다.

"그만하기 다행이다. 3대 독자이고 부친은 돌아갔다고 둘러댔다니 제법이구나. 그건 잘 생각한 것이다. 그러나 될수록 밖으로 나오진 말랬지? 운이 좋았던 거다. 자꾸 저쪽 군인들이 북쪽으로 가는 것으로 보아 아무래도 쫓기는 것 같다. 조심하고 며칠 더 참고 있어라. 좋은 소식 있으면 곧장 달려올 것이다. 큰일 날 뻔한 것 명심하여라."

그러나 그 이튿날 저녁에 그는 암굴을 나오게 되었다. 윤상호는 정말 그때는 죽는 줄 알았다고, 생각만 해도 아찔하다고 되풀이 말하였다. 염재만이나 나는 경험해보지 않은 일이었다. 나이 몇 살 차이로 생사가 왔다 갔다 한다는 생각이 들자 우연의 횡포가 막강하다는 생각이 들었다. 본 얘기, 들은 얘기를 나누고 있는데 바깥에서 인기척이 나더니 큰 소리가 났다.

"안에 누구 안 계십니까?"

염재만이 방문을 나섰다. 그러자 모두 방에서 나오라는 아까의 목소리가 다시 들렸다. 윤상호와 함께 마루로 나서니 어둠 속에 목총을 든 두 청년이 서 있는 게 보였다. 무엇들을 하고 있느냐고 한 청년이 물었다. 염재만은 우리 세 사람이 중학교 동급생인데 오랜만에 만난 처지여서 그동안 겪은 일을 얘기하고 있었다고 말했다. 가만히 보니 한 청년은 낯익은 얼굴이었다. 자기들은 대학생 치안대원인데 빨갱이 잔당들이 비밀 모임을 갖고 있다는 정보가 있어 동네별로 나누어서 수색을 하고 있는 중이라면서 어린 중학생들이니 각자 집으로 돌아가 오해받는 일이 없도록 하라고 일렀다. 할 얘기가 많았지만 윤상호와 함께 염재만 집을 나섰다. 두 청년은 거기 남아서 염재만에게 계속 말을 걸고 있었다.

흉가라서?

그 이튿날 우리 셋은 다시 만났다. 이것저것 얘기하다가 염재만이 먼저 말을 돌려 집안 걱정을 털어놓았다. 어제저녁에 찾아와 집으로 돌아가라고 했던 대학생들은 사실 자기 집을 겨냥하고 들른 것이라고 그는 말했다. 나는 대충 짐작하고 있었지만 단양에 처박혀 있던 윤상호는 처음 듣는 터수여서 "그래?" "그래?"를 연발하면서 때로는 혀를 차기도 하고 때로는 작은 한숨을 짓기도 했다.

염재만의 형 염재룡은 수복되기 전부터 바쁘다며 집에 들르지 않는 일이 많았다. 그러다가 수복 직전에 집에 들러 옷을 두툼하게 챙겨 입더니 아무래도 당분간 피해 있어야 할 것 같다며 허둥지둥 집을 나섰다. 그 후 돌아오지 않고 아무런 소식도 없다는 것이었다. 엎친 데 덮치기로 경작조합에 다니는 부친도 부역자가 되어 면직된 것 같고 집안에 먹구름이 잔뜩 낀 상태라고 털어놓았다. 전날 밤에 찾아온 청년은 서울사대를 다니는 이해진李海鎭으로 조금 아는 사이인데 사실은 염탐을 하러 온 것이라고 그는 털어놓았다. 형한테서 무슨 소식 없느냐, 혹 어딘가에 숨어 있는 것 아니냐, 숨어 있다면 일찌감치 자수하는 게 좋을 것이니 그렇게 전하라고 하더라는 것이다. 인민군을 따라가다가 잡혀서 군인 손에 넘어가면 큰일인데 한 고비 지났으니 경찰이나 청년단에 자수하면 생명에는 지장이 없을 것이라고 말하면서 동네에서 서로 아는 처지라 이렇게 충고하는 것이라고도 말하더란 것이다. 정말 그리되면 좋겠는데 집에서도 그 이후 소식 들은 바가 전혀 없어 부모님 걱정이 태산 같다고 대답했다는 것이다. 생명에는 지장이 없다는 말에 도리어 섬뜩한 느낌이 들었다면서 염재만도 형의 안위에 대한 걱정이 이만저만이 아니었다.

염재룡은 충주농업의 축구 선수였다. 몸이 워낙 날래서 경기 때는 단박에 두각을 나타냈다. 본시 그는 이념이나 사상 등속에는 별 관심이 없었다. 그러나 같은 반의 한철희가 하숙을 하게 되면서 그의 영향을 받아 좌경하게 되었다. 한철희는 충주 노은면의 비교적 부유한 가정 출신으로 부친은 지방 유지였다. 건장한 신체에 준수한 얼굴을 한 그는 언동이 신중해서 누구에게나 믿음이 가는 호감 학생이었다. 역도 선수이기도 했던 그는 농업학교 학생으로는 드물게 책을 많이 읽어 그쪽의 지식인으로 통했다. 어린 중학생 염재만은 특히 그를 존경하다시피해서 그에 대한 경의를 툭하면 보여주었다. 한번은 작가 김동리가 신문에 쓴 글을 보고 비판을 가하는데 여느 국어 선생보다도 날카롭더라고 말하는 것을 들은 적도 있다.

1980년대에 서울서 만나게 되었을 때다. 옛이야기를 하다가 염재만은 한철희가 북에서 대장이 된 것 같다고 말했다. 피터 현이란 재미 저널리스트가 쓴 이북 얘기를 보았는데 거기 한철희 대장을 만났다는 얘기가 나온다, 자기 집에 하숙했던 자기 형 친구가 틀림이 없다고 그는 눈에 광채를 띠며 말하였다. 회의론이나 비관론으로 기우는 성향이 있는 나는 남에서 올라간 남로당계가 대장까지 오를 수 있겠느냐는 취지의 말을 했다. 그러자 그는 1960년대 후반 수원시청에 근무할 무렵 바로 이웃에 6·25 때 월북한 이의 집이 있었다, 한 달에 한 번 특무대에서 나와서 혹 무슨 연락이나 소식이 없는가를 조사해 갔다, 그 월북자가 장성이 되었기 때문이라는 얘기를 들은 바가 있다, 그로 미루어보아 그 한철희 대장이 아무래도 형의 친구일 것이다, 용모나 체격이나 인품으로 보아 갈 데 없는 대장감이라고 그는 말하는 것이었다. 순간 중학생 시절 그가 품고 있던 한철희에 대한 경의가 생각났다. 그러나 그가 살아 있어야 자기 형도 살아 있을 것이라는 간절한 희망적 관측의 소산이란 생각이 들면서 내 자신은 경험한 적이 없는 이산가족의 아픔이 전해지는 것을 느꼈다.

그 후 한참 지나서 피터 현을 만난 적이 있다. 이화여대 현영학玄永學 선생 자당 빈소에 갔다가 인사를 하게 된 것인데 두 분은 형제간이었다. 염재만의 말이 생각나서 이북에 가셨을 때 그쪽에서 만난 한철희 대장을 기억하느냐고 물어보았다. 미국 국적자인 피터 현은 그런 적이 없다고 망설임 없이 말해서 현 선생 글에 나온다는 얘기를 들은 바 있다고 했으나 기억에 없다는 답변이었다. 좀 더 알아보고 싶었으나 초면이요 자리가 자리인 만큼 더 물어보지 못하고 말았다. 1990년대가 되면서 연변의 동포들이 한국을 방문하는 일이 가능해졌다. 충북 음성의 염씨 집성촌 출신의 여성이 고향에 들렀다가 북에서 염재룡을 만났다는 얘기를 하였다. 형의 안부가 궁금했던 염재만이 이리저리 수소문해서 알아본 결과 그 여성은 6·25 때 월북한 이로서 노래를 잘해서 위문공연단에 끼어 여기저기 위문을 다녔다. 그 무렵 황해도 해주에서 염재룡을 만나보았다는 것이었으니 아직 휴전이 되기 전 전쟁 중의 일이었다. 그 후 그 여성은 탈북해서 연변에서 거주하고 있었던 것이다. 염재만은 그 종씨 여성을 직접 만나보면 더 많은 것을 알게 되리라 생각하고 연변행을 준비한 것으로 알고 있는데 1994년 환력을 맞던 해에 지병으로 세상을 떴다. 그의 빈소를 떠나지 않고 끝까지 지켰던 작가 이문구李文求도 새천년을 맞은지 얼마 되지 않아 세상을 떴다.

　6·25 이후 염재만 집안은 가세가 급격히 기울어졌다. 오랫동안 경작조합에서 봉급생활을 한 터에 중년 실직이 되었으니 시

골에서 새 일터 찾기가 쉬울 리 없었다. 1953년 고등학교를 나오던 해 그가 진학을 하지 않고 농협의 전신인 금융조합에 취직한 것도 그 때문이었다. 당시만 하더라도 고교 졸업이면 시험을 보아 금융조합에 취직할 수 있었고 시험 과목 중에는 수판 실기시험도 있었으니 까마득한 옛날이라 하지 않을 수 없다. 그는 최초의 근무지인 제천에서 숙직 중 중년의 동료 직원에게 성폭행을 당해 남창男娼으로 봉사할 수밖에 없었던 희귀한 경험을 하였다. 집 안에 객이 들어서 하는 말인데 숙직실에 가서 자도 좋겠느냐는 선배 동료의 전화를 받고 신입사원 당직이었던 그는 당연히 좋다고 하였다. 그리고 멋모르고 곤히 자던 한밤중에 해괴하기 짝이 없는 일을 당한 것이다.

공병대에 배속되었던 군복무 시절엔 후배 병사가 한밤중에 육박전을 가해 와서 옛날의 악몽이 되살아나 대경실색하였다. 그러나 그는 음양을 겸비한 양성兩性 성기 보유자여서 그를 향해 괴이한 여성성을 발휘한 것이었다. 몇 달이 지난 어느 일요일 누가 면회를 왔다고 해서 면회 장소로 나가보니 알 만한 사람의 모습이 보이지 않았다. 두리번거리다가 돌아서 나오려는데 '저 몰라보시겠어요?' 하고 한복을 곱게 차려입은 여성이 다가왔다. 또 한 번 대경실색하였는데 그녀는 바로 공병대 시절 야밤중에 덤벼 온 후배 군인이었다. 그가 뒷날 『반노』와 같은 특이한 소설을 쓰게 된 또 하나의 계기가 아닌가 생각한다.

간헐적으로 만나게 되면 으레 진기한 얘기를 들려주던 염재만은 우리 앞집이던 충주 용산의 자기네 집이 흉가였다는 것을 털어놓아 얼마쯤 놀란 일이 있다. 염재만은 해방 직후 음성에서 충주로 이사 왔는데 우리 앞집으로 이사 온 것은 그 뒤 얼마 안 되어서였다. 집이 좁아서 불편을 느끼던 참에 터가 넓은 집이 아주 헐값이어서 그의 부친은 단박에 결정하고 계약하고 이사를 했다. 급한 사정이 있어 헐값으로 내놓았다고 했는데 한참 살고 나서 실은 흉가라고 호가 나 싸게 내놓은 것이란 것을 알게 되었다. 기분이 찝찝하였으나 흉가도 지닐 탓이라는 말에 의지해서 살고 있었는데 6·25 이후 실직에다가 큰아들마저 소식이 두절되고 보니 아무래도 흉가로 옮겨 와 동티를 만난 모양이라고 그의 부친이 처음으로 발설하더라는 것이다. 얘기를 듣고 보니 딴은 그럴싸한 생각이 드는 것도 사실이었다.

우리가 증평에서 충주로 이사 온 것은 해방 1년 전의 일이다. 이른바 후생주택 비슷한 것이어서 좁은 골목 안에 고만고만한 일자집이 대여섯 채 서 있었다. 새집이었으나 마당도 좁고 요즘 말로 빈티가 주르르 흐르는 집들이었다. 앞집은 터가 아주 넓어서 모친이 부러워했는데 남산학교의 동급생이 살고 있었다. 해방 후 여운태呂運泰란 이름으로 불린 그 동급생의 큰형은 전문학교를 다니다가 학병에 나갔다는데 훤하게 생긴 귀공자 풍의 청년이라고 했다. 해방 후 아들이 돌아오는 꿈을 그 부친이 꾸었다는 둥, 용하다고 소문난 점쟁이를 찾아가 물어보니 틀림없이 두 달 안으로 돌아온다고 했다는 둥의 소문이 돌았다. 그러나 1년이 지나고 또 반년이 지나도 아들은 돌아오지 않았고 상심으로 병이 난 여 씨는 집을 팔고 고향인 한수寒水 쪽으로 돌아가고 말았다. 그 뒤를 이어 이사 온 것이 염재만네였다. 1952년에 염재만네가 이사 간 후 한의사란 이가 그 집으로 옮아왔다. 몇 해 살다가 그도 이사를 갔다. 약을 잘못 써서 환자 하나를 못쓰게 만들었다는 소문이 나면서 도무지 찾아오는 사람이 없어서 아주 타처로 이사 갔다는 소문이었다. 1957년인가 되던 해 충주 교육감이던 권모 씨가 그 집으로 옮아왔다. 1960년 4·19 나던 해 부정선거에 가담했다는 이유로 전국의 경찰서장과 교육감이 해직되거나 좌천되었는데 권 교육감도 당연히 그 범주에 들어 어디로인가 옮겨 갔다. 그 이후엔 내 자신도 집을 떠나 객지로 전전하는 바람에 앞집의 동정에 대해선 들은 바가 없다. 그러나 내가 아는 네 사람의 앞집 주인이 모두 재미없는 일 끝에 이사를 간 것만은 사실이다. 그러나 그것은 우연의 일치일 것이요 액운 없는 집과 평탄하기만 한 삶이 어디 있을 것인가?

1990년대 중반에 도시계획으로 옛 우리 집은 반 토막이 도로로 바뀌었는데 앞집만은 끄떡없이 옛날 그대로 서 있었다. 늘 색다른 경험을 들려주던 염재만은 자녀 일로도 나를 놀라게 하였다. 그의 장남은 대학예비고사에서 전국 최상위권 50명 안에 드는 수재로 서울대 물리학과에 진학했으나 노동운동에 투신하여 학교를 중단했다. 외국 유학 기회도 마다하고 소신대로 갈 길을 가서 그 무렵의 염재만은 늘 단장斷腸의 표정을 짓곤 하였다. 공부를 뛰어나게 잘하지만 않았어도 그의 상심이 그리 크지 않았을지도 모른다. 착실하나 공부가 시원치 않은 자녀를 둔 많은 고향 친구들이 그를 부러워하면서 일변 위안을 얻은 게 아닌가 생각한다. 그만큼 대학생 자녀를 둔 부모들이 전전긍긍하던 시절이었다. 염재만의 차남은 일본 유학에서 돌아와 안정된 자리를 지켜간 것으로 알고 있다. 이제는 30여 년 전 옛얘기다.

쌕쌕이가 제트기로

수복이 되었다고는 하나 학교에는 미군이 들어 있었고 학교가 언제쯤 열릴 것인지에 관해서는 아무런 예측도 없었다. 모이기만 하면 여름에 겪었던 일들을 저마다 열을 내어 얘기하였다. 자기가 겪은 일이 가장 아슬아슬하고 겁나고 위험천만한 것이라고 생각되기 때문이었을 것이다. 모두들 마음속에 왜 우리가 이런 일을 겪어야 하나, 하는 얼마쯤의 울분을 가지고 있었으나 어쨌건 이럭저럭 고비를 넘겼다는 안도감 때문에 그 울분은 심층으로 가라앉지 않았나 생각한다. 피차간 눈치를 보면서 될수록 과한 소리는 피하려는 기색도 역력하였다. 속마음을 그대로 털어놓았다가 반감을 사지 않을까, 하는 배려심이랄까 자기방어 본능이 그동안 길러진 탓도 있었을 것이다. 사람 목숨이 파리 목숨에 진배없다는 것을 여러 계제에 목도하였으니 민감한 얘기는 안 하는 것이 상책이라는 것을 은연중 터득한 바 있어서이기도 할 것이다. 전쟁이 오래가면 오래갈수록 병정으로 뽑혀 갈 개연성은 컸다. 그러니 하루빨리 통일이 되어야 한다고 에둘러 말하는 경우가 많았다. 군인 가기 싫다고 말하기가 어쩐지 멋쩍어서였을 것이다.

우리 동급생 가운데도 남하해서 대구에서 여름을 보내고 돌아온 경우가 있었다. 음성 출신의 김병태金炳泰도 지방 공무원인 부친을 따라 대구까지 갔다가 돌아왔다. 만나자마자 미국을 비롯한 참전국가가 한국의 도道 하나씩을 담당해서 전후 복구를 해주기로 되었다는 소식을 들려주어 동급생들을 잠시 기쁘게 해주었다. 남하했다 돌아와 발설한 것이어서 신빙성 있게 들렸지만 결국 근거 없는 뜬소문임이 밝혀졌다. 당시에는 이 비슷한 희망적 '카더라 통신'이 꽤 유포되었었다. 국군의 북진으로 국민의 사기가 올라가자 그것이 반영되어 고무적인 루머가 퍼져 나간 것으로 생각된다. 신문이 제대로 배달되지 못한 것도 뜬소문이 마구 떠도는 데 크게 기여한 것은 여느 때와 마찬가지였다.

쌍둥이 동급생이던 김익진金翊鎭 김관진金寬鎭 형제도 대구까지 내려갔다 올라온 처지였다. 충주에서 아마 가장 큰 집 중 하나에 살고 있고 큰 과수원이 있는 데다가 형제가 공부와 운동을 두루 잘해서 학급에서는 선망의 대상이었다. 초등학교 시절에도 책보 대신 시골에서는 드문 란도셀[2]을 매고 다녔고 복장이나 운동화가 늘 부티가 나고 산뜻해서 단박에 표가 났다. 그들의 부친 김용규金溶圭 씨는 함경북도 최북단의 남양南陽에서 해방 2년 전에 충주로 이사 와 과수원과 상당한 전답을 매입한 터여서 아는 사람들은 선견지명이 있다고 감탄하였다. 본시 대구 출신이어서 그 백씨가 대구에 거주하고 있었기 때문에 6·25가 일어나자 가족들을 데리고 대구로 피란을 갔다. 거기서 상대적으로 안정된 피란생활을 하였다. 유복한 집 아들답게 꼬이거나 뒤틀린 구석이 전혀 없어 솔직한 구석이 있는 형제는 북진 직전엔 모병관募兵官이 무시로 가정집에 들러 청년을 데리고 간다 해서 장독간의 큰 옹기항아리에 들어가 숨어 있던 것이 최악의 경험이었다고 웃으면서 말하였다. 그러나 수복되어 집으로 돌아오자마자 큰 슬픔이 기다리고 있었다. 그들의 형 항진恒鎭이 의용군으로 나가 집에 없었기 때문이다. 당시 서울사대 영어교육과 2학년 재학중이던 그는 서울에 인민군이 들어온 후 전선

---

2) '란도셀'은 네덜란드어 randosel이 변한 것으로 어린 학생용 배낭이다.

이 남하하자 충주로 돌아왔다. 그러나 돌아와보니 집은 텅 비어 있었고 그는 온천지로 알려진 수안보 인근의 매부 집에 가서 은신하고 있었다. 그러나 매부나 누이도 피란 간 터여서 사돈집에 가서 우거한 셈인데 수복 직전 결국 의용군으로 나가게 된 것이다. 더욱 가족을 안타깝게 한 것은 머지않아 국군이 돌아오게 될 것이라고 그가 누차 말했다는 사실이었다. 그가 무슨 근거로 그렇게 믿고 있었는지는 알 수 없지만 장남에 대한 기대가 컸던 부모들에게 그의 부재는 크나큰 결여였고 일생일대의 큰 한이 되었다. 좌우 학생 대립이 심했던 시절에도 그는 공부만 하는 학구파였다. 한동안 거제포로수용소에서 영어를 가르치고 있다는 소식도 입수하고 해서 언젠가는 돌아오리라 기대가 컸지만 그 기대는 영영 충족되지 못하고 말았다.

당시 우리 고향 쪽에서는 집안이 넉넉하면 서울이나 청주의 중학으로 아들을 보내는 것이 예사였다. 시골에서는 과수원이나 양조장 주인이 부자의 범주에 들었다. 남산초등학교 동기생인 지동수智東秀는 과수원집 아들이었는데 경기중학으로 진학했으나 불행히 서울서 의용군으로 나간 뒤 소식이 끊어졌다. 공부도 잘했지만 스케이트를 뛰어나게 잘 타서 부러움을 샀다. 당시는 중학이 6년제였는데 4학년으로 진급할 때 서울이나 청주로 간 동급생도 많았다. 부친이 과수원과 인쇄소의 소유자인 이한웅李漢雄, 뒷날 서울 의대 신경정신과 교수가 된 남명석南命錫

박사의 아우인 남정현南正鉉이 경기중학으로 갔다. 청주중학으로 옮겨 간 중학 동기생으로는 장기호張基浩, 이재순李載純, 채증석蔡增錫, 이종찬李鍾讚 등 예닐곱 명이 된다. 장기호는 양조장집 아들이고 이재순의 부친은 충주지원의 판사였다. 채증석과 이종찬은 각각 소지주 집안 출신이다. 채증석은 6척이 넘는 장신이었다. 피란을 갔다가 거리에서 징발되어 군에 가게 되었는데 워낙 장신이어서 도망갈 길이 없고 징집 연령 미달이라고 우겼으나 소용없었다 한다. 그가 한미연합사에서 복무하던 시절 찍은 사진을 보면 장신의 미군과 키가 같았고 1980년 신군부 등장 직후 준장으로 진급했다. 전쟁 중 강원도에서 며칠 동안의 악전고투 끝에 포위망을 헤치고 나오는 경험담은 그가 아니면 들려줄 수 없는 전쟁 경험의 압권이었는데 몇 해 전에 세상을 뜨고 말았다. 산행 중 다리를 다쳐 말년 서너 해는 바깥출입을 못했었다.

충주중학에 입학했을 당시 동급생 수는 120명이었으나 1953년 봄에 104명이 졸업했다. 6·25 이후 전학해 온 학생이 얼마간 있었다. 그걸 감안하면 약 20명에게 변고가 생긴 셈인데 그 중 병사자나 퇴학한 자를 제외하면 입학생의 약 10퍼센트가 전쟁으로 인한 직접적 피해자가 된다. 그 정도밖에 안 되는 것은 나이들이 아직 차지 않았기 때문이다. 우리보다 2년이나 3년 위 상급생의 경우엔 피해자의 비율이 훨씬 많았다. 그래서 띠로 길

흥을 점치는 민간 습속에도 일리가 있기는 하구나 하는 생각이 들었다.

수복이 된 지 한 달이 되어가는 10월 하순에 우리 국군이 평양에 진입하였다는 소식이 전해졌다. 당시 전기가 들어오지 않아 라디오가 있는 집에서도 라디오 뉴스는 들을 수가 없었다. 읍내 게시판에 대서특필되고 또 대한청년단의 확성기 방송도 반복적으로 보도하여 읍내에 잠시 축제 분위기가 조성되었다. 이제 마침내 통일이 되는 모양이라고 이구동성으로 인사를 주고받았다. 그 시절 높푸른 하늘에 비행운을 달고 빠른 속도로 날라가는 쌕쌕이 편대를 매일처럼 볼 수가 있었다. 불과 얼마 전만 하더라도 공포의 대상이던 쌕쌕이가 이제는 가슴을 설레게 하는 희망의 표상이 되었다. 많이 날아가면 갈수록 통일이 앞당겨진다는 생각으로 마음속으로 쌕쌕이를 응원하였고 쌕쌕이는 이내 제트기라는 새 이름을 얻게 되었다.

가을이 깊어가면서 겨울나기에 대한 걱정도 없지 않았지만 지난여름을 생각하면 가슴은 더없이 가벼웠다. 통일의 날도 가까워오는 터요 그리되면 지난여름의 사달은 소소한 불편으로 간주되고 말 것이었다. 맹랑하고 잔혹한 민족 대이동의 새해 겨울이 오리라는 것을 아는 사람은 아무도 없었다. 설령 우리가 다시 한 번 허를 찔리고 번롱翻弄당하리라는 것을 알았다손 치더라도 무슨 수가 있었을 것인가? 나의 그리고 우리들의 1950년은 그렇게 저물어가고 있었다.

그들의 뒷얘기

앞에서 적은 이들의 뒷얘기를 적을 차례가 되었다. 될수록 간략하게 적어서 마무리하려 한다. 수복 직전에 도망 다닌 이종형 요운은 그 후 월악산 쪽으로 가서 은신하다가 수복한 뒤에 집으로 돌아왔고 1951년 말에 군에 입대하여 만기제대하였다. 그동안 한 번 탈영 사고를 내고 복귀한 이력이 있다. 농사짓기가 싫어서 의용군 지원을 했던 이종태는 인근의 엄정면 김삼룡훈련장[3]에서 기초훈련을 마치고 전선에 투입되었다. 그러나 포로가 되어 거제도 수용소에 있다가 1953년 여름 반공포로 석방 때 풀려 나왔다. 수용소에서 만난 지식인 선배의 계도로 한국행 희망을 고집하여 풀렸는데 자원입대한 것을 후회해 마지않았음은 말할 것도 없다. 그러나 그의 산골 농사 기피증은 고질병이어서 나중 광산에서 일하였다. 그의 부친 욕각골 아저씨는 1970년대 초에 세상을 떴다.

---

3) 김삼룡金三龍은 남로당 간부로서 6·25 직전 이주하와 함께 검거되었고 북에서 조만식과 교환하자고 제의했던 인물이다. 충주 엄정면 출신이고 저들이 그를 추모해 저들 진주 때 김삼룡훈련장을 그곳에 조성했었다.

안질로 동인병원을 찾았다가 허탕을 치고 돌아온 날 우리 집에 들러 부친을 찾던 조용섭 씨는 그 시절 문학가동맹 지부 비슷한 곳에서 일을 본 모양이다. 그래서 국어 교사인 부친을 만나러 몇 번 학교나 집으로 찾아온 것인데 다행히 두 사람의 만남은 이루어지지 않았다. 그때 만나서 청을 들어주거나 어울렸다면 무거운 처벌을 받았을지도 모른다. 수복 후에 조용섭 씨는 어려운 처지가 되었으나 그 부친이 후덕한 지방 유지인 데다 청각장애자라는 특수 사정 때문에 큰 변은 당하지 않았다. 그 시절 몇 번 만났던 동급생 신기현은 별 탈 없이 그 여름을 보내고 졸업 후에 항공대학에 진학했으나 마치지를 않았다. 가업을 이어받아 부친 가게에서 일을 했으나 부자간의 갈등이 심하다는 소문이 났고 안정감이 결여된 삶을 살았다. 과수원을 하던 김영근은 시골에서 주유소가 잘되던 시절 과수원을 팔고 주유소를 경영했으나 재미를 보지 못하고 서울로 올라간 후 소식이 두절되었다. 꼬임에 빠져 성급하게 과수원을 매각한 것이 몰락의 계기가 된 것이다. 고향에서 조부의 엄명으로 드물게 암굴생활을 경험한 바 있는 윤상호는 성균관대학 국문과를 나와 충북 단양에서 고교 교사생활을 했다. 그러나 간염을 방치해서인지 1960년대 말 간경화로 세상을 떴다. 한학자가 나온 장수 집안인데 그만이 일찍 가서 가족들을 안타깝게 하였으나 아들을 잘 두어 대우의 중견사원으로 일한다는 말을 들었다. 손위 누이가 보도연맹원으로 희생되었던 윤봉혁은 고교 졸업 후 육군 간부후보생으로 지원해 가서 장교생활을 했다. 만기 제대 후 한동안 경찰 근무를 했고 만년에는 신경림의 「목계장터」로 유명한 목계에서 수석가게를 차렸으나 70 전에 세상을 떴다. 경작조합 창고 폭격이 있던 날 만나서 모친의 무사함을 알려주었던 유승재는 부친이 차린 버스회사에서 일하였다. 그의 형이 대만으로 유학하고 국제결혼을 하는 바람에 집에서 장남을 대신한 셈인데 회사가 결딴나자 조그만 자영업을 하다가 역시 60대 말에 세상을 떴다.

충주중학교의 부역 교사 대부분이 면직되었다. 잠시 위원장을 맡았던 지리 담당 조익선 선생은 1960년대에 보험설계사 일을 했다. 잠시 부위원장을 지낸 영어 담당 김용수 선생은 수복 후 필리핀군의 통역으로 꽤 오랫동안 종군하였다가 충주사범학교로 복직이 되었고 그 후 상경하여 서울여상과 중앙고교에서 가르쳤다. 명민한 두뇌의 소유자인 그는 성품과 언행이 반듯해서 유능하고 모범적인 영어 교사로서 정년을 맞았는데 몇 해 전에 세상을 떴다. 6·25 직후 우리 집에 들러 공무원 처단 소문에 관해서 걱정을 나누던 정진세 씨도 부역을 하고 일시 정직을 당했으나 곧 복직하여 옥천군의 교육청에서 근무하다가 1960년대 초에 세상을 떴다. 지병인 고혈압 때문이었다. 공습으로 집을 잃게 된 작은이모부도 부역으로 정직이 되었으나 1년 후 복직되어 제천중학에서 영어 교사로 근무했다. 그 후 1950년대 말

에 상경하여 경기여고에서 상과 졸업의 전공을 살려 사회생활
과 교사로 근무했다. 내외가 금슬 좋기로 소문이 나 있었는데
1960년대 초에 상처한 후 재혼하지 않고 자녀들을 길렀고 1980
년대 말에 작고하였다. 충주중학교 부역 교사로서 면직을 모면
한 2인 가운데 김용식 선생은 충주와 인근 학교에서 근무하다
가 정년을 맞았고 세상을 뜬 지 오래되었다. 역시 면직을 모면
하고 1년 후에 복직한 부친은 1957년 장남이 대학을 나오기 직
전인 1월에 뇌출혈로 쓰러지고 향년 56세로 1962년 1월에 세상
을 떴다. 평생 술도 담배도 하지 않다가 6·25 전후 잠시 담배를
태운 것으로 알고 있다. 요즘 말로 스트레스와 심화心火에서 유
래한 고혈압이 사인이라고 집안에서는 자가진단하고 있다.

부친이 부역으로 정직을 당했기 때문에 가족이 받은 불이익
은 전혀 없었다. 1953년 대학에 진학하였다. 당시만 하더라도
신원증명서를 학교에 제출해야 했는데 일단 경찰서에 출두해서
경찰서장의 서명을 받아야 했다. 독문과에 합격한 김관진 군과
함께 경찰서에 출두하여 신원 관계 담당 과장 앞에 가서 섰다.
다짜고짜로 6·25 때 어디서 무엇을 했느냐고 물었다. 대구의
백부 댁에 가서 머물다 돌아온 김관진은 사실대로 대구로 남하
했다가 돌아왔다고 당당하게 대답했다. 그러자 담당 과장이 큰
소리로 말했다. "정말 갔다 왔어? 왜 이렇게 남하했다는 집안이
많아?" 내 차례가 되어 마스막재 너머에 있는 마을에서 피란했

다고 대답했다. 부친에 대해 물어 사실대로 "부역을 했습니다"
라고 말하였다. 그러자 담당자는 "부역자의 아들이군!" 하더니
"솔직해서 좋아! 둘 다 내일 와서 찾아가!"라고 농담하듯이 말하
는 게 아닌가! 그 후 부역자의 아들이란 말을 들은 적도 없고 또
그 때문에 당한 어떠한 불이익이나 불편은 없었다. 전적으로 봉
급에 의존해서 살던 월급쟁이 가족이 1년 동안 봉급 없이 살아
야 했던 고충만은 그러나 하찮은 예삿일이 아니었다.

그리던 하늘은 아니러뇨

지난 10월 하순 맑게 갠 날 오래간만에 욕각골을 찾았다.
1960년대 이후 거의 찾아보지 못했던 곳이다. 충주 시내에서 마
스막재에 이르는 신작로는 1940년 전후의 시기에 곱도실에 있
는 활석 광산과 지네실에 있는 형석 광산의 광석 운반용으로 닦
아놓은 것이다. 이제 콘크리트 포장이 되어 있고 자가용 승용차
의 왕래가 더러 보인다. 마스막재를 넘어 욕각골에 이르는 길은
우회도로여서 간헐적으로 나타났다 사라졌다 하는 충주호가 왼
편으로 보였다. 지네실까지 가서 차를 세우고 잠시 둘러보았다.
옛날의 초가집은 눈에 띄지 않고 벽돌이나 타일 입힌 단독주택
이 스무 채 정도 여기저기 띄엄띄엄 서 있다. 자가용 승용차도

대여섯 대가 보인다. 나와 있는 동네 사람이 보이지 않아 생업이 무엇인지 물어보지 못했다. 동네 산비탈에 과일 달린 사과나무가 역시 띄엄띄엄 서 있으나 그것이 생업일 수 없다는 것은 분명하다. 아마도 자가 소비용으로 심어놓은 것이리라. 그 옛날 서투른 지게질로 산판 장작을 져 나르던 산길 좌우로는 소나무와 잡목이 무성하였다.

오던 길을 되돌아 욕각골로 향하였다. 동네 초입에는 '열린 공동체마을교회-대한장로교회'라는 표지판이 보이고 그 옆으로는 '요각골 버스 승합장'이라 쓰인 넓적한 나무 표지판이 서 있었다. 시간표 같은 것은 보이지 않고 또 하루에 몇 번이나 운행하는지 모르지만 시내버스가 다니는 모양이다. 나 자신은 옛 기억에 충실하게 욕각골이라고 쓰고 있지만 아마도 요각골이 표준말이 된 모양이다. 그러고 보면 '마스막재'도 충주 사람들이 대체로 '마지막재'라고 하는 것으로 보아 그리 표준화가 된 것 같다. 그러나 윗세대가 발음하던 대로 나는 마스막재로 적어왔다. 하기는 우리 젊은 시절에도 마지막재란 말이 쓰이지 않은 것은 아니다. 옛날 망나니 손에 목을 맡기게 돼 있는 중죄인들이 단양 쪽에서 넘어오다가 이 고개에서 고향 쪽을 뒤돌아보며 이제 마지막이라고 탄식했다고 해서 '마지막재'라 한다는 그럴듯한 전설까지 곁들여 있었던 게 사실이다. 그러나 이것은 땅이름이나 고개 이름에서 뜻을 찾아내려는 이들의 호사벽이 지어낸 얘기라고 생각한다. 앞으로도 나는 나의 청각 기억에 충실하려고 한다.

언뜻 신작로 위쪽을 쳐다보니 사과나무가 꽤 많이 산비탈에 서 있다. 마침 붉게 익은 사과가 주렁주렁 달려 있는데 지네실과는 달리 온전한 과수원 형국이었다. 간간이 감나무도 보였다. 과수원이 단독주택으로 이어지고 있는 욕각골에도 이제 도로와 주소 표지가 잘되어 있다. 신작로 윗켠에 있는 집에는 '요각골 1길 5호' 식으로 표지가 붙어 있다. 욕각골 아저씨네가 살던 제일 꼭대기 근처의 집에는 '요각골 1길 11호'란 표지가 붙어 있고 마당에는 Magnus '무 2353'란 번호판이 달린 승용차가 주차되어 있었다. 그 오른쪽 집 마당에는 '혼합유기질비료대박大船'이라 쓰인 포장지에 담긴 비료가 겹겹이 쌓여 있었다. 제일 아래 길갓집은 2층이었고 벽돌로 된 대문의 두 기둥 꼭대기에는 대형 전구가 보기 좋게 달려 있고 金雲鎬란 한자 문패가 기둥 정면에 보였다. 갈 데 없는 현대식 문화주택이다. 이런 단독주택이 요각골 1길에는 17호가 있다.

신작로 아래쪽은 요각골 2길인데 단독주택 번호가 39호에 이른다. 바로 아래쪽에 주민센터가 있고 그 전면에는 태극기를 중심으로 충주시청, 새마을기가 나란히 계양되어 있었다. 앞에 게시판이 보이고 종이 부착물이 눈에 띄어 내려가보려니까 맞은편 창고에서 이국종 맹견이 요란하게 짖기 시작했다. 자세히 보니 묶여 있긴 했으나 개 짖는 소리가 너무 사나워 개 무섬증이 있는 나는 더 내려가지 못하고 말았다. 그러니까 이 마을의 가옥 수는 모두 56채가 되는 셈이다. 65년 전에도 가옥 수는 그 비슷했을 것이다. 화전민 부락 단계를 겨우 벗어났고 기와집 하나 없던 구차한 마을이 이제 양옥이 들어선 '교외' 구역이 된 것이다. 동네 사람들의 모습은 보이지 않았지만 보나마나 홑바지 저고리 차림의 농부는 찾으려 해도 찾아볼 수가 없을 것이다.

마스막재 쪽으로 가는 도중 선글라스를 끼고 스쿠터를 모는 청년이 지나갔다. 옷차림이 서울 사람과 다를 바 없었다. 등산복 차림에 스틱을 짚고 걸어가는 중년 남자도 보였다. 가뭄으로 물이 줄기는 했으나 멀리 충주호의 파란 물빛이 경관을 돋보이게 했다. 고개 가까이 한센병 환자의 오두막이 있던 자리가 정확하게 어디인지 잘 분간이 되지 않았다. 열여섯의 겁쟁이 사내아이가 여든 고개를 넘는 사이 강은 호수가 되고 고토故土의 상징이던 붉은 산은 초목 우거진 산림이 되었다. 지게도 달구지도 전혀 보이지 않았다. 절대 빈곤의 전근대는 교육 수준과 불행지수가 극히 높은 현대가 되었다. 마스막재에서 바라보는 시내에는 고층 아파트가 우뚝우뚝 활거하고 있었다. 거기서 시골은 보이지 않았다. 서울에서 내려온 립 밴 윙클[5]에겐 이제 고향에서도 옛날의 푸른 하늘을 볼 수 없다는 것이 애석하게 생각되었다. 반도의 겨울에서 삼한사온이 사라졌듯이, 흔하디흔한 제비와 황새가 사라졌듯이, 길가의 미루나무가 사라졌듯이, 6·25 전에 볼 수 있었던 기막히게 새파란 가을 하늘도 사라져버린 것이다. 사라져간 것이 어찌 그뿐이랴. 그 시절 좋아하던 시인의 대목이 저절로 바뀌어 입가에서 맴돌았다. 고향에 고향에 돌아와도 그리던 하늘은 아니러뇨.[6]

---

[5] 립 밴 윙클Rip Van Winkle은 20년간 산속에서 잠을 자다 일어난 후 세상이 변한 것에 놀랐다는 인물. 워싱턴 어빙Washington Irving의 책에 나온다.

[6] 본시 정지용의 「고향」은 "고향에 고향에 돌아와도/그리던 고향은 아니러뇨"로 시작된다.

회상기回想記—나의 1950년

초판 1쇄 펴낸날 2016년 4월 29일

지은이 유종호
펴낸이 양숙진

펴낸곳 (주)현대문학
등록번호 제1-452호
주소 06532 서울시 서초구 신반포로 321(잠원동, 미래엔)
전화 02-2017-0280
팩스 02-516-5433
홈페이지 www.hdmh.co.kr

ISBN 978-89-7275-774-0 03810

* 책값은 뒤표지에 있습니다.